爱与孤独

LOVE AND SOLITUDE

琦君·著

图书在版编目（CIP）数据

爱与孤独：彩插本 / 琦君著. — 南京：江苏凤凰文艺出版社，2018.6
ISBN 978-7-5594-1894-4

Ⅰ.①爱… Ⅱ.①琦… Ⅲ.①散文集－中国－当代 Ⅳ.①I267

中国版本图书馆 CIP 数据核字(2018)第 065256 号

书　　名	爱与孤独：彩插本
著　　者	琦　君
责任编辑	孙　茜
出版发行	江苏凤凰文艺出版社
出版社地址	南京市中央路 165 号，邮编：210009
出版社网址	http://www.jswenyi.com
印　　刷	江苏扬中印刷有限公司
开　　本	880×1230 毫米 1/32
印　　张	8.25
字　　数	200 千字
版　　次	2018 年 6 月第 1 版　2018 年 6 月第 1 次印刷
标准书号	ISBN 978-7-5594-1894-4
定　　价	35.00 元

（江苏凤凰文艺版图书凡印刷、装订错误可随时向承印厂调换）

目录
Contents

001　　爱与孤独（代序）

三更有梦

003　　烟愁
008　　三更有梦书当枕
024　　桂花雨
027　　细雨灯花落
029　　千里怀人月在峰
037　　与我同车
042　　留予他年说梦痕
050　　母亲的书
054　　母心似天空
058　　灯景旧情怀
066　　水是故乡甜
070　　母亲的金手表

万水千山

077　　此处有仙桃
081　　玻璃笔

083	我爱动物
088	泪珠与珍珠
091	母心·佛心
092	一袭青衫
103	妈妈银行
108	万水千山师友情
115	梦中的饼干屋
118	永是有情人

亲情似海

123	外公
128	父亲
139	云居书屋
144	油鼻子与父亲的旱烟筒
148	母亲
156	毛衣
163	金盒子
168	春草池塘
174	我的另一半

179	"我的另一半"补述
185	遥寄楠儿
190	病中致儿书

春风化雨

201	吾师
206	家庭教师
209	启蒙师
216	不见是见　见亦无见
219	圣诞夜
230	怀念两位中学老师
235	八十八分
242	一生一代一双人
245	春风化雨
248	鹧鸪天

251	**编后记**

爱与孤独（代序）

前些日子，参加一对夫妻的结婚三十周年纪念酒会，全体嘉宾举杯祝贺这对"新人"福禄寿喜"四归一"。人人喜溢眉宇之时，"新娘"干了一杯酒，皱了下眉，却又笑嘻嘻地说："今天若不是各位的好意，我们根本不会记得这个纪念日。在海外的儿女们更不会记得。想想我们几十年夫妻，还从没像今天这般举'杯'齐眉过呢。""新郎"也接着说："可不是吗？年轻时，太太忙于生儿育女，我忙于挣钱养家小。如今儿婚女嫁，剩下了二老，正应当享点清福了。没想到两个人你望着我，我望着你，却是越看越有气，这真叫不是冤家不碰头。"说得朋友们哈哈大笑。

莫看宾主都在笑，每张笑容的后面可能都有一把辛酸泪呢。夫妻携手同行了数十年，患难相共，艰苦备尝，理应相互体贴，相互感激才是，怎么会彼此越看越有气呢？是否由于儿女们远离，膝下空虚，形骸的忙碌一停止，心灵的空虚顿起。而对儿女的牵肠挂肚，似非夫妻之情所能慰藉？心情欠佳时，双方于辞色之间也就格外苛求，因而感到不愉快。愈不愉快就愈苛求，夫妻反成了感情不能沟通的冤家了。这不能不说是生为现代人深沉的悲哀。

回想聚族而居的农业社会,女儿长大了嫁在邻近村庄,三天两头可以回娘家探望。儿子娶了媳妇,不用说是和父母同住。在含饴弄孙、终日忙碌之余,老伴儿体不体贴根本不放在心上。即使有点不快,当着小辈们不好发作,转个身也就忘了。今天的老夫老妻正是新旧交替时代的人物,当年的结合也是经过自由恋爱的"文明婚姻",双方的优点在婚前已一清二楚,缺点却在婚后愈来愈不必隐瞒,也就愈看愈不胜今昔之感。

朋友可以合则留,不合则去,夫妻已过了大半辈子,还能不合则去吗?于是彼此之间不由得起了隔离感,这份隔离感,实有赖于子女们的缓冲和协调,偏偏子女们又都各奔前程。无怪乎有许多空闲的老年人都喜欢养小动物。一只善解人意的猫或忠心耿耿的狗,不但可以驱除寂寞,还可代替儿女做协调人。因为它们憨憨傻傻的举动,常常是二老的话题,也就成了彼此传递心声的桥梁。

另有一种情况却又与此不同。最近去看一对刚从海外归来的夫妇。他们住在郊区,新居布置得淡雅宜人。窗帘、地毯、沙发色泽调和。先生每天进城上班,妻子一个人在家,正可以悠闲地做点孩子幼小时想做而没时间做的事,想看而没时间看的书。却没想到她幽幽地叹了口气说:"你不知道,我住在自己一手布置的屋子里,一点也不快乐,却感到好孤单。"我吃惊地问:"是不是太寂寞了?"她摇摇头说:"不是的,我只是觉得结婚二十多年,我似乎没有得到过关爱,孩子正在求学,我不愿使他难过。"她热泪盈眶,我真不知如何劝慰她。只得说:"为什么不去学学画或插花以排遣时间呢?忙一点就好了。"她又摇摇头说:"失去了那一点最最企盼的关爱,做什么都打不起精神了。"这真是无可奈何的事。

有些夫妻之间,并没有什么难解的症结,就是那份彼此封闭的孤绝感令人难堪。一对结婚二十余年的夫妻,却是愈处愈生疏,这是可能的吗?是过分安定的生活,使他们失去了冲击力,因而也失去了共同生活的情趣吗?是女性的自尊心和男性的优越感起了抵触吗?还是在最相爱的时候,也会使彼此痛苦呢?我茫然了。

记得有一篇《论孤独》的文章,作者是一位美国牧师,他感慨地说到处今之世,为孤独所苦的人愈来愈多。即使夫妻相依相守,彼此仍是孤独的。原因是爱得愈深,就愈觉得孤独。比如说终宵不寐,听到你床头人鼾声大作,心里就充满了恼怒和怨气,觉得自己被忽视了,被冷落了。想着要是他(她)能多爱我一分,多了解我一分,该多好呢?可是那位作者最后语重心长地说:"孤独感发自人性深处,是心灵的觉醒,更是一件极为贵重的礼物,因为能体会孤独的人才能爱。两个极为孤独的人,在最后必被逼共同分担忧患与痛苦,希望与失望,因而更了解相亲相爱的真谛。"

我也觉得孤独使心灵纯化。把世界一切纷纷扰扰都看作过眼云烟,盼望的还是如何驱除孤独。此所以一对老年夫妻纵使愈看愈不顺眼,还是得共同分担忧患,而终于有难解难分的恩情。

按西方的习俗,象征二十年以上的婚姻都是坚固、晶莹的东西,如金、银、珊瑚、珍珠、宝石等等。我以为珍珠尤足以象征夫妻的结合。阿拉伯的诗人说,在一个夏天的夜晚,当牡蛎出现于海面上时,一滴露水落进它的心脏,变成了一颗珍珠。这当然是诗人的美丽想象。其实,珍珠的形成过程是非常艰苦的,据说是一粒砂子侵入牡蛎体内,牡蛎为了要排除这粒障碍物,辛苦地蠕动着身体,而障碍物并不能排除,牡蛎体内反而分泌一种液体,将砂子包裹起来,液体凝固以后,就成了圆润的珍珠。排除时所付出的努力愈多,形成的珍珠愈大愈圆润。正如一对夫妻,彼此不断地挑剔、冲突、恼怒,而终至适应、融合,最后领悟了爱的真谛,那就是一粒晶莹的珍珠。

我在夏威夷结识一对美国夫妇,妻子比丈夫整整大二十岁。当那位太太不在身边时,先生就幽默地自称为"单身汉"。他的姓是 Belcher,与 Bachelor 字形与音都有点近似。当他与太太在一起时,却是十分亲热。不管是真情或演戏,他们已注定了是一对老伴儿。这位先生四十余,太太已六十余,他们有一个二十多岁的独生子。夫妻年龄差别虽大,看上去却非常融洽幸福。我在想,当春秋正盛的丈夫伴着高龄的妻子散步时,他们之间会不会有一份隔绝感,而彼此都觉得孤独呢?我继而又想,纵然有,他们也只有相互慰藉,因为他们是夫妻,是终身的伴侣。

我牢牢记得《约翰·克利斯多夫》里的一段话:"能找到了一颗灵魂,在苦难中有所偎依。找到了温柔而安全的托身之地,使你在惊魂未定之时得以喘息一会,不复孤独。因你可把整个生命托付在他手里,他也把他的生命托付在你手里。当他酣睡时,你为他警戒;你酣睡时,他为你警戒。当你衰老了,多年的人生重负使你感到厌倦时,能够在他的身上再生而恢复你的青春与朝气。用他的眼睛去体会万象回春的世界,用他的感官去抓住瞬息即逝的美景,用他的心灵去领略生活的壮美。即使受苦也要和他一起受苦,只要生死相共,即使痛苦,也成欢乐了。"

这真可作为老夫老妻的座右铭。中国人说得好:"年少夫妻老来伴。""满床儿女不及半床夫。"还是以爱来驱除孤独吧!

三更有梦

烟愁
三更有梦书当枕
桂花雨
细雨灯花落
千里怀人月在峰
与我同车
留予他年说梦痕
母亲的书
母心似天空
灯景旧情怀
水是故乡甜
母亲的金手表

烟愁

说到烟,就像怀念着相知有素、阔别多年的老友似的,心头溢着一份亲切而又微带怅惘的感觉。因为我虽无烟瘾,却是个喜欢抽烟的人。几年来,因为喉头过敏性发炎,连这点喜欢都不许再有了。因此,凡遇到抽烟的朋友,我总要劝他们多抽一支,我在一旁闻着烟香,也算是慰情聊胜于无吧。

回溯我吸烟的历史,应该从我的童年说起。父亲和二叔,烟瘾都很大,不久又来了个远房四叔,他就专捡大人们的香烟屁股,躲到没人的地方去抽,引得我对吸烟也发生了很大的兴趣。我问他:"香烟到底是什么味道呢?"

"太好了,辣乎乎,香喷喷,你若是会把烟从鼻管里喷出来,那才妙哩。"

我就央求他教我抽烟,教我从鼻管里喷出烟来。他说:"要我教,你就得给我拿整支的好香烟来。香烟屁股太短了,得技术高明的才能抽。你初学,哪儿行呢?"

我知道父亲的好烟多的是。三九、三炮台、加利克,统统锁在玻璃橱里,我又不敢向父亲要,于是就向二叔去讨。

"二叔,给我一支烟嘛!"对二叔,我一向是肆无忌惮的。

"小孩子要什么香烟?"

"不是抽,是摆家家酒,一定要一支烟的呀!"

在二叔面前,我原是个被宠坏了的小把戏,他对我万事有求必应,就连香烟也不例外。他在口袋里掏出一包大英牌,抽出一根递给我。我接过来如获至宝似地跑去交给四叔,他瘪瘪嘴说:"这样蹩脚的香烟,要大哥的加利克才过瘾哩!"

"拿不到呀!"

"你不会想法子偷吗?"

"我才不做贼呢!"

"拿支香烟玩儿算什么贼?我教你个主意,等你爸爸做诗做得摇头晃脑的时候,你凑上去给他点烟,顺便收一支在口袋里。当着他做的,也不算偷呀!"他是什么坏主意都想得出的,我为了想学鼻孔喷烟,也就答应了。

果然,我从父亲那儿很顺利地拐到一支扁扁的"三九"香烟,小叔把它点着了,万分珍惜地吸进一口,贪婪地一下吞入肚子,又慢慢儿、慢慢儿地从鼻孔冒出来。他对我说:"烟要经过五脏六腑以后,吐出来的就带灰黄色,这口烟才算完全吃下去了。"

我看他吞烟并不困难,随即抢过来使劲吸一口,咽下喉咙,谁知一下子大呛起来,呛得我眼泪鼻涕,头昏脑涨,赶紧把烟扔进了水沟,急得四叔直跺脚。

"你别性急呀,哪有一下子就学会的,起初少抽半口,在嘴里含一会儿就吐掉,慢慢儿就会了。"他说。

烟虽没有抽进,而那三九烟的香味却被我闻到了。真是香,这是我第一次感到香烟原来是这么好闻。于是每逢父亲抽烟时,我总在他身边殷勤地点火、倒茶,借以多闻闻香味。我觉得二叔抽的香烟,都是美丽牌、联珠牌,连大英牌、大长城都难得抽。有一天,我问他:"二叔,你为什么不抽爸爸那种烟呢?"

"傻孩子,我们种田人哪里抽得起这么好的洋烟,你爸爸是做大官的呀!"

我偏着头忖了半天,又去问爸爸:"爸爸,二叔说你做大官的,一定要抽洋烟,是吗?"

"没有的话。我的烟都是人家送的。"

"那么为什么没人送二叔烟呢?"

"你二叔没出过远门,没有像我这么多的朋友。"

"那么你送一盒加利克给二叔好吗?"

"我常常送他的,他都舍不得抽,收起来了。"

我才知道原来二叔也有好烟,我就一天缠着二叔要那好烟,二叔说:"那样好的烟,留着给你二婶心气痛时抽的。"

二婶有"心气痛"的病,大概就是现在所谓胃病。二叔说好烟可以止胃痛,我就越觉得香烟这东西大有道理,非学会抽不可了。

抽香烟屁股的四叔,烟瘾也越来越大,自从我开始替他拿整支的香烟后,他胃口更大了。常常要我给他多拿几支,我不肯,他就搜集来好多的香烟片,各种各样的图画,跟我交换香烟。他不但会从鼻孔喷烟,还会吐烟圈,大大小小的,一个套一个的,好玩极了。他常常拉我躲在母亲经堂里抽烟。因为这是一间密室,除了母亲一日三次上香外,平时没人进来。有一天,我正高兴学得有点门儿了,一丝烟从鼻孔里冒出来。忽然听得母亲的脚步声,我着了慌,把烟蒂往香炉里一塞。母亲进来用鼻子嗅了一阵说:"怎么有一股子香烟味?"四叔说:"是檀香呀!"母亲瞪了他一眼,从檀香炉里掏出半截香烟蒂子,问:"这是谁干的?"我赖四叔,四叔赖我,母亲生气地说:"这样小小年纪学抽烟,真没出息。"

听了母亲的话,我心里从此觉得抽香烟不是件正经事。可是越是大人们不许做的事,偷偷摸摸地越是有味道。幸得父亲不像母亲那么严厉。有时我问他:"爸爸,抽香烟有好处吗?"他总是笑嘻嘻地回答我:"好处是有的,你现在还小,不要管这个。不过你是个女孩子,长大了最好也别抽香烟,那样儿不好看。"

"好看"对女孩子来说真是件非常重要的事。因此我就不打算真个学会抽烟。这也许就是我以后抽烟始终没有上瘾的主要原因吧。

母亲晚年也得了"心气痛"的病,因而也不免抽支香烟。那时父亲去世不久,她每次抽烟总要念起父亲生前的种种,念着念着,她把烟蒂一扔,叹一口气说:"不抽了,烟熏得我直淌眼泪。"

有一次,我晚饭后打开几何三角,就是连天的哈欠,母亲笑着递给我一支好香烟说:"抽半支提提神吧!"我吃惊地望着她问:"妈,您许我抽烟?"

"偶一为之亦无妨,只要你自己知道管自己就好了。"

母亲会让我用香烟提神,她宠我的程度就可想而知了。因而使我对抽烟更增一番亲切之感。

在上海念大学时,母亲没有在身边,只有姨娘和我同住。她有时也会把我气得"心气痛"起来,我就一个人关在屋里狂抽一阵香烟。此时,我发现抽烟的确可以消愁解闷,而我的胃病,亦已逐渐形成,香烟与我就结了不解之缘。那一段时期,我的烟抽得相当多,但抽烟时的心情大都是沉重不愉快的。尤其是想起童年时在父亲身边拐三九牌香烟的情景,已不可再得。纵容我的二叔,教我抽烟的四叔,都是音信渺渺。一缕乡愁,就像烟雾似的萦绕着我,我逐渐体会到烟并不能解愁,却是像酒似的,借它消愁而愁更愁了。

　　来台湾的最初几年举目无亲，烟更成了我唯一的良伴。现在想想，住在低洼潮湿的宿舍里整两年而没有得风湿病，香烟应该有很大的功劳吧。

　　近几年，无缘无故地，时常闹咽喉炎，医生嘱咐绝不能抽烟，我不得不硬起心肠和这自幼相知的好友告别了。

三更有梦书当枕

——我的读书回忆

我五岁正式由家庭教师教我"读书"——认方块字。起先一天认五个,觉得很容易。后来加到十个、十五个,越来越多,也越来越快。而且老师故意把字颠三倒四地让我认,认错了就打手心。我才知道读书原来是这么苦的一回事,就时常装病逃学,母亲说老师性子很急,想一下把我教成个才女,我知道以后一定受不了,不由得想逃到后山庵堂里当尼姑。母亲笑着告诉我尼姑也要认字念经的,而且吃得很苦,还要上山砍柴,我只好忍着眼泪再认下去。不久又开始学描红。老师说:"你好好地描,我给你买故事书。"故事书有什么用?我又看不懂,我也不想看,因为读书是这么苦的事。

最疼我的老长工阿荣伯会画"毛笔画",就是拿我用门牙咬扁了的描红笔,在黄标纸上画各色各样的人物。最精彩的一次是画了个戏台上的武生,背上八面旗子飘舞着,怀里抱个小孩,他说是"赵子龙救阿斗",从香烟洋片上描下来的。他翻过洋片,背面密密麻麻的字,阿荣伯点着一个字一个字地念,有的字我已经认识,他念错了,我给他改正,有的我也不认识。不管怎样,阿荣伯总讲得有头有尾。他说:"小春,快认字吧,认得多了就会读这些故事了,这里面有趣得很呢!你认识了再来教我。"

为了要当他的老师,也为了能看懂故事,我对认字发生了兴趣。我也开始收集香烟洋片。那时的香烟种类有大英牌、大联珠、大长城等等。每种包装里都有一张彩色洋片。各自印的不同的故事:《封神榜》《三国演义》《西游记》《二十四孝》都有。而且编了号,但要收齐一套是很难的。一位大我十岁左右的堂叔,读书方面是天才,还写得一手好魏碑。老师却就是气他不学好,不用功。他喜欢偷酒喝、偷烟抽,尤其喜欢偷吃母亲晒的鸭肫肝。因此我喊他肫肝叔。他讲"三国"讲得真好听,又会唱京戏,讲着讲着就唱起来,边唱边做,刘备就是刘备,张飞就是张飞。连阿荣伯都心甘情愿偷偷从储藏室里打酒给他喝。我就从父亲那儿偷加力克香烟给他抽。他有洋片都给我。我的洋片愈积愈多,故事愈听愈多,字也愈认愈多了。在老师面前,哪怕他把方块字颠来倒去,我都能确确实实地认得。老师称赞我"天分"很高,提前开始教"书",他买来一本有插图的儿童故事书,第一天教的是司马光的故事,司马光急中生智,用大石头打碎水缸,救出将要淹死的小朋友。图画上一个孩子的头伸出在破缸外面,还有水奔流出来。司马光张手竖眉像个英雄,那印象至今记得。很快的,我把全本故事书看完了,仍旧很多字不认识,句子也都是文言,不过可以猜。不久,老师又要教诗:"一去二三里,烟村四五家,亭台六七座,八九十枝花。"诗原来还可以数数呢。后来肫肝叔又教我一首:"一片两片三四片,五片六片七八片。九片十片无数片,飞入梅花都不见。"似乎说是苏老泉作的,我也不知道苏老泉是谁,肫肝叔说苏老泉年岁很大才开始用功读书,后来成为大文豪,所以读书用不着读得太早,读得太早了反而变成死脑筋,以后就读不通了。他说老师就是一辈子读不通的死脑筋，只配当私塾老师。他说这话时刚巧老师走进来，一个栗子敲在他头顶上，我又怕又好笑，就装出毕恭毕敬的用功样子。可是肫肝叔的话对我影响很深，我后来读书总读不进去，总等着像苏老泉似的，忽然开窍的那一天。

八岁开始读四书，《论语》每节背，《孟子》只选其中几段来背。老师先讲孟子幼年故事，使我对孟子先有点好感，但孟子长大以后，讲了那么多大道理我仍然不懂。肫肝叔真是天才，没看他读书，他却全会背。老师不在时，他解说给我听："孟子见了梁惠王，惠王问他你咳嗽呀？（王曰叟）你老远跑来，是因为鲤鱼骨卡住啦？（亦将有以利吾国乎？故乡土音"吾""鱼"同音。）孟子说不是的，我是想喝杯二仁汤（亦有仁义而已矣）。"他大声地讲，我大声地笑，这一段很快就会背了。老师还教了一篇《泰坦尼克邮船遇险记》。他讲邮船撞上冰山将要沉没了，船长从从容容地指挥老弱先上救生艇，等所有乘客安全离去时，船长和船员已不及逃生，船渐渐下沉，那时全船灯火通明，天上繁星点点，船长带领大家高唱赞美诗，歌声荡漾在辽阔的海空中。老师讲完就用他特有的声调朗诵给我听，念到最后两句："慈爱之神乎，吾将临汝矣。"老师的声调变得苍凉而低沉，所以这两句句子我牢牢记得，遇到自己有什么事好像很伤心的时候，就也用苍凉的声音，低低地念起："慈爱之神乎，吾将临汝矣。"的确有一种登彼岸的感觉。总之，我还是非常感激老师的，他实在讲得很好，由这篇文章，使我对文言文及古文慢慢发生了兴趣，后来他又讲了一个老卖艺人和猴子的故事给我听，命我用文言文写了一篇《义猴记》，写得文情并茂。内容是说一个孤孤单单的老卖艺人，与猴子相依为命。有一天猴子忽然逃走了,躲在树顶上,卖艺人伤心地哭泣着,只是忏悔自己亏待了猴子,没有使它过得快乐幸福。猴子听着也哭了,跳下来跪在地上拜,从此永不再逃,老人也取下了它颈上的锁链。后来老人死了,邻居帮着埋葬他,棺木下土时,猴子也跳入墓穴中殉主了。我写到这里,眼泪一滴滴落下来,落在纸上,不知怎的,竟是越哭越伤心,仿佛那个老人就是我自己,又好像我就是那只跳进墓穴的猴子。确实是动了真感情的,照现在的说法,大概就是所谓的"移情作用"吧。老师虽没有新脑筋,倒也不是肫肝叔说的那样死脑筋,他教导我读书和作文,确实有一套方法。可惜他盯得太紧,罚得太严,教起《女诫》、《女论语》时那副神圣的样子,我就打哆嗦。有一次,一段《左传》实在背不出来。我就学母亲捂着肚子装"胃气痛",老师说我是偷吃了生胡豆,肚子里气胀,就在抽屉里找药丸。翘胡子仁丹跟蟑螂屎、断头的蜡烛和在一起,怎么咽得下去,我连忙打个呃说好了好了。其实老师很疼我。他长斋礼佛,佛堂前每天一杯净水,一定留给我喝,说喝了长生不老,百病消除。加上母亲的那一杯,所以我每天清早得喝两杯面上漂着香灰的净水,然后爬在蒲团上拜了佛,才开始读书。老师从父亲大书橱中取出来的古书冒着浓浓的樟脑味,给人一种回到古代的感觉。记得那部《诗经》的字体非常非常的大,纸张非常非常的细而白。我特别喜欢。可惜我背的时候常常把次序颠倒,因为每篇好几节都只差几个字,背错了就在蒲团上罚跪,跪完一支香。起初我抽抽噎噎地哭,后来也不哭了,闻着香烟味沉沉地想睡觉,就伸手在口袋里数胡豆,数一百遍总该起来了吧。肫肝叔说得不错,人来此世界只为受苦,我已开始受苦了。不由得又念起那句文章:"慈爱之神乎,吾将临汝矣!"晚上告诉母亲,母亲说:"你不可以这样调皮。你要用功读书,我还指望你将来替我争口气。"我知道她为的是我喊二妈的那个人。二妈是父亲在杭州做大官时娶回的如花美眷,这件事着实伤了母亲的心,也使我的童年蒙上一层阴影。现在事隔将近半个世纪,二妈也去世整二十年,回想起她对我的种种,倒也并不完全出于恶意。有件事还不能不感激她,就是我能够有机会看那么多小说,正是由于她。她刚回故乡时,因杭州人言语不通,就整天躲在房里看小说,父亲给她买了不知多少小说,都用玻璃橱锁在他自己书房里,钥匙挂在二妈腋下叮叮当当地响。我看了那些书好羡慕,却是拿不到手,老师也不许我看"闲书"。有一天,肫肝叔设法打开书橱,他自己取了《西厢记》、《聊斋志异》等等,给我取了《七侠五义》、《儿女英雄传》,我们就躲在谷仓后面,边啃生番薯边看,看不懂的字问肫肝叔,为了怕二妈发现,我们得快快地看。因此我一知半解,不像肫肝叔过目不忘,讲得头头是道,但无论如何,我们一部部换着看,背着老师,倒也增长了不少"学问"。在同村的小朋友面前,我是个有肚才的"读书人"。他们想认字的都奉我为小老师,真是过足了瘾,可见"好为人师"是人之天性。阿荣伯为我在他看守橘园的一幢小屋里安排了条凳和长木板桌,那儿人迹罕到,我和小朋友们可以摆家家酒,也可以上课读书。我教起书来好认真,完全是一副铁面无私的样子,我的教材就是儿童故事书和那一套套的香烟洋片,我讲了故事再讲背后的"文章",挑几个生字用墨炭写在木板上,学着老师教我的口气,有板有眼。还要他们念,念不出来真的就打手心,我清清楚楚记得有一次硬是把一个长工的女儿打哭了,她母亲向我母亲告状说我欺侮她,还起了一场小小的风波,我心里那份委屈,久久不能忘记。因此也体会到,每当老师教我时,我实在应该用心听讲,才不辜负当老师的一片苦心。

二妈双十年华,却也吃斋拜佛,照说应该和我母亲合得来,但她们各拜各的佛,连两尊如来佛都摆出各不相让、各逞威严的样子。二妈用杭州口音念白衣咒、心经,非常好听。我印象最深的是她看小说也一句句大声地念出来,她看《天雨花》、《燕山外史》等等,念一句,顿一顿,我站在一边听呆了。她回脸瞪着我问:"你在这儿干什么?"我很自然地说:"听你念书呀。"她大声说:"小孩子不能看这些书。"我心想我并没有看,是你在看呀!但也懒得分辩,回瞪她一眼就走开了。但不幸的是有一天被她发现《红楼梦》不见了,她确定是我偷的,更糟的是父亲又发现书房里少了几幅名画、几部碑帖,两案并发,肫肝叔和我都受了严重的拷问。肫肝叔一切都承认了,一副视死如归的样子。他说拿碑帖是为了临摹,父亲当场叫他写字,他拿起笔一挥而就,写的是"南无阿弥陀佛"六个大字,露着一脸的得意。没想到父亲居然点了几下头说:"字倒是有天分,你以后索性从写字上下功夫。"肫肝叔奉命唯谨,父亲就叫他抄《金刚经》,抄朱伯庐先生治家格言。于是二妈的矛头转向我,低声地说:"小春,你应当专心读圣贤书,这种小说不是你应当看的。"她的声音温和里透着一股斩钉截铁的力量,这股力量是父亲给她的。从那时起,我就怕了她,也有点恨她。但是看闲书的欲望却愈来愈强烈,我怀着一分报复的心理,去看大人们不许看的书。《清宫十三朝》、《七剑十三侠》、《春明外史》、《施公案》、《彭公案》……越看越觉得闲书比《左传》、《孟子》有趣多了。老师看我昏昏沉沉的样子,索性开了书禁,每天指定我看几回《三国演义》、几回《东周列国志》,命我学《东莱博议》写人物史事评论,这下又苦了我了。肫肝叔却是文章洋洋洒洒,有一天他自动写一篇《曹孟德论》，把曹操捧上天，说刘备是个"德之贼也"的乡愿，父亲和老师看了都连连点头。他得意地对我说，写议论文一定要有和众不同的见解，才可以出奇制胜。但我对议论文总是没兴趣的，因此古文中的议论文也不喜欢读。我背得最熟的是李白的《春夜宴桃李园序》，刘禹锡的《陋室铭》和欧阳修的《醉翁亭记》。好像自己也有飘然物外之概。

幸好这时我的另一位在上海念大学的二堂叔暑假回来了。他带回好多杂志和新书。大部分都是横着排印的，看了好不习惯，内容也不懂，他说那都是他学"政治经济"的专门书，他送给我一本《爱的教育》和一本《安徒生童话集》，我说我早已读大人的书了，还看童话。他说童话是最好的文学作品之一种，无论大人孩子都应当看。他并且用"官话"念给我听。他说"官话"就是人人能懂的普通话，叫我作文也要用这种普通话写，才能够想说什么就写什么，写得出真心话。老师不赞成他的说法，老师说一定要在十几岁时把文言文基础打好，年纪大点再写白话文，不然以后永不会写文言文了。我觉得老师的话也有道理，比如我读林琴南的《茶花女轶事》、《浮生六记》、《玉梨魂》、《黛玉笔记》等，那种句子虽然不像说话，但也很感动人，而且可以摇头摆尾的念，念到泪流满面为止。二叔虽然主张写白话文，他自己古文根基却很好。他又送我苏曼殊的《断鸿零雁记》，害我读得涕泪交流。这些"爱情"书，都是背着父亲和老师看的。我那时的兴趣早已从"除暴安良"的武侠转移到"海枯石烂"的言情了。十二岁的女孩子，就学着《黛玉笔记》的笔调，写了篇《碎心记》，放在抽屉里被老师看到了，他摆着一脸的严肃说："文章还可以，只是小小年纪，不可以写这种悲苦衰烂的句子，会影响你的福分的。"其实我写的是母亲的心情,写得自认为非常哀怨动人。二叔也夸我写得好,说我以后可以写小说,不过要用白话文写。他叫我把他的故事写下来。原来他心里有一段非常罗曼蒂克的爱情。他喜欢侍候二妈的丫头阿玉。阿玉见了他,低垂着眼帘含有说不完的情意,肫肝叔也喜欢她,她理也不理他,肫肝叔说:"她是应当喜欢二哥的,我不配。"从这一点看,肫肝叔是个心地很好的人。我教阿玉认字读书,二叔也买了整套的伟人故事书送她。肫肝叔说:"还是让她读二十四孝吧!那样她才能死心塌地侍候二嫂,读新书她就会不甘心,她就会哭的。"他说得一点不错,阿玉一直忍,也一直哭,后来哭着被嫁给了船夫,全家就在一条乌篷船上飘飘荡荡,二叔对她的爱情也没个了结。在当时,他俩那种脉脉含情的样子看了真叫人心碎。我打算学郁达夫《迟桂花》的笔调来写,但后来进了中学,学算术,学英文。看闲书、写闲文的心情反而没有了。

我到杭州考取中学以后,吃斋念佛的老师觉得心愿已了,就出家当和尚去了。我心头去了一层读古书的压迫感,反而对古书起了好感。寒暑假,就在父亲书橱中随意取出一本本线装书来翻翻,闻到那股樟脑味,很思念老师。父亲要我有系统地读四史。《古文辞类纂》和《十八家诗钞》由他选了给我读。可是我只能按自己的兴趣背诵,父亲有点失望,他说我将来绝不是个做学问的人,这一点是不幸而言中了。

从学校图书馆中,我借来很多小说和散文,尤其是翻译小说。父亲对朱自清、俞平伯的文章很欣赏,可是小说仍不赞成我多看。我倒也用不着像小时候那么躲着他偷看。那时中学课业不像现在繁重,课余有的是时间,我看了巴金、老舍、茅盾等人的小说,西洋小说中,我最爱罗曼·罗兰的《约翰·克利斯多夫》,反复看了几遍,奥尔珂德的《小妇人》是当英文课本念的,我们又指定看《好妻子、小男儿》的原文,因为文字较浅。其他如《简·爱》、《傲慢与偏见》、《悲惨世界》,亦使我爱不释手。尤其是《小妇人》和《简·爱》,我感到写小说并不难,只要有一颗充满"爱"的心。记得当时还摹仿名家笔法,写了一个中篇小说《三姐妹》,大姐忧郁如林黛玉,日记都是文言文的,二姐是叛逆女性,三妹天真无邪,写得情文并茂,自谓熔《红楼梦》、《小妇人》和《海滨故人》于一炉,此文如在,倒真是我的处女作呢。二妈向我借去《茶花女》和庐隐的《象牙戒指》,又一句句地念出声来,念完了偏又说:"如今的新派小说真啰嗦,形容句子一大堆,又没个回目。"这么说着,却又向我再借,有时还看得眼圈儿红红的。在看小说上,我们倒成了朋友。我把这话告诉母亲,母亲深陷的眼神定定地看着我半晌说:"你们彼此能谈得来,我也放心不少。"母亲脸上表情很复杂,好像欣慰,又好像失落了什么。我心里很难过,我觉得圣贤书和罗曼蒂克的爱情至上主义很难协调,因此我把《红楼梦》看了又看,觉得书中人个个值得同情。对自己的家庭,我也作如是观,因此我一时豁达,一时矛盾,一时同情母亲,一时同情二妈。后来读了王国维的《红楼梦评论》,好像又进入另一种境界,想探讨人生问题、心性问题。教我语文的王老师叫我看《宋儒学案》、王阳明《传习录》、胡适《中国哲学史大纲》。可是对我来说,这些书都太深了,倒是《传习录》平易近人。那时启发心智的书不及现在这么丰硕,我本是个不喜爱看理论书的人,父亲恨不得我把家中藏书都读了,我却毫无头绪地东翻翻西摸摸。先读《庄子》,读不懂了放下来再抽出《楚辞》来念,念着《离骚》和《九歌》时,不禁学着家庭老师凄怆的音调低声吟诵起来,热泪涔涔而下,觉得人生会少离多,十分悲苦。心中脑中一团乱丝理不清,我写信给故乡的二叔和肫肝叔,他们的回信各不相同。二叔劝我读唐诗宋词,寄给我一本纳兰的《饮水词》、吴蘋香的《香南云北庐词》与李清照的《漱玉词》,叫我细读。他说诗词是图画的,音乐的,哲学的,读多了对一切自能融会贯通。肫肝叔却叫我读《庄子》,读佛经,他介绍我看《景德传灯录》、《佛说四十二章经》、《心经浅说》。那阵子,我变得痴痴呆呆,无限虚无感、孤独感,觉得自己是个哲人,没有人了解我。王老师发现我在钻牛角尖,叫我暂时放下所有的书本,连小说也别看,撒开地玩。他时常带我们在湖滨散步。西湖风光四时不同,每处景物都有历史掌故,他风趣的讲解和爽朗的笑声,使我心胸开朗了不少。他说读书、交朋友、游山玩水三者应融为一体,才是完整的人生。所谓人生哲学当在日常生活中去体会寻求,不要为空洞的理论所困扰。他说"三更有梦书当枕,千里怀人月在峰"就是三者合一的境界。高中三年,王老师对我的启迪很多。他指导我速读和精读的方式,如何作笔记,如何背诵,如何捕捉写作的灵感。我渐渐感到生命很充实,自己在成长,成长中,大自然、朋友、书本是最好的伴侣。

父亲爱读书、藏书,也爱搜集版本、碑帖和名家字画。杭州住宅书房中,有日本影印《大藏经》、《四史精华》、《四库全书》珍本、《三希堂》、《淳化阁法帖》,和许多善本名家诗文集。父亲每年夏天都去别墅云居山庄避暑,所以山上也有一部分他自己特别喜爱的书。放暑假后,我就上山陪他散步读书。别墅是三间朴素的小平房,绕屋是葱茏的细竹。四周十余亩空地一半是果园,一半种山薯玉蜀黍。山顶有一座小小茅亭,每天清晨我们在亭中行深呼吸,东方彩霞映照着烟波缥缈的钱塘江,左边是沉睡的西子湖。

父亲晚年怀着避世的心情上山静养。勉励我要好好利用藏书,爱惜藏书,不要学不肖子弟,把先人藏书字画都卖了。父亲说这话是很沉痛的,因为我是长女,妹妹才五岁,家中没有应门五尺的男童。所以我当时曾立誓要保存好父亲在杭州和故乡两地的全部藏书。没想到抗战军兴,父亲带了全家回故乡,杭州沦于敌手,全部书画就无法照顾了。

避乱故乡,父亲忧时伤事,健康一日不如一日,幸得故乡的书斋中,另有一套藏书,商务影印的《大藏经》《四部丛刊》《二十四史》《十三经注疏》……大伏天里,在城里工作的二叔特别回来帮我晒书,肫肝叔也来了,他还是那副吊儿郎当的样子,头发稀稀疏疏的,竟已像个老头子了。二叔则显得越发深沉了。父亲见了他很高兴,叫他帮着我把书房整理出来。父亲的书房在正屋右首边,隔一道青石大屏风。一幢单独平房内分三间,最外面一间摆着红木镶云母石面的长桌,以备赏画之用。进圆洞门另一长房间是书房,一边一张油木榻床,父亲看书倦了在此休息,右首套房是经堂,是父亲诵经静坐之处,书橱里是藏经。四部丛刊以及木板善本专集等,则放在外书房中,这一座书城已足够使二叔和我留恋了。肫肝叔在山中捡来一些松树的内皮,就着自然的笔磔拼成"听雨轩"三字,贴在圆洞门上,父亲看到了也点头赞许。经堂的落地门外是小院落,种着茂盛的水竹,风雨掠过,竹浪翻腾。在我的记忆里,好像这个小院落中一直下着雨。也许是父亲和我都偏爱雨,喜欢在雨天到经堂里,燃起一炉檀香,隔着窗儿欣赏万竿烟雨图。父亲病中喜读杜甫书,大概是国难家愁,心境与少陵相似。因此影响我于学诗之初,就偏爱杜诗。我第一首律诗《怀西湖友人》就是由父亲改定的,记得当中四句是:"三年湖海灯前梦,万古沧桑劫后棋。故国云山应未改,西湖筇屐倘相期。"父亲兴来时也作诗,可惜他的诗稿于离乱中不及带出,现在还记得几首,有一首记友人来访的诗:"具黍但园蔬,虚邀有愧子。倾杯迎故旧,备箸恕清疏。老至交情笃,乱来村里墟。瓯江幸地僻,还喜暂安居。"虽未见功力,却是款切自然。我们父女听雨轩中岁月,还算过得悠闲。二叔于星期假日,一定下乡陪父亲作上下古今谈。他读的新理论书比父亲多,我更不敢望其项背。他每于书橱中取出一部书,略略翻阅,便能述其梗概。他告诉我无论读古书新书,都要能抓住重点,先看作者自序与目录,略读即可,不必逐字逐句推敲。如有兴趣,可摘录与自己相同及相反意见,并加批注,最好用活页,以所读书性质归类,不作笔记亦可,于书页上下空白处批注。纯文学书如诗歌散文,则可任意圈点。他说会读书的人,不但人受书的益处,书亦受人的益处。此话我时时牢记在心。和大学时夏老师的话不约而同。他诗词背得很多,用工楷抄了一本诗词选,题为"诗词我爱录"。后来我也学他把自己心爱诗词抄一本"诗词我爱录"。此抄本曾带来台湾,不意竟在办公室抽屉中不知被何人盗去,十分痛心。他和父亲谈哲学、宋明理学,说来头头是道,连佛经他都看了不少。他并不赞成我年纪轻轻地就读佛经,却写了佛经上四句给我作座右铭:"一切众生,莫不有心,凡有心者,皆当成佛。"他说:佛经道理深奥,总括起来也就是"我心即佛"四字。"佛"即是最高之智慧。宋明理学无论是程朱、陆王,都未跳出这个道理。只是治学方法不同而已。他说肫肝叔虽也看佛经,却是自恃聪明,走火入魔,十分可惜。那时肫肝叔已不幸染上不良嗜好,处处躲着我父亲,见了二叔也是自惭形秽,默无一言。对我却始终推心置腹,他给我看他自叹的诗,记得其中四句是"因无骨相饥寒定，只合生涯冷淡休。羞向鸡虫计得失，那堪儿女足酸愁"。我看了也只有叹息。父亲去世时，他于无穷悔恨中作了一首挽联："涕泪负恩深，忆十年诲谕谆谆，总为当时爱我切。人天悲路绝，对四壁图书浩浩，方知今日哭兄迟。"至今忆及，犹感怆然。这两位叔叔一样有极高天分，一样地读了很多书。却是气质如此迥异，人生观如此不同。这疑问，我到今天都时时在心。

父亲逝世后，我又单身负笈沪上继续学业，大学的中文系主任夏承焘老师对我在读书方法上另有一番指引。他说读书要"乐读"，不要"苦读"。如何是"乐读"呢，第一要去除"得失之心"的障碍，随心浏览，当以欣赏之心而不必以研究之心去读。过目之书，记得固然好，记不得也无妨。四史及《资治通鉴》先以轻松心情阅读，古人著书时之浑然气运当于整体中得之。少年时代记忆力强，自然可以记得许多，本不必强记，记不得的必然是你所不喜欢的，忘掉也罢。遇第二次看到有类似故事或人物时自然有印象。读哲学及文学批评书时，贵在领悟，更不必强记。他说了个有趣的比喻：你若读到有兴会之处，书中那一段，那几行就会跳出来向你握手，彼此莫逆于心。遇有和你相反意见时，你就和他心平气和辩论一番，所以书即友，友亦书。诗词也不要死死背诵，更不必记某诗作者谁属，张冠李戴亦无妨，一心纯在欣赏。遇有心爱作品，反复吟诵，一次有一次的领会，一次有一次的境界。吟诵多了自然会背，背多了自然会作，且不至局限于某一人之风格。全就个人性格发展，写出流露自己真性情的作品。他教学生以轻松的行所无事之态度读书，自己却是以极认真严肃态度做学问。他作了许多诗人、词人的年谱，对白石道人研究尤为深入。我也帮忙他整理许多资料，总觉研究工作很枯燥，他说是年龄境界未到，不必勉强,性格兴趣不相近,也不必勉强。大学四年中,得夏老师"乐读"的启示,培养了读书的兴趣,也增加了写作的信心。卒业后避乱穷乡,举目无亲,心情孤寂,幸居近省立联高,就向图书馆借来西洋哲学书及翻译小说多种阅读。我写信给夏老师报告读书心得,也诉了一些内心的悲苦,他来信告诉我说:"近读狄更斯《块肉余生》一书,反复沉醉,哀乐不能自主。自唯平生过目万卷,总不及此书感人之深。如有英文原本,甚盼汝重温数遍,定能益汝神智,富汝心灵,不仅文字之娱而已。"他也正在读歌德的书。每节录其中警语相勉:"人生各在烦恼中过活,但必须极肯定人生,乃能承受一切幻灭转变,不为所动,随时赋予环境以新意义,新追求,超脱命运,不为命运所玩侮。"他又说:"若无烦恼便无禅,望你以微笑之智慧,化烦恼为菩提,以磨刮出心性之光辉。"他指示我读西洋哲学之余,应当回过来再读《老子》。篇幅不多,反复读之,自能背诵。老子卒业后再读《庄子》,并命于万有文库中找出西塞罗文录来读其中说老一篇,颇多佳喻。我写给他自己习作的词。他说:"文字固清空,但仍须从沉着一路做去。"他叫我不要伤春,不要叹年长,人之境界,当随年而长。他引僧肇《物不迁论》中句"旋岚偃岳而常静,江河竞注而不流"以勉励。他说:"年来悟得作诗作词,断不能但从文字上着力。放翁云迩来书外有工夫。愿与希真共勉之。"他的来信,每一句话都像名山古刹中的木鱼清磬之音,时时敲击心头,助我领悟人生至理。曾记当年在沪上时,杭州陷于日寇,他曾有词咏孤山云:"湖山信美,莫告诉梅花,人间何世。独鹤招来,共临清镜照憔悴。"不知他面对日后生活的种种困境,清镜中更是怎样一副白发衰颜呢?

抗战后半期,我虽与恩师不曾同处一地,而书信往还,他对我读书为人为学,启迪实多。在那一段宁静的岁月中,我也确实读了一些书。但愈读愈感到在浩瀚书海中自身知识的贫乏,和分寸光阴的可贵。

胜利还乡,第一件事就是叩见恩师,并请他指点如何重整残缺的图书。因家园曾一度陷于日寇,听雨轩被日机炸毁一角。一部分藏书化为灰烬。复员回杭州,检点寓所与云居山庄两处的存书,许多善本诗文集都已散失,藏经和碑帖亦已残缺不齐。这都是无法重补的书,实令人痛心。统计永嘉与杭州两处余书不及原来三分之一。追念父亲当年的托付之重,我乃尽力把《四部丛刊》、《四部备要》及四库全书珍本等丛书中缺失者买来补齐,重新整理书房,且供上佛堂,也是对先人的一点纪念。没想到一九四九年仓促中家人生存都成问题,故乡与杭州两处藏书,竟然无法顾及。眼睁睁看着先人余业,将被摧毁,于万分沉痛的心情之下,只得把杭州的藏书全部捐赠浙江大学图书馆,故乡的书全部捐赠籀园图书馆(孙仲容先生读书馆)。希望借了公家力量,保留一二,亦足以告慰先父在天之灵。我当时仓惶离开杭州,行囊简便,自己特别心爱的几部书和父亲生前批注圈点过的书,都无法携带。只得郑重托付恩师,希望有一天能重见恩师,也领回硕果仅存的几部书。

二十多年来,我也陆陆续续买了不少自己喜爱的书,加上朋友们赠送的著作,我也拥有好几书橱的书了。但是想起大陆故乡和杭州两处数遭日寇兵劫的万册藏书,焉得不令人魂牵梦萦。偶然在旧书摊上买到一部尘灰满面的线装书就视同至宝,获得一部原版影印的古书,就为之悠然神往。披览之际,就会想起童年时代打着呵欠背《左传》、《孟子》时的苦况,怀念起所有爱护我的长辈和老师。尤其是当我回忆陪父亲背杜诗闲话家常时的情景,就好像坐在冬日午后的太阳里,虽然是那么暖烘烘的,却总觉光线愈来愈微弱了。太阳落下去明天还会上升,长辈去了就是去了,逝去的光阴也永不再回来。春日迟迟中,我坐在小小书房里,凌凌乱乱地追忆往事,凌凌乱乱地写,竟是再也理不出一个头绪来。我只后悔半生以来,没有用功读书,没有认真做学问。生怕渐渐地连后悔的心情都淡去,只剩余一丝丝怅惘,那才是真正的悲哀呢!

桂花雨

中秋节前后,就是故乡的桂花季节。一提到桂花,那股子香味就仿佛闻到了。桂花有两种,月月开的称木樨,花朵较细小,呈淡黄色,台湾好像也有,我曾在走过人家围墙外时闻到这股香味,一闻到就会引起乡愁。另一种称金桂,只有秋天才开,花朵较大,呈金黄色。我家的大宅院中,前后两大片广场,沿着围墙,种的全是金桂。唯有正屋大厅前的庭院中,种着两株木樨、两株绣球。还有父亲书房的廊檐下,是几盆茶花与木樨相间。

小时候,我对无论什么花都不懂得欣赏。尽管父亲指指点点地告诉我,这是凌霄花,这是叮咚花,这是木碧花……我除了记些名称外,最喜欢的还是桂花。桂花树不像梅花那么有姿态,笨笨拙拙的,不开花时,只是满树茂密的叶子,开花季节也得仔细地从绿叶丛里找细花,它不与繁花斗艳。可是桂花的香气味真是迷人。迷人的原因,是它不但可以闻,还可以吃。"吃花"在诗人看来是多么俗气,但我宁可俗,就是爱桂花。

桂花,真叫我魂牵梦萦。

故乡是近海县分,八月正是台风季节。母亲称之为"风水忌"。桂花一开放,母亲就开始担心了:"可别做风水啊!"(就是台风来的意思。)她担心的第一是将收成的稻谷,第二就是将收成的桂花。桂花也像桃梅李果,也有收成呢。母亲每天都要在前后院子走一遭,嘴里念着:"只要不做风水,我可以收几大箩。送一斗给胡宅老爷爷,一斗给毛宅二婶婆,他们两家糕饼做得多。"原来桂花是糕饼的香料。桂花开得最茂盛时,不说香闻十里,至少前后左右十几家邻居没有不浸在桂花香里的。桂花成熟时,就应当"摇",摇下来的桂花,朵朵完整、新鲜,如任它开过谢落在泥土里,尤其是被风雨吹落,那就湿漉漉的,香味差太多了。"摇桂花"对于我是件大事,所以老是盯着母亲问:"妈,怎么还不摇桂花嘛?"母亲说:"还早呢,没开足,摇不下来的。"可是母亲一看天空阴云密布,云脚长毛,就知道要"做风水"了,赶紧吩咐长工提前"摇桂花",这下,我可乐了。帮着在桂花树下铺篾簟,帮着抱桂花树使劲地摇,桂花纷纷落下来,落得我们满头满身,我就喊:"啊!真像下雨,好香的雨啊!"母亲洗净双手,撮一撮桂花放在水晶盘中,送到佛堂供佛。父亲点上檀香,炉烟袅袅,两种香混合在一起,佛堂就像神仙世界。于是父亲诗兴发了,即时口占一绝:"细细香风淡淡烟,竞收桂子庆丰年。儿童解得摇花乐,花雨缤纷入梦甜。"诗虽不见得高明,但在我心目中,父亲确实是才高八斗、出口成诗呢。

  桂花摇落以后,全家动员,拣去小枝小叶,铺开在簟子里,晒上好几天太阳,晒干了,收在铁罐子里,和在茶叶中泡茶,做桂花卤,过年时做糕饼。全年,整个村庄,都沉浸在桂花香中。

  念中学时到了杭州,杭州有一处名胜满觉垅,一座小小山坞,全是桂花,花开时那才是香闻十里。我们秋季远足,一定去满觉垅赏桂花。"赏花"是借口,主要的是饱餐"桂花栗子羹"。因满觉垅除桂花以外,还有栗子。花季栗子正成熟,软软的新剥栗子,和着西湖白莲藕粉一起煮,面上撒几朵桂花,那股子雅淡清香是无论如何没有字眼形容的。即使不撒桂花也一样清香,因为栗子长在桂花丛中,本身就带有桂花香。

我们边走边摇,桂花飘落如雨,地上不见泥土,铺满桂花,踩在花上软绵绵的,心中有点不忍。这大概就是母亲说的"金沙铺地,西方极乐世界"吧。母亲一生辛劳,无怨无艾,就是因为她心中有一个金沙铺地、玻璃琉璃的西方极乐世界。

我回家时,总捧一大袋桂花回来给母亲,可是母亲常常说:"杭州的桂花再香,还是比不得家乡旧宅院子里的金桂。"

于是我也想起了在故乡童年时代的"摇花乐",和那阵阵的桂花雨。

细雨灯花落

在上海念大学时,中文系每月至少有两次雅集,饮酒时常常行"飞花令"。就是行酒令的人饮一口酒,先念一句诗或词,不论是自己作的,或古人现成句,必定得包含一个花时,挨着个儿向右点,点到谁是花字,谁就得饮酒,再由他接下去吟一句,再向下点。非常紧凑、有趣。上的每道菜,我们也时常以诗词来比配象征,例如明明是香酥鸭,看那干干黑黑的样子,却说它是"枯藤老树昏鸦"。端上一大碗比较清淡的汤,就念道:"吹皱一池春水,干卿底事。"遇到颜色漂亮的菜,那就句子更多了,"碧云天,黄叶地"啦,"故作小红桃杏色"啦,"桃花柳絮满江城"啦。有一位男同学,脑筋快,诗词又背得多,他所比的都格外巧妙。记得有一道夹烧饼的黄花菜炒蛋,下面垫的是粉丝,他立刻说"花底离愁三月雨",把缕缕粉丝比作细雨,非常妙。他胃口很好,有一次把一只肥肥的红焖鸭拖到自己前面说:"我是'斗鸭阑干独倚'。"引得全体拊掌大笑。他跟一位女同学倾心相恋,在行酒令时,女同学念了一句"细雨灯花落",那个"花"字刚好点到了他,原来,这句正是他所作《水调歌头》的最后两句:"细雨灯花落,泪眼若为容。"这位男同学性格一向豪放,不知为什么,忽然"泪眼若为容"起来。他们二人相视而笑,我们也深深体会到,爱情总是带着泪花的。

记得有一次几个人在咖啡室里小聚,几上一盘什锦水果,中间有几颗樱桃。这位女同学就念道:"留将颜色慰多情。分明千点泪,贮作玉壶冰。"眼睛望着她的心上人嫣然一笑。这首《临江仙》的作者是多情的纳兰容若,最后几句是"感卿珍重报流莺,惜花须自爱,休只为花疼。"真觉得古典诗词含蓄之美,两人惺惺相惜,只需彼此唱和,而浓情蜜意,尽在不言中了。

遗憾的是这一对有情人并未成眷属,战乱终于使他们各奔东西,"惜花须自爱,休只为花疼",终成语谶。

古人有"剪烛夜谈"的情趣。现在都是电灯、日光灯,即使有蜡烛,也没有那种开出烛花的灯草烛芯,即使有那种灯草烛芯,也没有那份剪烛夜谈的闲情逸致。因此,一想起"灯花",一想起"细雨灯花落",连我也不禁要"泪眼若为容"了。

千里怀人月在峰

在台北时,每天上午十时和下午三时许,我总是竖起耳朵听楼下邮差自行车戛然而止和丢信件入信箱的熟稔声音,就飞奔下楼取信。我是这幢公寓里信件较多的人,因此几位邮差先生都认得我,其中一位还曾有一度师生之谊,见面总要互道一声"早"或"好",态度都非常亲切。无论星期假日、大风大雨,无论信封上地址如何错误,信件都会由绿衣人小心谨慎地递到你手中。使你满怀感谢与欣喜,觉得台湾的邮政服务确实是很周到的。身为汉人,若因懒于作书,而放弃了这分最温暖的享受,实在太可惜了。尽管在此忙碌快节奏的工商业社会中,有电话录音可以代替笔,可是笔墨文字所传递的灵犀一点、意味情趣与"闻其声如见其人"的电化工具究竟不同。古人说"书信是千里面目",并不一定指书中文笔之美、书法之工,也是指的那份亲切感。不然的话,为什么旧时代的人写信,一开头都要说"如握"、"如晤"、"奉书快如觌面"呢?

自从来到欧洲,和朋友亲人都离得那么远,万里来鸿,更是珍贵。每天上午九时半,外子一定会从办公室给我打来电话,告诉我收到谁谁的信,没收到谁谁的信,大致总不会令我太失望。如果是儿子的信,他就在电话中念给我听:"爸妈你们好,请保重身体，我们一切都好，家中一切都好，请放心。"西瓜大的字在纸上滚出那么多个"好"字，每回都大同小异，使我放心之至，以后也不要他再念了。至于朋友们的信呢？就得盼到晚上七时他到家时才能拜读，但这一整天我都以非常快乐的心情读书工作，因为晚间还有一件最最快乐的事——读友人书。

只因我们的住处有点"边远地区"，信件要晚两天到达，所以亲友的信都寄外子办公室，发信也托他带到城区投邮。我是个急性子，什么都希望快速。其实朋友们收到我信，哪会计较邮程？我只要收到朋友们的信，又何必计算他们是哪一天发的呢？如能彼此不断地写，就可以彼此不断地收到信了。想通以后，就将寓所地址告诉朋友，有的信就直接寄到家中。因此在九时半外子的电话以后，又多了一个盼信的时间——十二时左右。这里的邮差是穿蓝灰色制服的，在感觉上就没有台湾的绿衣人醒目与熟悉。我每回从窗子里望出去，看他把邮车停得很远，然后背着邮包懒洋洋地走上斜坡，有时在对面一排房子送完就走了。再过好半天，才又走到这边来。我起初奇怪他们怎么这样不经济时间，后来才知道，他们的分区很细，两对街的信件并不属于同一人送。（分区愈细，用的邮差人数愈多，每人的工作时间愈短，而州政府的负担也愈重。但不如此的话，就是失业人数愈多了。）洋人穿上制服，远远望去，在我这个东方人眼中，是分不大清的，怎么知道刚才对街那个邮差，和以后来这边的并非同一人呢？搞清楚以后，我也会连忙赶出去，无论有没有我的信，都向他说声"早"，以享受在台湾的那份亲切感。无论如何，他们冒着风霜雨雪，给人们传递佳音，这一分辛劳，总是令人心感不已的。

我认为读信和写信是人生最大快乐之一。这种经验，在我童

年时期,就深深体会到了。那时母亲带着我在故乡,父亲和哥哥在北平。一封信来回往往要一个月以上。父亲和哥哥的来信,在母亲和我心目中,岂止万金而已。那时乡村的邮差要四五天或一周才来一次。大约是星期三有邮差。我们寄北平的信,必得赶在邮差来前写好,以便当面交他带到城里寄发。母亲是个乡村妇女,看来好像从不关心究竟是星期几的,可是每到星期三,她一大早就会自言自语地念起来:"今天是礼拜三吧,今天是礼拜三啊。"到了中午时分,我总站在后门口,手里捏着写好的信,眼睛越过稻田,远远望向小汽轮到达的埠头。耳中听见汽笛嘟嘟之声,心也跟着跳个不停。看见摇曳的稻子尖或翻腾的麦浪中,绿衣邮差远远走来,就高声喊:"妈妈,邮差来了,邮差来了。"母亲在厨房里忙碌着,听我喊,偏偏一声也不回答,却不住地把脸转向窗口向外张望,邮差是不是来了,她早已看得清清楚楚。她就是不做声,就这么一分一秒地等着。其实她尽可命令我赶上前去取信,我也应当自己跑去迎接邮差。但我没有跑去,母亲和我的心情是一样的。要把盼待快乐的时间延长一点点,以接受更多的快乐或承当没有来信的失望。在我的记忆里,总是失望的时候居多。因为哥哥久病不能多写信,而天下的父亲,好像都不是勤于写家书的人。这种不快乐,七八岁的我,转个身就会忘记,在母亲就不一样了。她暗淡的神情,总要等父亲的信真正到达时才会开颜。她先让我把信念给她听,我一板一眼地念着,有时还故意停顿一下,瞄一下母亲的脸容,她好像笑眯眯的,又好像有点忧愁。我停得太久了,她就会说:"再念嘛。"念完了,就叫我收在碗橱正中抽屉里,要夹在黄历的当中。等她做完所有的事,把一双湿漉漉的手用蓝布围裙擦得干干净净,才拉开抽屉取出信来,就着菜油灯光,仔仔细细一个字一个字地念。有时也会埋怨一声:"你爸爸的字像画符似的,好难猜。"念完了,就用手帕包了塞在贴身衬褂口袋里。晚上临睡以前,还会再取出念一遍。那时候,我脑子里没有"情书"、"爱情"这种字眼,但我知道母亲心里好快乐,我可以趁此机会要求她多给我吃几块枣子糕、麦芽糖,也可以多和小朋友在后门摸田螺而不会挨骂。亲友邻居来时,她总要把信掏出来给大家看。直到下封信到时,才把前一封信放在枕头下面。有一次,她一时忘记,洗衬衣时没把信取出来,被水浸湿了。她好懊恼,把它小心翼翼地摊平,用石子压了在太阳下晒干再收好。信纸上水渍斑斑,好像是母亲的泪痕点点。我看在眼里,心中也酸酸的。暗地对自己说,长大以后,万一离开母亲,去外地读书,一定要多多给母亲写信,免她担忧。这一点,我后来确实做到了。那时我给父亲和哥哥的信,都写得好长好长。文言白话夹杂,但开头一定是"父亲大人膝下敬禀者"。收尾一定是"肃此谨叩福安"。不像现在儿子给我们的信,"爸妈您好"就交代了。有时母亲也叫我以她的口气替她写,我总是写不好,母亲只好请我的家庭教师代笔,母亲说得很多,老师写来只有寥寥数语。我怀疑地问:"老师,您都把妈妈的话写上去了吗?"老师笑笑说:"写了写了。文言信就是这点好,情意深,字句少。"父亲来信,却总责备我信写得不够文言,字写得没有"帖意"。但无论如何,我自信给父亲的信是文情并茂的,他只是不夸我罢了。

抗战期间,我负笈他乡,交通受阻,叔叔代母亲写来的信和我寄回去的信,都是复写两份,原本先寄,副本加在第二封信中寄,第二封的副本又加在第三封中寄,如此总不至两封信都失落,可谓用尽苦心。毕业后避乱穷乡,我们的通信仍维持这种方式,每收到一封沉甸甸黄标粗纸的信,心头是喜慰中夹着酸辛。只要没有像杜甫说的"寄书皆不达",已经万幸了。当年信的到达如此艰难,信也就愈加值得珍惜。那种盼信的心情,是懒于写信、宁可通电话的现代人所无法体会的。我想想自己到今天还盼书信盼得如此殷切,实在不脱农村社会的乡巴佬气息,真个已不合时宜了。

记得有一篇文章中谈到友情时,有这样的话:"现代的工商社会已经同时成为诗与友谊的敌人。""忙迫的生活节奏,更不适宜于培养诗情与友谊,真挚的友谊,会变得愈来愈少。"其实真正的友谊,应当不在笔砚间课疏密。何况相知在心的朋友,再忙碌也是抽得出时间写信的。

我觉得写信比写稿轻松有情趣得多了,因为信是给特定的朋友看的。稿子纵被刊出,读者也许比朋友的数量多些,但不像信可以收到回音,有一份期待的快乐。至于日记,读者除了自己,没有第二人,只好于日后翻翻,感怀怅触一番。像夏济安先生的日记,于身后公之于世,引起偌大共鸣的,能有几人?他自己泉下又何尝知道。所以这三者,我认为只有写信最足以抒畅心情。

在中学时代,我就最爱写信(相信少女们都如此)。大学毕业后,初期的工作是管理图书,每天除了猛看书以外,还有时间猛写信。那时生活单纯,无忧无虑,所有的信几乎都是大写其读书心得,大谈"人生哲学",朋友们的回信,也都是洋洋大观,一来一往,没完没了。如今想来,内容尽管幼稚可笑,那一派纯真的拳拳挚谊,却是弥足珍贵。因此这个爱写信的毛病,一直到今天改不掉。在台北时,每周必定有一天是写信日,好像这一天是专门和朋友聊天的。有的信看完就回,并非一定有要事,而是那份新鲜的感受和反应,非立刻写不可。好像那位朋友就在面前,有促膝谈心之乐。记得儿子念初中住校时,来信说:"妈妈,我每回给你写信时,你都音容宛在。"他爸爸骂他胡说八道,我却乐不可支,因为他说得对极了。

外子来美以后,一则工作繁忙,二则笔头懒。(老夫老妻的"外子",大概都差不多。)勉勉强强十天一封信,三言两语就交代了,自诩是"苏黄尺牍"、"晚明小品"。我呢?没那好修养,一定是五天一封万言书,看得他精疲力竭。来此以后,每天他下班回来,我边吃饭边絮絮地向他报告,看书报电视感想、长片内容等等,我说得兴高采烈,他听得昏昏思睡。忍无可忍之时,就耷拉眼皮慢吞吞地说:"你呀,在台北时信太长,来此以后话太多。"说得我好伤心。他还告诉我,他的一位同事太太与我有异曲同工之妙,先生说只愿听 FM 的音乐,不愿听 AM 的新闻广播(指太太的生活报道)。我这满心感想,无处发表,只好转向朋友。朋友们体谅我客居心情,有信必回,使我非常感激,写信兴趣也愈高了。外子又责我不明事理,说:"台湾朋友个个忙得团团转,哪像你现在以写信为职业,人家收到你信,不回不好,回又没时间,回了你,你又再写,岂不成了恶性循环。"他说得太严重,再想想也确有道理,只好斟酌情形,部分煞车了。

可是半年来,和我一直维持"长流水"通信的朋友有好几位,而且是定时定量,总是十天左右一封信,有的密密麻麻四张航空纸,有的"眉清目秀"满满一分邮简。她们娓娓地向我描述自己的生活情趣,读书感想,以及文艺界消息等等,使我"居江湖而思魏阙"的心,获得无限欣慰。有一位专事翻译工作的友人,他再忙总不忘给我写信,却对我说:"你不必回信,把写信的时间腾出来写文章,我看了你的文章,仍会给你写信。"他诚恳的关注与鼓励,实在使我感动。又有一位朋友说收到我的信感到颇为意外,因为许多人一离台湾,就不回头看了。我对他说我不是那种"义无反顾"之人。

好友沉樱姊,来美好多年了,台湾的文友都好想念她,但总是收不到她的信。我来以后,给她去了一封长信,她的回信来了,原来她非常挂念台湾朋友,只因手软不能多执笔。我就将她的信转寄台北朋友,我称之为"感情的连锁"。她说因为我的信,使她对信箱重新发生兴趣。并感谢我为她转信给台湾友人,说我是海外的"友谊中心",正如菱子是台北的"友谊中心"。但她仍劝我节省时间,以文代信,把心声传递给更多的人,我还是觉得写信与写稿并不抵触,何况许多意念与灵感,往往因彼此的通信而引发。就如沉樱姊最近在重读《红楼梦》,深感中外古今,再无一部好小说使她如此沉醉,她劝我必须用心再读,对我学习写作,必有启迪。她是我素所敬佩的前辈作家,她的勉励,也增加了我的兴趣与勇气。

除了盼信有点"痛苦"以外,读信和写信确是无上享受。我有一天一口气收到十一封信,那是我最富有的一天。就得意地向邻居炫耀,她说:"这怎么得了?你的朋友一人一封,你就得回十一封,哪有那么多时间。我们在美国久了,连家信都懒得写,父母亲好生气,他们哪知道美国生活有多忙。"我想这还是习惯问题,如果是一个不出外工作的家庭主妇,子女上学,炊事及清洁工作都很方便,总不至半个月都腾不出一两小时给双亲写信吧?这里文具店里,适合于各种情况的卡片,琳琅满目,上面的辞句都是"专家"设计,美不胜收,到什么节候或遇到某种状况,买一张寄去,固然总比不寄的好,但究竟是纸上文章,别人代你说的话,若不在上面加上你自己的话,总有"隔"之感。现代人事事都求快速以节省时间,连"情书"都代你写好了,可是节省下来的时间再多,也不知用到哪儿去了。吴鲁芹先生就曾有一篇文章谈到这点。可见忙与闲是没有绝对标准的,只看你对时间的运用如何。在我个人觉得,把时间花在写信上是值得的,才这样没完没了地写下去。却没想到不时投朋友以纸弹,几乎构成朋友的精神负担,内心实在歉疚。但身居异地,对平日言笑晏晏的故旧,焉得无春树暮云之思。今日交通虽然便利,但由于许多客观原因,也不见得"天涯若比邻"。我之所以不断给朋友写信,也无非希望自己在朋友心目中,能够"音容宛在"。

古人有诗云:"三更有梦书当枕,千里怀人月在峰。"在台湾时,每于深夜披卷读书,常能感觉上一句的意味,如今身处海外,深深体会到的却是"千里怀人月在峰"的况味呢。

与我同车

　　来美以前,他花了一个月恶补学开车,居然考到了驾驶执照。可是来纽约以后,因办公地点与住处相距太远,搭地下车反而方便。周末如有兴趣郊游,可搭同事便车,所以没有买车的必要。我来的头半年,因病深居简出。能外出以后,也就摸会了蛛网密布的地下车。他多次动了买车的念头,都被我坚决打消了。但他每回眼看同事们的"车"上英姿,总不胜钦羡地自言自语起来:"我要是有一部车子的话,开起来也有这般神气呢!"大有英雄无用武之地的感慨。再想想,在此作客之中,买辆车子,在行动上自由自在一番,至少不必在周末外出时,花双倍的时间去等半价车(此地车资在周六下午六时后至周日午夜是半价,但车次大为减少)。而且有车,访友购物,究竟方便不少,于是就决心买了。

　　一说买车,热心的同事们一个个提供意见。有的主张初学的技术不佳,不要买新车,买辆二手货就可以了。有的却认为好不容易买车子,当然要买新车豪华一下,何况新车不容易出毛病,技术不熟练的人尤当开新车。他对于后者的建议,全盘接受。就由热心朋友,带着去看各种厂牌、各种式样。比较再比较,考虑再考虑,他平时买袜子领带都要货走三家不吃亏,何况买车这桩大事呢?于是相亲似的,足足相了一个多月,才买了一部小型别克厂出品的云雀牌。付了订金,又足足等了三个月才交货;车到手时,已经是大雪纷飞的隆冬季节。只好借放在房东车库里,每月加他三十元停车费。车在车库中睡大觉,每天上下班仍得花二元车资,加上保险费,实在所费不赀。他是学经济的,相信在这方面,一定有他的理论根据吧。

今年开春解冻以后,他怕技术日久荒疏,就开始练车。所有的同事、朋友,全是他的指导老师,每人都把自己学开车的心路历程提供他参考。有一位说学开车第一要心平气和,急躁不得,也得意不得。他说他第一次在日本开新车去看朋友,一高兴,把车子开上了玄关,幸好出来迎接的朋友身手矫健,来个"鲤鱼跳龙门",总算有惊无险。来纽约以后,他自觉技高一筹,因此总是开快车,太太坐在边上心惊肉跳,屡次劝他开慢点,他不胜其烦,竟把车开到路肩上叫太太下车,自己走回家最安全。太太一气之下就学开车考执照,结果开得比先生还稳还快。又有一位朋友说,坐上驾驶座以后,先要深呼吸三下,然后气沉丹田,全神贯注,双手不可离方向盘,右脚不可离油门,与人挥手说"再见"时,脖子仍得直直的,不可扭过去。百分之百的机器人姿势。他仔细听着,一副心领神会的样子。上车坐定以后,果然运气一番,紧抿双唇,一脸的严肃。再慢慢举起右手,双目注视手心,缓缓向上转动才把手心贴在排挡上,再向右移四十五度,从容地一扳。我一看,这不是太极拳里"云手"的招式吗?对于太极拳,他已颇有"功夫",原来他是一通百通,可以运用在开车上。

逐渐熟练以后,先开住宅区附近的短程,然后上高速公路。我鼓起勇气坐在他旁边。他的命令来了:"替我看看,是不是太靠边了?""后面车子距离远不远?我要换线了。""你先下去看看,我停得合不合标准？"我的天，我平时既无距离观念，又无速度观念，叫我怎么知道怎样才算不偏不倚。要距离多少，后面车子才不致撞上来呢？我紧张得手心直冒汗，他还要我看地图、看路标，一个个念给他听。多念了怪我太啰嗦，少念了怪我脑筋不清楚。一副颐指气使君临天下的神气。难怪有人跟先生学车，气得都要离婚，我只坐他的车都气得要离婚了。地图是他出发前先研究好的，用红笔画了简易图，叫我一路向他报告。我在初中时就最讨厌地理，如今却要对着地图，作"仙人指路"（太极剑招式）；偏偏我这个"仙人"，竟是越指越糊涂。有一次在高速公路指错了出口，花整整一个小时兜了好几圈。他怪我反应迟钝，我怪他不该依赖别人。尤其气人的是迷了路，他总叫我问路。美国人对指路最为热心，仔仔细细说一遍，往往还叫你背一遍，看你是否听明白了。可怜我方向没有观念，路名没有印象，时常瞠目不知所答。他在一旁伸着脖子倒是听明白了。我气他自己不问，他说行人都在我这一边，当然归我问。我也奇怪为什么每回停下车来，行人总是正巧在我这边呢？他大笑说："笨瓜，哪有行人在路中央散步的？车子永远靠右走，你永远坐在右边，天生就是专管问路的。"原来我坐车的职责如此之重，不如搭地下车轻松十万倍。每回坐一趟他的车，回到家，只觉四肢酸痛，浑身乏力。他奇怪怎么坐轿的反比抬轿的累？他哪里知道，我心里紧张，还得集中注意力看路牌、喊口令，还得做出一副意定神闲的样子，以免影响他开车心理，这一番"内功"，该有多吃力？

我暗地里受罪，他还得意地说同事们个个夸他进步神速。踩油门懂得用浮劲，所以速度把握得很稳（这大概是他的太极拳功夫）；方向盘打得十分的"帅"，一个大转弯，恰到好处，一点不像车龄如此稚嫩之人。他一位同事,考执照多次未考取,灰心之余,只好怪纽约的执照不好考,认为搭地下车最安全而心安理得。另一位年逾六十的老先生,倒是勇气百倍,考了二十多次,终于考取了执照。却只敢从他乡间的寓所开到他自己的店里。他每回都得意地说:"住乡间就是这点好,车子少,我一早开车出去,前面总是一辆车都没有。"他就不知道前面的车子早已绝尘而去,无影无踪,他却没回头看看后面车子跟了一大串。原来这条路很窄,中间双黄线又不能超车,所有的车子只好耐心地在老先生后面亦步亦趋地追随。

转述着这些故事,他越发地眉飞色舞起来。我坐在边上,也跟着得意,才一得意,就迷了路,尤其是在路名复杂的住宅区,弄得东西南北莫辨。朋友又劝他买个指南针放在车上定位。谁知指南针到了车上,指的并不是南方,搞得人更糊涂。原来车上的铁质装置干扰了磁场,南方变成了北方,真个是南辕北辙,备觉迷茫。他只好在迷路时靠路边停下,下了车,恭恭敬敬把那玲珑可爱的指南针双手请出来,放在地上认出了南方,再上车。但车子一转弯,心中的南方又变了东方或西方,永远搞不清,如此岂不是刻舟求剑,愚不可及吗?大家都鼓励他说没关系,开久了,自然熟能生巧,巧能生精,到了开车可以听音乐的程度,就差不多了。他已经买了一大叠录音带,有流行歌曲、古典音乐、美国民谣等等,但一次也没装上听过,我最爱听的是《离家五百里》,我们这两只迷途的羔羊,名副其实地,"离家五百里"呢。

有点使我愤愤不平的是,他对新车的爱护,远胜于对我的关怀。每次到家要进车库时,我先下车,他总是说:"小心别让树枝擦伤我的车门。"却没说:"小心树枝刺到你的眼睛。"这也难怪,望六之年，能购得名牌新车一辆，与它朝夕相对的新鲜滋味，自然是和琐碎的老妻不同。还有人将新车喻为"外室"的，大概就是这种心情吧。

偏偏他愈是小心翼翼地照顾新车子，愈是容易出岔了。有一天，他开进车库时，车头碰在硬邦邦的石墙上，碰碎了车灯玻璃，擦伤了车皮，一条长长的戳痕，直戳到他心里。我也未始不心疼，好好一辆新车，破了当门相。无可奈何中，他自慰说："在纽约开车，车子哪有不碰伤的？不信你以后注意别人的车子。"

从那以后，我们在人行道上散步时，不是欣赏扶疏花木或朝暾晚霞，而是专门注意人行道边停放的，或马路上疾驶的车辆，是否有撞伤的疤痕。这一看，原来好多车子都伤痕累累，有的甚至眼睛、鼻子都撞歪了，或是车门凹进一大块，仍旧照开不误。如果发现一辆崭新车子有疮疤，他就指指点点地喊："你看，你看。"总之，愈看到别人家车子疮疤多，心里愈高兴——一副望人穷的奇妙心理。

但无论如何，我已百分之百依赖他的开车技术了。"五花大绑"地扣上安全带，坐在他身旁，扎扎实实地确有一份安全感。他的稳健，并不来自有限的开车经验，而是由于他本性的沉着、镇静与谨慎。我对他的信赖，也不是由于看他得心应手地左转右转、恰到好处地前进后退，而是由于数十年来，与他的甘苦与共，安危相依。他既然"惠而好我，与我同车"，我焉得不"驾言出游，以写我忧"呢？

留予他年说梦痕

十岁时,家庭教师教我背千家诗,背得我直打哈欠。他屡次问我长大了要当个什么,我总心不在焉地回答说:"当诗人。"他又生气地说:"岂止是诗人,还要会写古文,写字——像碑帖那样好的字,这叫做文学家。"

"文学家"这个名字使我畏惧,那要吃多少苦?太难了,我宁可做厨子,做裁缝师傅。烧菜和缝衣比背古文、背诗有趣多了。

父亲从北平回来,拿起我的作文簿,边看边摇头,显然地他不满意我的"文章"。我在一旁垂手而立,呼吸迫促而低微,手心冒着汗。老师坐在对面,定着眼神咧着嘴,脸上的笑纹都像是用毛笔勾出来似的,一动也不会动。大拇指使劲拨着十八罗汉的小圈念佛珠,啪嗒啪嗒地响。我心里忽浮起一阵获得报复的快感,暗地里想:

"你平日管教我那么凶。今天你在爸爸面前,怎么一双眼睛瞪得像死鱼。"父亲沉着声音问他:"她写给我的信,都是你替她改过的吗?"他点点头说:"略微改几个字,她写信比作文好,写给她哥哥的信更好。"提起哥哥,父亲把眉头一皱,我顿时想起那篇为哥哥写的祭文,满纸的"呜呼吾兄"、"悲乎"、"痛哉";老师在后面批了"峡猿蜀宇,凄断人肠"八个字。我自己也认为写得不错,因为我每次用读祭文的音调读起来时,鼻子就酸酸的想哭。老师不让我把祭文给爸爸看,怕引起他伤感,如今他又偏偏提哥哥。父亲严肃地对我说:"你要用功读书,爸爸只你一个孩子了。"他的眼里滚动着泪水,我也忍不住抽噎起来,他又摸摸我的头对老师说:"你还是先教她做记事抒情的文章吧,议论文慢点做。"

父亲的话是有道理的,此后凡是我喜欢的题目,做起来就特别流畅。"文学家"三个字又时常在我心中跳动。像曹大家、庄姜、李清照那样的女文学家,多体面、多令人仰慕。可是无论如何,背书与学字总是苦事儿,我宁愿偷看小说。

我家书橱里的旧小说虽多,但橱门是锁着的,隔着一层玻璃,可望而不可即。跟我一同读书的小叔叔,诡计多端地弄来一把钥匙,打开橱门,我就取之不尽地偷看起来。读了《玉梨魂》与《断鸿零雁记》,还躺在被窝里,边想边流泪。在上海念大学的堂叔又寄来几本《瓯江青年》与旧的《东方杂志》,对我说这里面的文章才是新式白话文,才有新思想,叫我别死啃古文,别用文言作文,文言文写不出心里想说的话。我有点半信半疑,读《瓯江青年》倒是越读越有味,《东方杂志》却是好多看不懂。堂叔的信和杂志,不小心被老师发现了,他大为震怒地说:"你,走路都还不会就想飞。"信被撕得粉碎,丢进了字纸篓。我在心里发誓:"我就偏偏要写白话文,我要求爸爸送我去女学堂,我不要跟你念古文。"

老师没有十分接受父亲的劝告,他仍时常要我写议论文:"楚项羽论"、"衣食住三者并重说"、"说钓",我咬着笔管,搜索枯肠,总是以"人生在世"、"岂不悲哉"交了卷。我暗地里却写了好几篇白话文,寄给堂叔看。他给我圈,给我改,赞我文情并茂。有一次,我写了一篇《白绣球》。内容是哭哥哥的。这株绣球树是哥哥与我未分离前,一同看阿荣伯种的。绣球长大了每年开花,哥哥却远在北平不能回来。今年绣球开得特别茂盛,哥哥却去世了,白绣球花仿佛是有意给哥哥穿素的。我写了许多回忆,许多想哥哥的话,愈写愈悲伤,泪水都一滴滴地落在纸张上,母亲看我边写边哭,还当我累了,叫我休息一下。我藏起文章不给她看到,只寄给堂叔看。他来信说我写得太感动人,他都流泪了。叫我把这篇文章给父亲看,我却仍不敢。一则怕父亲伤心,二则怕他看了白话文会生气。这篇"杰作",就一直被保存在书箧里,带到杭州。

十二岁到了杭州,老师要出家修道,向父亲提出辞馆。我心里茫茫然的,有点恋恋不舍他的走,又有点庆幸自己以后可以"放生"了。我家住所的斜对面正是一所有名的"女学堂"。我在阳台上眼望着短衣黑裙的"学堂生",在翠绿的草坪上拍手戏逐,好不羡慕。正巧父亲一位好友孙老伯自北平来我家,他是燕京大学的某系主任,我想他是洋学堂教授,一定喜欢白话文,就把那篇《白绣球》的杰作拿给他看,并要求他劝父亲许我去上女学堂。他看了连连点头,把我的心愿告诉了父亲。父亲摇摇头说:"不行,我要她跟马一浮老先生做弟子。"孙老伯说:"马一浮是研究佛学的,你要女儿当尼姑吗?"我在边上忽然哇地一声哭起来,父亲沉着脸,无动于衷的样子。我眼泪汪汪地望着孙老伯,仿佛前途的命运就系在他的一句话上了。

第二天,父亲在饭桌上忽然对老师说:"你未出家以前,给小春补习一下算术与党义,让她试试看考中学。"我一听,兴奋得饭都咽不下。"爸爸,您真好。"我心里喊着。

两个月的填鸭,我居然考取了斜对面那个女学堂,从此我也是短衣黑裙的女学生。老师走后,我再不用关在家里啃古书了。

在学校里,为了表现自己的学问,白话文里故意夹些文言字眼,都被老师划去了,我气不过,就正式写了篇洋洋洒洒的"古文",老师反又大加圈点,批上"凤毛麟角,弥足珍贵"八个大字,我得意得飘飘然,被目为班上的"古文大将"。壁报上时常出现我的"大作",我想当"文学家"的欲望又油然而生。可是寄到《浙江青年》的稿子总被退回来,我又灰心了。

进了高中以后,老师鼓励我把一篇小狗的故事再寄去投稿,"包你会登",他跷起大拇指说。果然,那篇文章登出来了,还寄了两元四角的稿费。闪亮的银元呀,我居然拿稿费了,我把四角钱买了一支红心"自来铅笔"送老师,两块银元放在口袋里叮叮当当地响,神气得要命。

我又写了一篇回忆童年时家乡涨大水的情景,寄去投稿,又被登出来了,稿费是三块,涨价啦。那篇文章我至今仍记得一些,我写的是:"河里涨大水,稻田都被淹没了,漆黑的夜里,妈妈带着我坐乌篷船在水上漂,不知要漂到哪里。船底滑过稻子尖,发出沙沙的声音,妈妈嘴里直念着阿弥陀佛,我却疲倦得想睡觉。朦胧中,忽然想起哥哥寄给我的大英牌香烟画片不知是不是还在身边,赶紧伸手在袋里一摸,都在呢,拿出来闭着眼睛数一遍,一张不少,又放回贴身小口袋里,才安心睡着了。"老师说我句句能从印象上着笔,且描绘出儿时心态,所以好。由于他的鼓励与指点,我阅读与学习写作的兴趣更浓厚了。可是在中学六年,我的"国学"完全丢开了,这是使父亲非常失望的一点。高中毕业,他又旧事重提:要我拜马一浮先生为弟子。我又急得哭了。

我的志愿是考北平燕京大学外文系,洋就索性洋到底。可是父亲的答复是"绝对不许"。他一则不放心我远离,二则不许我丢开"国粹"学"蟹行文字"。我偷偷写信给燕京的孙老伯,第二次为我做说客,好容易说动了父亲,折衷办法是念杭州之江,必定要念中国文学系。因为国文系有一位夏承焘先生,是父亲赏识的国学大师,他是浙东大词人之一,父亲这才放心了。

之江也是教会学校,一样地洋里洋气,寥寥可数的几个国文系学生,男生一定穿长褂子,女生一定是直头发。在秀丽的秦望山麓,雄伟的钱塘江畔,独来独往,被目为非怪物即老古董。夏老师呢,一个平顶头,一袭长衫,一口浓重的永嘉乡音,带着一群得意门生,在六和塔下的小竹屋里吃完了"片儿汤",又一路步行到九溪十八涧,沏一壶龙井清茶,两碟子花生米与豆腐干,他就吟起词来:"短策暂辞奔竞场,同来此地乞清凉。若能杯水如名淡,应信村茶比酒香。无一语,答秋光,愁边征雁忽成行。中年只有看山感,西北阑干半夕阳。"

他飘逸的风范和淡泊崇高的性格,可从这首词里看得出来。他对学生不仅以言教,以身教,更以日常生活教。随他散一次步,游一次名胜,访一次朋友,都可于默默中获得作文与做人方面无穷的启迪。他看去很随和,有时却很固执。一首词要你改上十几遍,一字不妥,定要你自己去寻求。他说做学问写文章都一样,"先难而后获"。别人改的不是你自己的灵感,你必须寻找那唯一贴切的字眼。

他说灵感像猫,"觅时偏不得,不寻还自来",是强求不得的。有一天傍晚,我随他在林中散步,他吟了两句诗:"松林细语风吹去,明日寻来尽是诗。"他说:"松林中细语,被风吹去,似了无痕迹,但心中那一刹那间美的感受,却慢慢酝酿成为诗,成为文,绝不是勉强得来的。"这是他作诗为文的态度,也是他行云流水似的风格。他说话不多,但每句话,都像名山古刹中的木鱼清磬,一声声飘落在你心田里,隽永而耐人寻思。

大学四年,我鲁钝的资质并未学得什么,而夏老师春风化雨的熏陶,却使我领会了人生的乐趣,不在争名逐利,而在读书写作,以及工作过程中的那一份欢愉的感受。

"留予他年说梦痕,一花一木耐温存。"这是他的词,他说人生固然短暂,而生活却是壮美的。生活中的一花一木,一喜一悲都当以温存的心,细细体味。哪怕当时是痛苦与烦恼,而过后思量,将可以化痛苦为信念,转烦恼为菩提。使你有更多的智慧与勇气,面对现实。

别老师后,他的词与他的诲谕时时在心。抗战期间,我尝尽了生离死别之苦,避乱穷乡,又经历了许多惊险,在工作中,我也领略到人间炎凉与温暖的滋味。我渐渐地长成了,我懂得,人要挣扎着生活下去是多么不容易,却是多么值得赞美。我也懂得如何以温存的心,体味生涯中的一花一木所给予我的一喜一悲。

记得逃避山中时,正值隆冬季节,整个山城被封闭在两尺厚的皑皑积雪中,我处身其间,像冻结在水晶球中的玩偶,有一种凝固的安全感。静谧、寂寞而安详。在那一段日子,我终日沉醉在壮美的感受里,我读了些书,也点点滴滴地写了一些追忆旧事的篇章。

胜利后回到杭州,我去萝苑拜会夏老师,我们穿过松林幽径,走向孤山放鹤亭,那时正是骤雨初霁的仲夏傍晚,湖水湖风,凉送襟袖,我们在亭中坐下来,看湖面上亭亭的风荷,跳跃着晶莹的水珠,在心旷神怡中,他看着我请他批改的几篇短文,点点头微笑着,拿出钢笔在封面上题了"留予他年说梦痕"的那句话。

卖水红菱的小姑娘来了，我们买了一掬，慢慢儿剥着，在暮霭苍茫中回到萝苑。

湖堤散步的情景，一晃眼已经是十多年前的事了。来台湾时，仓促中不及带出那些未经整理的凌乱稿件。那些事，在我心中也一直是非常凌乱。生活安定下来以后，我才又重新一件件地追忆，重新琐琐碎碎、片片段段地写。写下许多童年的故事，写下我对亲人师友的怀念，也写下我在台湾的生活感想。这些，也许会被认为是个人廉价的感伤，鸡毛蒜皮不值一提的身边琐事，或老生常谈却自以为了不起的人生哲学。对这些批评，我都坦然置之，我是因为心里有一份情绪在激荡，不得不写时才写。每回我写到我的父母家人与师友，我都禁不住热泪盈眶。我忘不了他们对我的关爱，我也珍惜自己对他们的这一份情。像树木花草似的，谁能没有一个根呢？我常常想，我若能忘掉亲人师友，忘掉童年，忘掉故乡，我若能不再哭，不再笑，我宁愿搁下笔，此生永不再写，然而，这怎么可能呢？

人到了中年，应该更坚强，更经受得起了，但我有时却非常脆弱。我会因看见一头负荷过重的老牛，蹒跚地迈过我身边而为它黯然良久。我会呆呆地守着一只为觅食而失群的蚂蚁而代它彷徨焦急。我更会因听到寺庙的木鱼钟磬之声，殡仪馆的哀乐，甚至逢年过节看见热闹的舞龙灯、跑旱船、划龙船而泫然欲泣。面对着姹紫嫣红的春日，或月凉似水的秋夜，我想念的是故乡矮墙外碧绿的稻田，与庭院中雅淡的木樨花香。我相信，心灵如此敏感的，该不止我一个人吧！

我是沉醉在个人的哀乐中吗？我是在逃避现实吗？不，不是的。虽然日历纸一天天飞过去不会再回头，但我总得望着前面，前面还有一大段路得走。我总希望以壮健的身心回到故乡,在先人的庐墓边安居下来,享受壮阔的山水田园之美,呼吸芬芳静谧的空气。我要与梦寐中曾几度相见的人们,真正地紧握着手,畅叙别后离情。我渴望着那一天,难道那一天会遥远吗？不会吧。

"留予他年说梦痕,一花一木耐温存。"那微带悲怆的声调不时在我心头萦绕。为了他年的印证,我以这支颓笔,留下了斑斓的梦痕,也付印了这本小书。

书名《烟愁》,这是集中的一篇。我对这两个字有一分偏爱。淡淡的哀愁,像轻烟似的,萦绕着,也散开了。那不象征虚无缥缈,更不象征幻灭,却给我一种踏踏实实的、永恒之美的感受。

母亲的书

母亲在忙完一天的煮饭,洗衣,喂猪、鸡、鸭之后,就会喊着我说:"小春呀,去把妈的书拿来。"

我就会问:"哪本书呀?"

"那本橡皮纸的。"

我就知道妈妈今儿晚上心里高兴,要在书房里陪伴我,就着一盏菜油灯光,给爸爸绣拖鞋面了。

橡皮纸的书上没有一个字,实在是一本"无字天书"。里面夹的是红红绿绿彩色缤纷的丝线,白纸剪的朵朵花样。还有外婆给母亲绣的一双水绿缎子鞋面,没有做成鞋子,母亲就这么一直夹在书里,夹了将近十年。外婆早过世了,水绿缎子上绣的樱桃仍旧鲜红得可以摘来吃似的。一对小小的喜鹊,一只张着嘴,一只合着嘴,母亲告诉过我,那只张着嘴的是公的,合着嘴的是母的。喜鹊也跟人一样,男女性格有别。母亲每回翻开书,总先翻到夹得最厚的这一页。对着一双喜鹊端详老半天,嘴角似笑非笑,眼神定定的,像在专心欣赏,又像在想什么心事。然后再翻到另一页,用心地选出丝线,绣起花来。好像这双鞋面上的喜鹊樱桃,是母亲永久的样本,她心里什么图案和颜色,都仿佛从这上面变化出来的。

母亲为什么叫这本书为橡皮纸书呢？是因为书页的纸张又厚又硬，像树皮的颜色，也不知是什么材料做的，非常的坚韧，再怎么翻也不会撕破，又可以防潮湿。母亲就给它一个新式的名称——橡皮纸。其实是一种非常古老的纸，是太外婆亲手裁订起来给外婆，外婆再传给母亲的。书页是双层对折，中间的夹层里，有时会夹着母亲心中的至宝，那就是父亲从北平的来信，这才是"无字天书"中真正的"书"了。母亲当着我，从不抽出来重读，直到花儿绣累了，菜油灯花也微弱了，我背论语孟子背得伏在书桌上睡着了，她就会悄悄地抽出信来，和父亲隔着千山万水，低诉知心话。

还有一本母亲喜爱的书，也是我记忆中非常深刻的，那就是怵目惊心的"十殿阎王"。粗糙的黄标纸上，印着简单的图画——是阴间十座阎王殿里，面目狰狞的阎王，牛头马面，以及形形色色的鬼魂。依着他们在世为人的善恶，接受不同的奖赏与惩罚。惩罚的方式最恐怖，有上尖刀山、落油锅、被猛兽追扑等等。然后从一个圆圆的轮回中转出来，有升为大官或大富翁的，有变为乞丐的，也有降为猪狗、鸡鸭、蚊蝇的。母亲对这些图画好像百看不厌，有时指着它对我说："阴间与阳间的隔离，就只在一口气。活着还有这口气，就要做好人，行好事。"母亲常爱说的一句话是："不要扯谎，小心拔舌耕犁啊。""拔舌耕犁"也是这本书里的一幅图画，画着一个披头散发女鬼，舌头被拉出来，刺一个窟窿，套着犁头由牛拉着耕田，是对说谎者最重的惩罚。所以她常拿来警告人。外公说十殿阎王是人心里想出来的，所以天堂与地狱都在人心中。但因果报应是一定有的，佛经上说得明明白白的啰。

母亲生活上离不了手的另一本书是黄历。她在床头小几抽屉里,厨房碗橱抽屉里,都各放一本,随时取出来翻查,看今天是什么样的日子。日子的好坏,对母亲来说是太重要了。她万事细心,什么事都要图个吉利。买猪仔、修理牛栏猪栓、插秧、割稻都要拣好日子,腊月里做酒、蒸糕更不用说了。只有母鸡孵出一窝小鸡来,由不得她拣在哪一天,但她也要看一下黄历。如果逢上大吉大利的好日子,她就好高兴,想着这一窝鸡就会一帆风顺地长大,如果不巧是个不太好的日子,她就会叫我格外当心走路,别踩到小鸡,在天井里要提防老鹰攫去。有一次,一只大老鹰飞扑下来,母亲放下锅铲,奔出来赶老鹰,还是被衔走了一只小鸡。母亲跑得太急,一不小心,脚踩着一只小鸡,把它的小翅膀踩断了。小鸡叫得好凄惨,母鸡在我们身边团团转,咯咯咯地悲鸣。母亲身子一歪,还差点摔了一跤。我扶她坐在长凳上,她手掌心里捧着受伤的小鸡,又后悔不该踩到它,又心痛被老鹰衔走的小鸡,眼泪一直地流,我也要哭了。因为小鸡身上全是血,那情形实在悲惨。外公赶忙倒点麻油,抹在它的伤口,可怜的小鸡,叫声越来越微弱,终于停止了。母亲边抹眼泪边念往生咒,外公说:"这样也好,六道轮回,这只小鸡已经又转过一道,孽也早一点偿清,可以早点转世为人了。"我又想起"十殿阎王"里那张图画,小小心灵里,忽然感觉到人生一切不能自主的悲哀。

  黄历上一年二十四个节日,母亲背得滚瓜烂熟。每次翻开黄历,要查眼前这个节日在哪一天,她总是从头念起,一直念到当月的那个节日为止。我也跟着背:"正月立春、雨水,二月惊蛰、春分,三月清明、谷雨……"但每回念到八月的白露、秋分时,不知为什么,心里总有一丝凄凄凉凉的感觉。小小年纪,就兴起"一年容易又秋风"的慨叹。也许是因为八月里有个中秋节,诗里面形容中秋节月亮的句子那么多。中秋节是应当全家团圆的,而一年盼一年,父亲和大哥总是在北平迟迟不归。还有老师教过我《诗经》里的蒹葭篇:"蒹葭苍苍,白露为霜,所谓伊人,在水一方。溯回从之,道阻且长,溯游从之,宛在水中央。"我当时觉得"宛在水中央"不大懂,而且有点滑稽。最喜欢的是头两句。"白露为霜"使我联想起"鬓边霜",老师教过我那是比喻白发。我时常抬头看一下母亲的额角,是否已有"鬓边霜"了。

母亲当然还有其他好多书,像《花名宝卷》、《本草纲目》、《绘图列女传》、《心经》、《弥陀经》等的经书。她最最恭敬的当然是佛经。每天点了香烛,跪在蒲团上念经。一页一页地翻过去,有时一卷都念完了,也没看她翻,原来她早已会背了。我坐在经堂左角的书桌边,专心致志地听她念经,音调忽高忽低,忽慢忽快,却是每一个字念得清清楚楚,正正确确。看她闭目凝神的那份虔诚,我也静静地坐着一动不动。念完最后一卷经,她还要再念一段像结语那样的几句。最末两句是"四十八愿渡众身,九品咸令登彼岸"。念完这两句,母亲宁静的脸上浮起微笑,仿佛已经渡了众身,登了彼岸了。我望着烛光摇曳,炉烟缭绕,觉得母女二人在空荡荡的经堂里,总有点冷冷清清。

《本草纲目》是母亲做学问的书,那里面那么多木字旁、草字头的字,母亲实在也认不得几个。但她总把它端端正正摆在床头几上,偶然翻一阵,说来也头头是道。其实都是外公这位山乡郎中口头传授给她的,母亲只知道出典都在这本书里就是了。

母亲没有正式认过字,读过书,但在我心中,她却是博古通今的。

母心似天空

记得读过一首题名《雨》的诗：

> 我嚷着要妈妈给糖吃，
> 从八点吵闹到十二点。
> 妈妈一声不响地走到窗前，
> 转过脸来对我说：
> 天空伤心，所以下雨了，
> 我看见妈妈的眼泪如雨般落下来，
> 妈妈，您是天空吗？

我一遍遍地读，想起幼年时，常常仰望天空，看母亲落泪。当时并无意伤母亲的心，如今身为人母，才知道天空中的雨水，原来无有止时。

天空有时晴明万里，有时阴霾密布。可是天空原无一个具体的"我"，只是无边无际地孕育着万物，万物承受雨露滋润，发育成长而不自知。

又有一位诗人写道：

母亲的心，
像针插。
总是默默承当，
不喊一声痛。

想来这两位诗人，都是最能仰体亲心的子女吧。

有一位母亲叹息似的说："我但愿自己能活一百岁、两百岁，不是贪恋人生，而是想能够一直牵着儿孙的手，带领他们平平安安走完人生的道路。"这就是所谓的"痴心父母古来多"啊！

时至今日，由于西方文明的冲击，"代沟"与"反抗期"等新理论成了做父母的必修课程。成长中的子女，对于父母的"责望"远过于父母望子成龙、望女成凤之心。当年是天下无不是的父母，如今是天下无不是的子女。青少年犯罪率的日益升高，似乎都由于做父母的不懂得如何了解子女、做子女的朋友；万方有罪，罪在父母。可曾有哪一位游学西方的权威学者，重振一下中国孝悌忠信的固有道德，提醒做子女的无忘父母罔极之恩呢？难道这些子女们长大后，来日不为人父母吗？

父母子女之间，是亲情而不是权利义务，西方人虽然强调权利义务，但也并不忽视亲情。我旅居美国三年，与左右邻居老一辈的为友，也和他们的年轻一代为友。我发现他们之间彼此的关怀爱顾，反远过于少数华人家庭年轻夫妇对老人的态度，这真叫我既惊奇又感慨。我左邻的一个十几岁的小女孩，每天骑着单车挨家送完晨报以后，都推着她坐轮椅的祖母出来遛狗散步。祖孙之间脸上的快乐笑容，正表示她们真心真意的息息相关。可是有一家华人家庭，却把老病的母亲丢在家中，夫妇外出旅行。我们华人的传统道德到哪里去了？真叫我这个守旧的华人，无言向老美解释。

我旅行爱荷华农庄，探望一位美国老友时，正逢她女儿生日，母亲兴冲冲忙着为女儿做蛋糕，女儿却笑吟吟地为母亲献上一束芬芳的康乃馨，一张自制的丝质贺卡上写着："亲爱的爸爸妈妈，每到我生日，我更感谢你们、想念你们。尤其在我自己做了妈妈以后。因为你们给了我这么完美的生命、这么丰富的智慧、这么幸福的人生。爸爸、妈妈，我爱你们，永远永远。"

母亲读着卡片，安慰得泪如雨下，我在一边也禁不住泪水盈眶。她抹去眼泪对我说："记得我曾在信中对你说过吗？'儿女幼年时，踩在你脚尖上，长大了却踩在你心尖上。'可是到了儿子成人、女儿出嫁以后，我愈来愈感到不是这样。我们父母子女永远是心连心，互爱互赖。"

听了她的话，我好感动，也好感慨。我不忍心告诉她我们台湾青少年今日的心态。我只给她讲了自己小时候的一个故事：

我五岁时坐在母亲怀中，母亲在和姑妈聊天，没有像平时似的搂得我那么紧，我忽然心生妒意，用手帕把自己的小小食指使力地缠绕起来，缠得指尖发紫，然后放声大哭。我的目的只是要母亲注意我，全心全意对我。母亲急忙把手帕解开时，小食指尖已紫得跟樱桃似的，母亲连忙把它放在口中吮啜，软软的舌头包卷住指尖，好暖好暖，我仰头望母亲，母亲的泪水一颗颗掉下来，可是脸上却带着笑，因为她看我已经不哭了。

我当时虽只是五岁的孩子，却已经不止踩在母亲的脚尖上，而是踩在她的心尖上了。和朋友叙述这个幼年故事时，又忽然想起那位诗人的句子："天空伤心，所以落下雨了，妈妈，您是天空吗?"我把这几句诗和那首"针插"的诗都口译给她听,她莞尔而笑。她说:"我深深懂得,你们华人最重亲恩,才会有这样感人的诗。"她又告诉我,他们把八十岁老母送进养老院,是因为那儿的一切医疗设备比家中更完善,而不是疏离她。他们夫妻隔日必轮流去探望她一次,把刚生的孙女照片带给她看,让她享受四代同堂的幸福。谁说美国不重亲情呢?

我曾请教一位少年辅导所的负责人,他是一位黑人。我说:"两代之间,真有代沟的存在吗?"他咧开大嘴坦诚地笑笑说:"代沟如同一级一级的楼梯,父母亲向下走,子女们向上走。彼此伸手相扶,那是一种和谐协调的幸福而不是问题。"他又耸耸肩幽默地说:"我们美国的学者专家们把所谓的代沟看得太严重了。难道你们那也这么严重吗?我没有受过高深的教育,我只记得父母亲有多爱我,我有多爱我的子女,所以我更爱我的父母亲,我的子女们也更爱我。"

难道拥有几千年孝悌忠信文化的古中国,还得倒过来向西方学习吗?

我又想起《雨》那首诗:

> 天空伤心,所以落雨了,
> 我看见妈妈的眼泪如雨般落下来,
> 妈妈,您是天空吗?

灯景旧情怀

春节已近尾声,而几天来清晨与傍晚、左右前后噼噼啪啪的鞭炮声,仍然此起彼落的,不绝于耳。新年的气氛还是这般浓厚。我望着长桌上一对红蜡烛。那是"分岁烛",也是"风水烛",大除夕祭祖时点过两个钟头。按当年母亲的规矩,五天新年中每晚都得点燃一下。点过正月初五,才谨慎小心地用金纸包了收在抽屉里,十五元宵节再取出来点。嘴里还念念有词地说:"风水烛,风水足哪!"可是如今年兴已淡的我,竟一直忘了再点。前儿忽然停电,才又把它们点起来。红红的光影,顿时照得心头温暖生春。那么索性等点过元宵灯节再收起来吧。

故乡的新年,从十二月廿三送灶神开始,一直要热闹到十五,滚过龙灯,吃过汤团,才算落幕。这样长的年景,对我这个只想逃学、不肯背"诗云子曰"的顽皮童子来说,实在是太棒太棒了。每回地方上举行什么大典,或是左邻右舍办喜事,我就会蹦得半天高地喊:"我真'爽险爽',我'爽'得都要爆裂开来了!""爽"是我家乡话"快乐"的意思,"爽险爽"就是"快乐得不得了"啦。过新年是大典中的大典,我怎么能不"爽得爆裂开来"呢?

择日"解冬"(送冬祭祖),大部分在十二月廿七八深夜。我是女孩子,没有资格在那样的大典中拜祖宗,而且早已困得东倒西歪,抱着小猫咪趴在灶下的柴堆里睡着了。可是大年夜的"点喜灯"工作却是我的专利。吃完晚饭以后,阿荣伯就把山薯平均地切成一块块,把香梗也平均地折成一段段,插在上面;再打开一大包细细的红蜡烛,叫我帮忙,一根根套在香梗上,装在大竹篮里,由我拎着。他一手提灯笼,一手牵我到各处点喜灯。前后院的大树下、大门的门神脚边、走廊里、谷仓门前、厨房水缸边……统统都点了摆好。全个大宅院都红红亮亮、喜气洋洋起来。可惜蜡烛太小,风又太大,等我们兜一圈儿回来,有的蜡烛已经点完了。阿荣伯又打开一包补上。这样补到东边又补到西边,我就说:"好累啊!站起蹲下的,头都晕了。"阿荣伯用红灯笼照照我的脸,摇摇头说:"吃了分岁酒,拿了压岁包儿,才做这么点事就累啦?不行,做什么事都要有头有尾。"

　　我在红红的烛光里,看见阿荣伯的鬓边有好多白发,我捧住他的手膀关心地说:"阿荣伯,你也长大一岁了。"他笑笑说:"我不是长大一岁,我是老了一岁。你才是长大一岁。"我说:"长大有什么好?长大了就会老,老了就会长白头发。"阿荣伯连忙阻止我说:"过年过节的,不要说这种话。等下子在你妈妈面前可不能这样讲。"我做出很懂事的样子说:"我不会讲的。我知道妈妈也老了一岁了。"阿荣伯叹息似的说:"大人总是要老的,只要小的长大,一代一代接下去就好了。"我听得心里酸酸的。回到厨房里,看见母亲正取下头上的银针剔菜油灯,剔得高高亮亮的。阿荣伯说:"太太,再加三根灯芯,五子登科呀。"母亲笑眯眯地说:"两根也一样好。两根是一双嘛。"我知道母亲舍不得菜油,向阿荣伯做个鬼脸,跑过去指着灯花大声地说:"一双就是文武占魁二状元啊。"母亲高兴地问:"你是哪儿学来的?"我得意地说:"阿荣伯教我的,是'花会传'里的句子呀。"("花会"是农村的一种赌博,包含卅二个人名。押对了人名就赢钱。)我逗得妈妈高兴,又捧了阿荣伯,不由得又快乐起来,刚才那种愁老的心事早又丢开了。

　　点喜灯的有趣节目以后,五天新年当然是没头没脑的玩乐,然后眼巴巴盼望初七八的迎灯庙戏。我故乡瞿溪分"上下河乡",各有一座庙,称为上下殿。上殿坐的是颜真卿,下殿坐的是弟弟颜杲卿。其实他们不是兄弟,只因都是奋勇锄奸的大忠臣,就把他们算成兄弟了。哥哥坐了上殿,觉得上河乡地理形势比下河乡好,心里很过意不去,就说定每年正月初七先去下殿拜弟弟的年,初八弟弟再到上殿回拜哥哥。所以乡里有句话说:"瞿溪没情理,阿哥拜阿弟。"其实他们才真是手足情深,礼让得很呢。

　　"迎灯"就是"迎佛",迎着上下殿佛相互拜年,也是庆祝丰年、歌舞升平的意思。父亲对于迎灯是非常重视的。他认为大除夕祭拜祖先,是子孙们对先人慎终追远的孝思。典礼要隆重肃穆,祭品要简洁精致,却不是讲究排场。迎灯是一年之首,地方全体百姓,对神祇的佑护表示感谢,典礼不但隆重,还要愈热闹愈有排场愈好。所以大户人家都是慷慨捐款,出钱又出力,把迎灯庙会办得体面非凡。

　　初七一大早,母亲就提高嗓门喊:"阿标叔,晚上的风烛都买好了吗?百子炮(鞭炮)都齐全了吗?要越多越好啊。"母亲平时说话低声细气,一到过年,嗓门儿就大了。尤其是那个"好"字,尾音拉得长长的,表示样样都好。阿标叔也提高嗓门回答:"都齐全啰,丰足的很啰。"

　　阿标叔是我家的老工友,是父亲部队里退下来的。他和种田的长工身份不太一样,总是显出很有肚才的样子,常常出口成文,说话成语很多。他告诉我"风烛"就是"丰足"的意思。他掌管的是父亲心爱的花木,以及家中所有的洋油灯,和大厅里那盏威风八面的煤气灯。至于菜油灯和蜡烛灯,那就是阿荣伯的事了。他和阿荣伯很要好。不过他觉得阿荣伯脑筋没有他新式,文明的灯不会照顾。他每天早上戴起父亲送他的银丝边老花眼镜,镜框滑行到鼻尖子上,用软软的棉布蘸了洋油,抿起嘴唇擦玻璃灯罩,对了太阳光照了又照,要擦得晶亮才算数,神情是非常专注的。阿荣伯笑他说:"你看他咬紧牙根,给煤气灯打气时的神气,好像谁走上前去都会一拳打过来似的。"阿标叔认真地说:"煤气灯够不够亮,全在打气的功夫上。还有中间那个'胆',又脆又软,除了我谁也碰不得。"

跟大除夕一样,初七晚上,他老早就把煤气灯点上了。呼呼呼的声音,听起来气派硬是不一样。(瞿溪全村所有大户人家,除了我们潘宅,是很少点煤气灯的。所以潘宅的煤气灯很有名,阿标也跟着它有名。有什么人家办喜事要多用几盏煤气灯,阿标就自告奋勇提了煤气灯去帮忙。)

阿标叔仔细地把好几尺长的风烛,用硬纸在捏手的芦苇柄上包成一个斗形,免得蜡油滴下来烫到手。风烛的队伍是愈长愈好,所以家家都有壮丁参加,背大灯笼,举风烛,提火把,还有沿路的"弹红"(即一堆堆的柴火烧得旺旺的),各家的路祭,几丈长的鞭炮,丝竹悠扬,锣鼓喧天,那热烈的气氛,把新年带上了最高潮。

我家前门深藏在一条长长的幽径里,后门临着大路,所以迎灯队是从后门经过的。我连晚饭都没心吃,老早就站在矮墙头上等。远远看见灯笼火把像一条火蛇似的从稻田中游来,我就合掌朝着那方向拜。队伍渐渐近了,高大的开路先锋摇晃着双臂过去后,就是乐队、香案、马盗。菩萨的銮驾在最后,晴天就坐明銮,可让大家一睹风采。马盗是七匹马为一队,村里的青少年画了脸谱,穿了短打武生的装束,威风凛凛地骑在马上,左顾右盼,好不令人羡慕。马盗有时一队,有时两队,愈多表示地方上愈富足,也有点和其他村庄比赛的意思。当时有瞿溪、郭溪、云溪三个紧邻的村庄,"三条溪"的迎灯盛会比赛是有名的。

迎灯队一过去,我和小朋友们马上就赶到上殿去看戏。这时前面的三出已演过,开始上正本了。阿标叔说:"内行人看正本,外行人老早坐着等。"三出也好,正本也好,我都不懂,我赶的是"爽得爆裂开来"的热闹。

初八是下殿佛迎到上殿来回拜,看前面三出戏。所以我又老早赶到庙里,看菩萨兄弟行见面礼。他们相对一鞠躬,相对坐在大殿上,春风满面的样子。崭新的头盔,崭新的蟒袍,金光闪闪,好不威风。我被阿荣伯扶着站在长凳上,一会儿望戏台上演的戏,一会儿望两位菩萨兄弟,脖子都摇酸了。三出戏演完,下殿佛銮驾起身告别,上殿佛送到大门口,鞭炮震天价响起,大家都说:"菩萨好灵啊,百子炮蹦落在他膝盖上,蟒袍都不会烧起来。"我们一群孩子都紧紧跟在上殿佛銮驾边上。我的手偷偷地摸摸他的蟒袍,也摸摸他放在椅靠上的手,再抬头看看他的慈眉善目,想起老师曾教我临颜真卿的字,忽然觉得菩萨原来就是人变的,好像很接近似的。

下殿佛回銮以后,高潮已过,我就没心思再看戏了。阿荣伯一向最爱看有情有义、有头有尾的正本戏。如果外公已经来我家,这个时候,他就会来接我回去。他起先总喜欢在家里跟阿标叔下棋,讲《三国演义》。所以我又想回家听他们讲。

最最盛大的迎灯庙戏已经结束,只剩下十五元宵节最后一场热闹场面了。十五一过,我又得关回屋子里读书了。于是我反倒希望灯节慢点到,越慢越好。

灯节还是转眼就到了。长工们忙着打扫前院,准备祭品迎龙。大龙要在我们家大院子里滚。所有的孩子们都会提着各种各样的灯来看热闹。我嚷着要从城里买来的漂亮灯,跟小朋友们比一比。母亲说:"家里前前后后全是灯,还不够多的?"她就是舍不得花钱买。阿标叔又戴起老花眼镜,给我糊一盏在地上慢慢爬,不像兔子也不像狗的,不知什么灯。四只脚是用洋线团木心子做的。红纸不透明,哪有城里那种五光十色透明玻璃纸的灯好看呢?外公老是吹自己会糊各种各样的灯——关刀灯、轮船灯、莲花灯……可是事实上,他只会给我糊直统统的鼓子灯。他说年轻时行,现在手发抖,糊不起来了。我做出很喜欢的样子说鼓子灯最好,不小心烧个大窟窿,马上可以再用红纸补上。外公笑呵呵地说:"鼓子笔直通到底,表示正直,无忧无虑。"外公对什么东西都会说出一番道理来。

十五晚上,前院早已摆好祭桌,几丈长的百子炮高高挑起,人潮一波一波地涌来。我把鼓子灯挂在树上,在人丛里挤来挤去找小朋友玩。可是一听锣鼓响起,鞭炮齐鸣,我又躲到大人身后面,从人缝里看大龙。大龙昂着头,瞪着一双大眼睛,张牙舞爪地来了。我有点害怕。主祭者念完一段词儿,锣鼓又响起,大龙就开始滚舞了。每个舞龙者手举一段龙身,穿花似的美妙滚舞。他们平时都是普普通通的农夫,但这时都变成了龙的一部分,那样神奇的契合,看得我目瞪口呆。心里总是在盼望着,"再多舞一下,再多舞一下",可是还有好几处有祭典,大龙终于摇头摆尾从大门出去了。人潮也随着散去,最后的热闹高潮也告结束了。

我呆呆地站在地上,外公取下鼓子灯递给我说:"快回到厨房帮你妈妈搓汤团,在汤团里许个心愿。"

"许个什么心愿呢?"我茫茫然地问。

"你想想看。"

"我也不知道。我只想天天像过年这样的热闹,外公不要回山里去,爸爸也不要常常出远门。大家都在一起,还有阿荣伯,阿标叔都要统统在一起。"

外公笑了一下说:"那容易,只要你用功把书念好。"

"这跟念书有什么关系呢?"我不大明白。

"只要是读书人,无论是男是女,长大后都会有一番事业,有了事业,你就可以接了大家相守在一起,不是天天跟过年一样的热闹吗?"

我还是想不大通。走进厨房,看母亲已经搓好一大木盘的汤团准备要下了。我在她耳边轻声地说:"妈妈,代我许个心愿,随便你怎么说。"母亲笑笑,没有做声,只把菜油灯芯剔得高高亮亮的。又在碗橱抽屉里取出那对红蜡烛,就着菜油灯点着了,套在灶上的两个烛台里。"风水烛,一年到头都顺风顺水。"她喃喃地说。

吃汤团的时候,我问:"妈妈,您刚才许了什么心愿呢?"母亲笑嘻嘻地说:"我不用许什么心愿了。一家团团圆圆的,已经再好没有。外公,您说是吗?"

外公摸着白胡须连连点头。

外面的鞭炮声又响起来。我擦根洋火,把长桌上的一对风水烛点燃,给屋子里添点温暖和喜气。可是家里人口简单,儿子已远行在外。外子只顾看书报,默不作声,我总觉得有点冷清清的,索性披上大衣,出去看看街景。在街角上看到好多可爱的花灯,我一口气买了四盏,一盏狗灯和一盏鱼灯送好友菱子的一对小外孙,也过过做奶奶的瘾。剩下的两个,我把它们高高挂起。圆圆的那盏,就想像是外公给我的鼓子灯。希望它照得我无忧无虑。另外一盏嘛,算是为早已成人、远在海外的儿子买的,默祝他客中平安快乐。但不知他在异乡异土,还记不记得幼年时,由妈妈陪着他在巷子里和小朋友们提灯的情景。

悠悠岁月,虽然逝去,也不必惆怅感怀。阿荣伯说得对,大人们总是要老去的,只要小辈长大,能一代一代接下去就好。

我没有搓汤团,也不必许什么心愿了。

水是故乡甜

此次经欧洲来美,一路上喝得最多的是矿泉水。因为其他各种五颜六色的饮料,价钱既贵又不解渴。只有矿泉水,喝起来清清淡淡中略带苦涩,倒似乎别有滋味。欧洲人都喜欢喝矿泉水,据说对健康有益。尤其是意大利的矿泉水是出名的。看他们一个个红光满面,体魄壮健,是否矿泉水之功呢?

旅馆卧房小冰箱里,也摆有矿泉水,以便旅客随时取饮,价钱就不便宜了。我灵机一动,从行囊中取出钢精杯、锡兰红茶,和一把电匙;插上电,将矿泉水倾入杯中煮开,冲一杯锡兰红茶来喝,香香热热的,可说是旅途中最悠闲舒适的享受了。

外子说矿泉水其实就是山泉,如果泡的是冻顶乌龙,那就更有味道了。我一向不懂得品茶,在旅途疲劳中,能有一杯自己现泡的热红茶,已觉如仙品般的清香隽永了。

他啜着茶,就想起故乡四川的山泉来。那种山泉,随处都有,行路之人渴了就俯身双手从溪涧中捧起来喝个足,哪里像现在文明时代,一瓶瓶装起来卖钱呢!俗语说得好,"人穷志不穷,家穷水不穷"。这话我最听得进。因为我故乡家中的水就有三种,河水、井水、山水。山水是长工每天清早去溪边一桶桶挑来,倾在大水池中备饮食之用,洗涤多用河水。母亲为了长工挑水辛苦,叫聪明灵巧的小帮工,用一根根长竹竿,连接起来,从最靠近屋子的山边,引来极细小的一缕清泉,从厨房窗外把竹竿伸入,滴在一只小缸中。这才是涓涓滴滴的源头活水,一天接不了多少。母亲只舀来做供佛的净水,然后泡茶给父亲喝。"喝这样清的山水,又是供过佛的,保佑你长生不老。"母亲总是这么说的。那时泡的茶叶,除了家乡的明前茶、雨前茶之外,还有从杭州带回的龙井。父亲品着茶,常常说:"龙井茶,一定要虎跑水来泡才香、才道地。"母亲不以为然地说:"是哪里生长的人,就该喝哪里的水。要知道,水是故乡的甜哟。"母亲还说:"孩子们多喝点家乡的水,底子厚了,以后出门在外,才会承受得住异乡的水土。"

事实上,母亲也是非常爱喝虎跑水泡的龙井茶的。不过她居住杭州的时日不多,平时又很少外出,我们出去游玩,她常捧个大玻璃瓶给我说:"舀点虎跑水回来。"我马上接一句:"供佛后喝了长命百岁。"母亲高兴地笑了。

现在想起来,虎跑水才是真正的矿泉水。那时曾做过试验,装一碗满满的水,把铜元一个个慢慢丢进去,丢到十个铜元,碗口水面涨得圆鼓鼓的,水都不会溢出来。因为它含的矿物质多,比重很大。所以喝虎跑水一定是有益健康的。

父亲旅居杭州日久,非常喜欢喝虎跑水烹龙井茶,但喝着喝着,却又念念不忘故乡的明前、雨前茶和清洌的山泉。他也思念邻县雁荡山的茶、龙湫的水,真是"人情同于怀土兮,岂穷达而异心"。父亲晚年避乱返故乡,又得饮自己屋子后山直接引来的源头活水,原该是心满意足的,但他居魏阙而思江河,倒又怀念起杭州的龙井茶与虎跑水来。实在是因为当时第二故乡的杭州正陷于日寇之故吧。

我们这回在欧洲,一路饮着异乡异土的矿泉水。行旅匆匆,连心情都变得麻木了。到了德国的不来梅,特地去探望数十年未晤面的亲戚。他兴奋地取出最上品的龙井茶款待我们,问他是台湾产品吗?他说是真正从杭州带出来的茶叶,是一位亲人离开大陆时带给他以慰他多年乡愁的。我本来不辨茶味,但那一盏龙井的清香,却是永远难忘。我们说起欧洲人喜欢喝矿泉水,他笑笑说,台湾阿里山、日月潭、苏澳的冷泉,不就是最好的天然矿泉水吗?

他这话,倒使我想起,早期台湾有一种小小玻璃瓶装的"弹珠汽水"。瓶口有一粒弹珠,用力一压,弹珠落下去,汽水就喷出来。味道淡淡的,不像后来的汽水那么甜得不解渴。我因为爱"弹珠汽水"这个名称,以及开瓶时把弹珠一压的那点儿情趣,所以很喜欢买来喝,他常笑我犯幼稚病。后来时代进步了,黑松汽水和各种饮料充斥市面,哪还找得到"弹珠汽水"的影儿呢?但我脑海中总时常盘旋着弹珠汽水瓶那副短短脖子的笨拙样子。尤其是早年在苏澳游玩时,喝的那一瓶。

台湾这许多年来,制茶技术越来越精进,无论是清茶、香片、龙井等,都是名闻遐迩。尤其是南投溪头的冻顶乌龙,更是无与伦比。旅居海外多年的侨胞,总不忘源源自台湾带出来各种名茶,自饮之外,更以分飨友好。尽管用以沏茶的水不是从故乡来的,但只要是故乡的茶叶,喝起来也会有一股淡淡的甜味吧。

有一次我们在友人家,她细心地问我们要喝哪一种茶,香片、龙井、乌龙都有,她是什么茶都喜欢。我想了半天,却问她:"你有没有矿泉水?"她大笑说:"你怎么这么特别?大家都喝热茶,你要喝什么矿泉水。"我只好说因为胃酸过多,不相宜喝茶。其实我是想起了在欧洲时喝的矿泉水,多少还有点故乡山泉的味道,不知美国的矿泉水是不是差不多的。而且我也想试试自己,能不能像母亲当年说的,喝过本乡本土的水,有了深厚的底子,就能承受异乡的水土了。

美国人爱喝各种果汁,大概是减肥或特别注意健康的人才喝矿泉水吧?但不知超级市场那样大瓶大瓶的矿泉水,究竟是人工的还是天然的。如果是天然的,却又取自何处深山溪涧呢?实在令人怀疑。

说实在的,即使是真正天然矿泉水,饮啜起来,在感觉上,在心情上,比起大陆故乡的水,和安居了三十多年第二故乡台湾的水,能一样的清洌甘美吗?

母亲的金手表

母亲那个时代,没有"自动表"、"电子表"这种新式手表,就连一只上发条的手表,对于一个乡村妇女来说,都是非常稀有的宝物。尤其母亲是那么俭省的人,好不容易父亲从杭州带回一只金手表给她,她真不知怎么个宝爱它才好。

那只圆圆的金手表,以今天的眼光看起来是非常笨拙的,可是那个时候,它是我们全村最漂亮的手表。左邻右舍、亲戚朋友到我家来,听说父亲给母亲带回一只金手表,都会要看一下开开眼界。母亲就会把一双油腻的手,用稻草灰泡出来的碱水洗得干干净净,才上楼去从枕头下郑重其事地捧出那只长长的丝绒盒子,轻轻地放在桌面上,打开来给大家看。然后眯起(近视眼)来看半天,笑嘻嘻地说:"也不晓得现在是几点钟了。"我就说:"您不上发条,早就停了。"母亲说:"停了就停了,我哪有时间看手表?看看太阳晒到哪里,听听鸡叫就晓得时辰了。"我真想说:"妈妈不戴就给我戴。"但我也不敢说,知道母亲绝对舍不得的。只有趁母亲在厨房里忙碌的时候,才偷偷地去取出来戴一下,在镜子里左照右照一阵又取下来,小心放好。我也并不管它的长短针指在哪一时哪一刻。跟母亲一样,金手表对我们来说,不是报时,而是全家紧紧扣在一起的一种保证,一份象征。我虽幼小,却完全懂得母亲宝爱金手表的心意。

后来我长大了,要去上海读书。临行前夕,母亲泪眼婆娑地要把这只金手表给我戴上,说读书赶上课要有一只好的手表。我坚持不肯戴,我说:"上海有的是既漂亮又便宜的手表,我可以省吃俭用买一只。这只手表是父亲留给您的最宝贵的纪念品啊!"因为那时父亲已经去世一年了。

我也是流着眼泪婉谢母亲这份好意的。到上海后不久,就由同学介绍熟悉的表店,买了一只价廉物美的不锈钢手表。每回深夜伏在小桌上写信给母亲时,就会看着手表写下时刻。我写道:"妈妈,现在是深夜一时,您睡得好吗?枕头底下的金手表,您要时常上发条,不然的话,停止摆动太久,它会生锈的哟。"母亲的来信总是叔叔代写,从不提手表的事。我知道她只是把它默默地藏在心中,不愿意对任何人说的。

大学四年中,我也知道母亲身体不太好。她竟然得了不治之症,我一点都不知道,她生怕我读书分心,叫叔叔瞒着我。我大学毕业留校工作,第一个月薪水就买了一只手表,要送给母亲,也是金色的。不过比父亲送的那只江西老表要新式多了。

那时正值对日抗战,海上封锁,水路不通,我于天寒地冻的严冬,千辛万苦从旱路赶了半个多月才回到家中,只为拜见母亲,把礼物献上。没想到她老人家早已在两个月前默默地逝世了。

这份锥心的忏悔,实在是百身莫赎。孔子说:"父母在,不远游。"我是不该在兵荒马乱中离开衰病的母亲远去上海念书的。她挂念我,却不愿我知道她的病情。慈母之爱,昊天罔极。几十年来,我只能努力好好做人,但又何能报答亲恩于万一呢?

我含泪整理母亲遗物,发现那只她最宝爱的金手表,无恙地躺在丝绒盒中,放在床边抽屉里。指针停在一个时刻上,但绝不是母亲逝世的时间。因为她平时就不记得给手表上发条,何况在沉重的病中!

手表早就停摆了,母亲也弃我而去了。有很长一段时间,我不忍心去开发条,拨动指针。因为那究竟是母亲在日,它为她走过的一段旅程,记下的时刻啊。

没有了母亲以后的那一段日子,我恍恍惚惚地,只让宝贵光阴悠悠逝去。在每天二十四小时中,竟不曾好好把握一分一刻。有一天,我忽然省悟,徒悲无益,这绝不是母亲隐瞒自己病情,让我专心完成学业的深意,我必须振作起来,稳定步子向前走。

于是我抹去眼泪,取出金手表,开紧起发条,拨准指针,把它放在耳边,仔细听它柔和有韵律的滴答之音。仿佛慈母在对我频频叮咛,心也渐渐平静下来。

我把从上海为母亲买回的表和它放在一起,两只表都很准确。不过都不是自动表,每天都得上发条。有时忘记上它们,就会停摆。

时隔四十多年,随着时局的紊乱和人事的变迁,两只手表都历尽沧桑。终于都不幸地离开了我的身边,不知去向了。

现在我手上戴的是一只普普通通的不锈钢自动表,式样简单,报时还算准确。但愿它伴我平平安安地走完以后的一段旅程吧!

去年我的生日,外子却为我买来一只精致的金表,是电子表。他开玩笑说我性子急,脉搏跳得快,表戴在手上一定也越走越快。而且我记性又不好,一般的自动表,脱下后忘了戴回去,过一阵子就停了,再戴时又得校正时间。才特地给我买这个电子表,几年里都不必照顾它,也不会停摆,让我省事点。他的美意,我真是感谢。

自动表也好,电子表也好,我时常怀念的还是那只失落了的母亲的金手表。

有时想想,时光如真能随着不上发条就停摆的金手表停留住,该有多么好呢?

万水千山

此处有仙桃
玻璃笔
我爱动物
泪珠与珍珠
母心·佛心
一袭青衫
妈妈银行
万水千山师友情
梦中的饼干屋
永是有情人

此处有仙桃

将近二十年前,我住在台北新生南路时,邻近有一间兼卖车票的小小杂货店。老板娘面团团圆的,非常和气。普通话说得不好,却很爱和顾客聊天。我每回去买东西时,就把有限的几句闽南语拿出来和她交谈,她笑得咯咯咯的,夸我讲得"卡好",因为她都听懂了。

有一天,我看见玻璃窗上贴着一张纸条,写着大大小小歪歪斜斜的童体字:"此处有仙桃。"她指着得意地告诉我是她念小学一年级的小儿子写的。我问仙桃是什么,她指指玻璃瓶里浅紫色小粒说:"这就是仙桃,卡好呷啊。"就伸手取出一粒叫我尝,我一尝确实好吃,酸酸甜甜,正是我最喜欢的山楂甘草的混合味,马上买了一大袋,还不到五毛钱。带回来装在各种可爱的小瓶子里,书桌、床头、手提包里各放一瓶。有时在昏昏欲睡的会场里,朋友们都知道我的手提包像八宝箱,就问:"有吃的吗?"我马上取出瓶子说:"此处有仙桃。"于是每人数粒,吃得津津有味。我扩大宣传说:"仙桃不但有生津止渴、提神醒脑之功,如长期服用,可使肠胃清洁,情绪稳定,灵感充沛。终日伏案工作的朋友们,尤不可一日无此君,请大家告诉大家。"听得大家将信将疑,我却乐不可支。

外子是个拒服中药的"崇洋者",他看我奉仙桃为仙丹,讥我犯了幼稚病。问我究竟多大年纪了,还吃这种骗小孩子的糖果。我一本正经地回答:"每日口含仙桃数粒,保你青春长驻。"他只好大摇其头。可是有一次,在公共汽车上,汽车味夹着汗臭熏得他作呕,问我有没有带什么药,我立刻打开手提包说:"此处有仙桃。"他苦笑一下,万不得已含了两粒,居然立刻见效。从此他也接受了仙桃。于是仙桃成了我二人家居旅行的万应灵丹。

由于经常买仙桃,大量买仙桃,杂货店老板娘和我成了好朋友。买东西总要主动给我少算几毛钱。我送她一个自己用彩色毛线钩的袋子,给她装零钱。上下班经过时,总要和她摆摆手打个招呼。她常常喊:"太太,今天仙桃卡新鲜。"我去买日用品时,她就抓一把仙桃送给我。我口含仙桃,品味的不只是山楂甘草的酸甜味,而是一分纯朴的友谊温馨。

两年多后,我们有了宿舍,搬离新生南路。因工作太忙,很少去那边看看房东,也就没机会见到杂货店老板娘,心中却不时挂念起她。至于仙桃呢,别处也都有,墙上也常贴着"此处有仙桃"的条子,但都是印现成而不是手写的童体字。我很想去老地方和老板娘说说闽南话,却总没时间。直到将近三年后再去时,新生南路中央的大水沟已经填平,成了整条宽阔的五线道大马路,小杂货店也不知去向了。我怅惘地站在那儿好半天,原当为市容的日趋整洁而高兴,心里却总念着那句"此处有仙桃"的可爱标语,和老板娘和蔼的笑容。人生有时实在像没头苍蝇似的无事忙,我奇怪自己在长长的三年中,怎么就抽不出半天的时间,去看一下仙桃店主呢?她究竟姓什么我都不知道,当然以后也不会再见到她。她面团团圆圆的笑容,只有永留记忆中了。

时代渐渐进步,我所喜爱的仙桃也渐渐绝迹了。"此处有仙桃"的标语再也看不到了。书桌上、枕头边、手提包里放的不再是仙桃,但也不是辣辣的仁丹或怪味的口香糖,我宁可装点甘草片或西洋参片,至少有清心健脾之功,但总觉得是药而不是可口的仙桃。直到有一回和中大同事搭车旅游,感到头昏,她取出一包黑漆漆的小粒,告诉我叫做"柚子茶",让我尝一粒,我觉得味道竟和仙桃极相似,乃大喜过望,托她一口气买了两包,心情上真有好友重逢的欣喜。

这种柚子茶,是由整个柚子,顶上挖个洞,榨去汁后,装入中药制成,装的什么药?制作过程如何?是台湾南部一个小镇的家传秘方,外人不得而知。由于没有宣传广告,也就很少人见到,市面上糖果店里根本买不到。必须要在老式的菜市场,偶然遇到流动小贩才有得卖。因此这两包柚子茶,可说得来不易呢。

前年去麻豆,和朋友讲起仙桃的故事,又说到新发现的柚子茶。她热心地为我走遍小镇的大街小巷,就是访不到柚子茶。心想麻豆产文旦,怎会没有柚子茶呢?失望地回来,只好格外珍惜地省吃所剩不多的柚子茶。那一股温和的中药香味,使我惦念起种种旧时情景。心情既温馨,也怅惘,因为"此处有仙桃"那句朴拙的广告词,总使我有去日苦多的无限沧桑之感。

来美以前,匆忙中不及托同事再买柚子茶,只把所剩的半包带着。旅途劳顿,加上欧洲饮食不对胃口,柚子茶成了时刻不可少的良伴。到美后所余无几,只得万里迢迢地请同事为我千方百计买了寄来。好心的她给我多寄来两大包切碎的,和一个完整的柚子球,让我多闻闻原始的香味。我真如获至宝,感到自己一下子变得好富有、好安全。因为,在客居中,我至少可以安安稳稳地服用从台湾本乡本土带来的万应灵丹,再也不虞匮乏了。

每回取出一粒香香的柚子茶,含在嘴里时,都不由得轻声地念一遍:"此处有仙桃。"并且默祝那位再也没有机会见面的杂货店老板娘,健康幸福。

玻璃笔

我手上用的是一支台湾产透明塑胶笔杆的原子笔,当时买了一打,现在只剩下最后一支了。可是所有的空笔杆,都全部保留着,装在一个盒子里,有时还取出来"观赏"一番,真想利用它们做出一样手工艺品,却又无此艺术匠心。我原是个舍不得丢弃废物的人,但对保留这些空笔杆,却是另有一份心情。

多年前,我在台北寓所附近的文具店,买了一支原子笔,笔杆是透明的,我每天用它,看着塑胶管中的蓝墨汁渐渐下降,点点滴滴地将我的思与感,化成文字,落在纸上,我想到"梦笔生花",马上又想到"油尽灯枯"。若是有一天,我的脑子退化了,心灵枯竭了,就像塑胶管中的油墨消耗完毕,一个字也画不出来,只剩下一支空无所有的笔管,无声无息地被扔进垃圾箱。想到这里,不由得悲从中来,字也写不下去了。

有一次给一位年轻读者写信,提到不舍得丢弃空笔管的心情。过了几天,她给我寄来满满一盒空笔管,信里说:"阿姨,知道您也爱玻璃笔管,我们有志一同,我好高兴。现在把我收藏的分些给您。我不寄新原子笔给您,是因为寄我自己握过的笔杆更有意义。它们帮我度过多少个大大小小煎熬人的考试,如今我已是高中学生了,今后不知还要消耗多少支原子笔中的墨汁,才能叩进大学之门。因此我格外喜欢用透明塑胶管的原子笔。我称它为'玻璃笔'，一支的墨汁用完了，马上接上另一支。只要我勤奋，只要我有思想，墨汁永远源源而至。用空了的笔杆，非常玲珑可爱，我对它们有一分相依相守的情分，所以全都保留下来，抽屉里都装满了。妈妈笑我傻，我说等我大学毕业时，要用这些玻璃管搭一座小小玻璃屋，妈妈听了也好高兴。现在我给您寄一些，加入您保留的笔管阵容，是我的光荣。但要求您也寄给我几支，留作纪念。也许有一天，我也能成为一个文思泉涌的作家，那该多好啊……"

我读着这封情谊真挚的信，看着她的照片，那一对活泼的眼神，充满智慧。我于感动之余，觉得她已是斐然成章的作家了。

我马上寄了几支空笔杆给她，也称之谓"玻璃笔"，我们成了意义深长的"笔友"，这已是好些年前的事了。后来也许是由于她课业太重，好长一段时间，没有她的信。我有些惦记，找出她的地址去信问她，她只短短答我说功课太紧张，很想给我写信而无时间与心情，她说希望考取台北的大学，就离我更近了。但从那以后，竟然就断了音讯，我也因事忙，而渐渐忘了再给她去信了。

今天眼望着手中的"玻璃笔"，又蓦然想起她来，心头不免怅然。过分繁重的课业，折磨了一颗活泼的心灵，时空的距离也会冲淡了记忆。想来这个聪颖而且感情细腻的女孩子，一定已考取大学，她已另有广阔的天地、丰富的友情了。

我又取出那盒玻璃笔，真希望自己能有一点点艺术天分，搭出一座小小玻璃屋，那不是什么"化腐朽为神奇"，而是与那位"笔友"心灵的再沟通。全心祝福她的文思，如源头活水，涓涓而至。

我爱动物

今年的立春是农历十二月十七日,也就是阳历二月四日。尽管矮脚松与草坪还压满了白皑皑的雪,但只要是阳光普照的日子,小鸟儿们仍会三三两两地飞来,停在窗外的栏杆上,啁啾细语,告诉你春的消息已经近了。

巧的是美国有一种叫土拨鼠的动物,每年二月二日,都要从冬眠中醒来,出洞找寻伴侣。这正符合了我们立春万物苏醒的节候。今年尤其接近,二者只差两天。

照美国的习俗,土拨鼠出洞的日子,无论大人小孩,都会郑重其事地耐心守候在洞口,看它们从朦胧中伸着懒腰,冒出洞来的可爱样子,而为它们欢呼庆贺。

我当然没见过土拨鼠,据说是身高二尺,体重十磅,那么它绝不像松鼠那样玲珑小巧,可以捧在手心疼爱的了。

我倒是真喜欢松鼠的机灵乖巧。每回倚窗外眺,看松鼠在草坪上找到食物,坐下来享受的可爱神情,恨不得抱一只回家来饲养,也好伴我读书写作,解我寂寞。我把这傻念头告诉老伴时,他只叹息地说:"饲养小动物,你还嫌操心伤怀得不够吗?"

一语触动了我的心事,也是我今后永不再养小动物的原因了。

好友们都劝我再养一只猫,因猫不需要带出户外散步,只要有现成的沙盘与美食就行了。我不是怕麻烦,只是难忍生离死别之痛。自从我的灵猫在我第一次来美时,天天伏在我枕边哀鸣终至绝食而死以后,我怎么能再造这样深重的孽呢?

想起幼年时,慈悲的母亲,不但全心照顾牛羊猫狗,连鸡鸭的饮食健康都无时不在心头。对有生命的东西,她无有不怜悯,因而连蚊蝇蟑螂都不忍心拍打,而招来长工们许多埋怨。母亲总是笑嘻嘻地说:"打扫干净点就好,吃东西当心点就好。"每见有动物暴毙,她必合掌念阿弥陀佛、往生咒,认为可以超度它们。她每天清晨在佛堂念完经,最后发的愿心,总是保佑大千世界所有生灵能免灾劫。母亲的慈悲胸怀,是无比广大的。

有一件事,至今记忆深刻。那时我大约八九岁,一个深秋的夜晚,我躺在床上看儿童故事书,母亲坐在床边做活儿,忽听见嘶嘶嘶的声音自墙脚发出,母亲端起油灯一照,竟是一条灰白的大蛇,正沿着墙边蠕动爬行。我吓得直发抖,母亲立刻命我把食指放在上下牙齿之间咬住,认为如此就可避免蛇的毒气。她镇定地把蚊帐四面八方紧紧塞在褥子底下,把我密封在里面,然后在衣橱边取来一把阳伞,先蹑手蹑脚打开房门,才把伞柄慢慢伸向蛇头,轻轻点了下它的头顶,嘴里喃喃地念着往生咒,一面轻声对它说:"你出去吧,从房门口出去吧。"母亲手中的伞,就像通了电的魔伞,那蛇竟把头套在伞柄钩钩上,母亲一双小脚,就一步步地引着蛇向房门口走去,连声念佛,连声叫它出去,蛇真的就游出门槛,游到走廊外去了。我屏住呼吸看这一幕奇迹,浑身都在发抖。母亲丢下伞,拉开帐子,抱住我,她也在嗦嗦地发抖。我问:"妈妈,蛇会再来吗?"母亲说:"不会了,它从走廊栏杆脚爬出瓦背去了。"我又问:"蛇为什么到房间里来呢?"母亲半晌没有做声,忽然笑了起来说:"因为你我母女都是属蛇的,它来看看我们呀。"我就咯咯地笑起来,母亲搂得我更紧。那一刹那,我感到母亲好勇敢、好强壮。静悄悄的秋夜,就只我们母女二人,我们靠得那么近,相依得那么切啊!于是我安心睡去了。

第二天一早,母亲提醒我不要把看见蛇的事告诉小朋友,也不要告诉五叔婆。我很听话,没有说。母亲只悄悄地告诉了阿荣伯,阿荣伯忧愁地说:"家蛇出现,恐怕不太好呢!我们在佛堂前与祖宗前点一香烛拜一下吧。"我又害怕起来,却听母亲说:"我一点也没去害它,让它安心地爬走,还念了往生咒,你放心吧!家里一定平平安安,不会有事的。"母亲说话时脸带微笑,但双颊是苍白的。我想起那条大蛇,还禁不住打寒颤。但我家那些年确实平安无事,阿荣伯也就放心了。母亲坚定的信心,处事的镇静,与她民胞物与的爱心,深深感动了我,故此事至今不忘。

父亲虽不像母亲那么关怀动物,但他退休后曾一度在乡间闲居,家里的两只狗跟他非常亲昵。主要的是父亲兴来喝酒吟诗,总把香喷喷的肉类与花生投在地上,与它们分享。两只黄狗是同胞兄弟,一只的鼻子是红的,一只是黑的,父亲便喊它们阿红阿黑。只要父亲在走廊里一坐,端起酒杯,它们就并排儿坐在他脚下,翘起头来等美味。我呢?蹲在它们中间,一手搂一个,这就是我最最快乐的时刻。

不幸的是较野的阿黑,后来被邻村的顽童砍成重伤,那时乡下没有兽医,它竟不治而死。父亲曾生气地循着滴滴血迹,找到那家的顽童。看他衣不蔽体,十分贫苦。那孩子在父亲面前扑通一下跪下来大哭。我跟在父亲后面,也是泪流满面,我一点也不恨他,只伤心阿黑死了。父亲不忍心责骂他,反而命长工送了一大包衣服米粮给他们。

阿黑死后,它哥哥阿红就显得无精打采,我自是越发疼爱它了。我十二岁将要离开家乡去杭州时,天天抱着阿红落泪,阿红舔我的脸,舔我的手,一双依恋的眼神,只盼望我能带它一起走。

晨光曦微中,它送我到船埠头,几次跳上船来,都被阿荣伯抱下去。我泪水已湿透衣襟,只好把它郑重地托给阿荣伯和母亲,与它依依而别。船离开河岸,阿红追着船沿岸哀哀而吠,直到它的声音和它的身影,消失在朦胧晨雾中。

十年求学期间,和抗战的流离转徙中,当然不容许我养狗。到台湾结婚以后,三十多年中搬了九次家,没有一个寓所的环境可容我养狗,因此我只好养猫。为了在童年时曾不小心碰倒木凳压毙了一只猫,因此对手中抱着的猫,总有一份赎罪的心情而付出更多的爱。可是没有一只猫最后的结局不使我伤心,因此不得不断了养猫之念。

想起逝世的梁实秋先生在一篇文章中说的:"如果你心里太难过,就把它写出来,写出来就比较好过一些。"我已写了许多篇关于小动物的篇章分别收集在几本集子中,这几年来又写了好几篇未曾结集。我忽然动了一个念头,是否可以与出版社商量,将散见在各集中关于小动物的篇章抽出,加上新写的若干篇,合成一本"动物篇"的专辑。对我来说,不但是个永久纪念,也是慰情聊胜于无。

真感谢洪范书店的叶步荣先生,慨允为我出这本专集,题名为"我爱动物"。这本集子,另有一份新的意义,那就是无限的感怀,与无限的感恩。感激慈爱的母亲,对我自幼佛教气氛的熏陶。

教我念经,教我爱惜生灵,使我懂得与微小的飞虫蚂蚁通情愫。

　　人总有寂寞忧伤的时候,在这种时候,我就不由得想有一个小动物作伴,既不可能,就翻开自己写过的小动物篇章重读,并非敝帚自珍,只是无可奈何中的一点自慰。并愿与有同样心情的读者们,互诉曲衷。

　　更有许多亲爱的小朋友们,经常来信与我倾诉饲养小动物的欢乐与挫折,所以我也愿以此书与他们共同分担苦乐。

　　小朋友们无邪纯真的爱是最感人的。记得在南台湾候鸟过境时,"政府"曾与文艺界合作,南下发动宣导工作。最受感动的是小朋友们,他们都会劝阻双亲停止捕杀候鸟。所以在本书里,我将记这件事的"相逢北雁皆旧侣",与"诫杀篇"排在最后,以表护生的区区虔诚。

　　阅完本书校样时,正是先母一百零七岁冥寿。她的生辰是农历十二月初二日,在岁暮天寒的异乡风雪中,思念慈亲,心情是悲怆也是温暖的。敬以此书献给母亲,老人家在天之灵,定当向我颔首微笑吧!

泪珠与珍珠

我读高一时的英文课本,是奥尔珂德的《小妇人》,读到其中马区夫人对女儿们说的两句话:"眼因流多泪水而愈益清明,心因饱经忧患而愈益温厚。"全班同学都读了又读,感到有无限启示。其实,我们那时的少女情怀,并未能体会什么是忧患,只是喜爱文学句子本身的美。

又有一次,读谢冰心的散文,非常欣赏"雨后的青山,好像泪洗过的良心"。觉得她的比喻实在清新鲜活。记得国文老师还特别加以解说:"雨后的青山是有颜色、有形象的,而良心是摸不着、看不见的。聪明的作者却拿抽象的良心来比拟具象的青山,真是妙极了。"经他一点醒,我们就尽量在诗词中找具象与抽象对比的例子,觉得非常有趣,也觉得在作文的描写方面,多了一层领悟。

不知愁的少女,最喜欢的总是写泪与愁的诗。有一次看到白居易新乐府中的诗句:"莫染红素丝,徒夸好颜色。我有双泪珠,知君穿不得。莫近烘炉火,炎气徒相逼。我有鬓边霜,知君消不得。"大家都喜欢得颠来倒去地背。老师说:"白居易固然比喻得很巧妙,却不及杜甫有四句诗,既写实,却更深刻沉痛,境界尤高。那就是:莫自使眼枯,收汝泪纵横。眼枯即见骨,天地总无情。"

他又问我们:"眼泪是滚滚而下的,怎么会横流呢?"我抢先地回答:"因为老人的脸上满布皱纹,所以泪水就沿着皱纹横流起来,是描写泪多的意思。"大家听了都笑,老师也颔首微笑说:"你懂得就好。但多少人能体会老泪横流的悲伤呢?"

人生必于忧患备尝之余,才能体会杜老"眼枯见骨"的哀痛。如今海峡两岸政策开放。在当年返乡探亲热潮中,能得骨肉团聚,相拥而哭,任老泪横流,一抒数十年阔别的郁结,已算万幸。恐怕更伤心的是当时家园荒芜,庐墓难寻,乡邻们一个个尘满面,鬓如霜。那才要叹"未老莫还乡,还乡须断肠"。这也就是探亲文学中,为何有那么多眼泪吧。

说起"眼枯",一半也是老年人的生理现象。一向自诩"男儿有泪不轻弹"的外子,现在也得向眼科医生那儿借助于"人造泪"以滋润干燥的眼球。欲思老泪横流而不可得,真是可悲。

记得儿子幼年时,我常常为他的冥顽不灵气得掉眼泪。儿子还奇怪地问:"妈妈,你为什么哭呀?"他爸爸说:"妈妈不是哭,是一粒沙子掉进她眼睛里,一定要用泪水把沙子冲出来。"孩子傻愣愣地摸摸我满是泪痕的脸,他哪里知道,他就是那一粒沙子呢?

想想自己幼年时的淘气捣蛋,又何尝不是母亲眼中催泪的沙子呢?

沙子进入眼睛,非要泪水才能把它冲洗出来,难怪奥尔珂德说"眼因流多泪水而愈益清明"了。

记得有两句诗说:"玫瑰花瓣上颤抖的露珠,是天使的眼泪吗?"想像得很美。然而我还是最爱阿拉伯诗人所编的故事:"天使的眼泪,落入正在张壳赏月的牡蛎体内,变成一粒珍珠。"其实是牡蛎为了努力排除体内的沙子,分泌液体,将沙子包围起来,反而形成一粒圆润的珍珠。可见生命在奋斗历程中,是多么艰苦?

这一粒珍珠,又未始不是牡蛎的泪珠呢?

最近听一位画家介绍岭南画派的一张名画,是一尊流泪的观音,坐在深山岩石上。他解说因慈悲的观音,愿为世人负担所有的痛苦与罪孽,所以她一直流着眼泪。

眼泪不为一己的悲痛而是为芸芸众生而流,佛的慈悲真不能不令人流下感激的泪。

基督徒在虔诚祈祷时,想到耶稣为背负人间罪恶,钉死在十字架上滴血而死的情景,信徒们常常感激得涕泪交流。那时,他们满怀感恩的心,是最最纯洁真挚的。这也就是奥尔珂德说的"眼因流多泪水而愈益清明"的境界吧!

母心・佛心

我接受了整整十年的基督教学校教育，却一直信奉佛教，是因为先父母与先师都是虔诚的佛教徒，家庭气氛与平时的耳濡目染，使我深深感到佛的圆通广大，佛的慈悲包容。无论智愚贤不肖，只要信佛，都能培养起一颗温柔的菩提心。睁开慧眼，在浊世中见净土。《维摩诘经》说："心净国土净，心浮国土浮。"可见心外无净土，心外无佛。

这一点浅近的体认，完全是由于母亲的身教。

母亲没有读过诗书。她平生只会背诵四种经，就是《心经》、《往生咒》、《大悲咒》、《白衣咒》。因此我也只会背这四种经。母亲每见牲畜有病痛或自己不慎误杀昆虫时，就合掌念《往生咒》，希望超度它们脱离苦难。遇亲友有病痛时，就念《大悲咒》、《白衣咒》。她说广大灵感的观世音菩萨无所不在，它会解救一切众生的苦难。遇到她自己身体不适或心烦意乱时，就念《心经》。念到"色不异空，空不异色，色即是空，空即是色"时，她就显出一脸的安详平静，然后笑嘻嘻地开始一天的忙碌工作。

直到如今，我每于念经时，心头同时浮现的是观音的法相和母亲的慈容，也感到烦忧顿消，怨怒自息。我并不明白"色不异空，空不异色"的深奥佛理，但觉母亲一颗无争、无怨、无尤的心，就是佛心啊！

一袭青衫

我念中学时,初三的物理老师是一位高高瘦瘦的梁先生。他第一天进课堂,就给我们一个很滑稽的印象。他穿一件淡青褪色湖绉绸长衫,本来是应当飘飘然的,却是太肥太短,就像高高地挂在竹竿上。袖子本来就不够长,还要卷上一截,露出并不太白的衬褂,坐在我后排的沈琪大声地说:"一定是借旁人的长衫,第一天上课来出出风头。"沈琪的一张嘴是全班最快的,喜欢挖苦人,我低着头装没听见,可是全班都吃吃地在笑。梁先生一双四方头皮鞋是崭新的,走路时脚后跟先着地,脚板心再拍下去,拍得地板好响。他又不坐,只是团团转,拍嗒拍嗒像跳踢踏舞似的。我想他一定是刚刚当老师心情很紧张吧,想笑也不敢笑,因为坐第一排太注目了。梁先生拿起粉笔在黑板上写了个大大的"梁"字,大声地说:

"我姓梁。"

"我们都早知道了,先生姓梁,梁山伯的梁。"大家齐声说。沈琪又轻轻地加了一句:"祝英台呢?"

梁先生像没听见,偏着头看了半天,忽然咧嘴笑了,露出一颗大大的金牙。沈琪又说:"镶金牙,好土啊。"幸得梁先生还是没听见。看着黑板上那个"梁"字自言自语地说:"今天这个字写得不好,不像我爸爸写的。"

全堂都哄笑起来,我也笑了。因为我听他喊爸爸那两个字,就像他还是个孩子。心想这位老师一定很孝顺,孝顺的人,一定是很和蔼的。沈琪却又说:"这么大的人还喊爸爸,应该说'父亲'。"我不禁回过头去对她说:"你别咬文嚼字了,爸爸就是父亲,父亲就是爸爸。"我说得好响,梁先生听见了。他说:"对了,爸爸就是父亲,对别人得说'家父',可是我只能说'先父',因为我父亲已经去世了,是去年这个时候去世的。"他收敛了笑容,一双眼睛望向窗外,好像望向很远很远的地方,全堂都肃静下来。他又绕着桌子转起圈来,新皮鞋敲着地板拍嗒拍嗒响,绕了好几圈,他才开口说:"今天第一堂课,你们还没有书,下次一定要带书来,忘了带书的不许上课。"语气斩钉截铁,本来很和蔼的眼神忽然射出两道很严厉的光来。我心里就紧张起来,因为我的理科很差,又不敢问老师。如果在本校的初三毕业考都过不了关,就没资格参加教育厅的毕业会考了。因此觉得梁先生对我前途关系重大,真得格外用功才好。我把背挺一下,做出很用心的样子,他忽把眼睛瞪着我问:"你叫什么名字?"

我说了名字,他又把头一偏说:"叫什么,听不清,怎么说话跟蚊虫哼似的,上黑板来写。"大家又都笑起来,我心里好气,觉得自己一直乖乖儿的,他反而盯上我,他应当盯后排的沈琪才对。沈琪却在用铅笔顶我的背说:"上去写嘛,写几个你的碑帖字给他看看,比他那个梁字好多了。"我不理她,大着胆子提高嗓门说:"希望的希,珍珠的珍。"

"噢,珍珠宝贝,那你父母亲一定很宝贝你啰,要好好用功啊。"

全堂都在笑，我把头低下去，对于梁先生马上失去了好感。他打开点名册，挨个儿地认人，仿佛看一遍就认得每人似的。嘴巴一开一合，露着微龅的金牙，闪闪发光，威严中的确透着一股土气。下课以后，沈琪就跳着对大家说："你们知不知道，世界上有一种牙齿是最土的，就像梁先生的牙，所以我给他起个外号叫'土牙'。"大家都笑着拍手同意了。沈琪是起外号专家，有个代课的图画老师姓蔡，名观亭，她就叫他菜罐头。他代了短短一段日子课就被她气跑了，告诉校长说永生永世不教女生了。还有训导主任沈老师，一讲话就习惯地把右手握成一个圈，圈在嘴边，像吹号一般，沈琪就叫他"号兵"。他非常和气，当面喊他"号兵"他也不生气，还说当"号兵"要有准确的时间观念和责任感，是很重要的人物。但是"土牙"这个外号，就不能当着梁先生叫了，有点刻薄。国文老师说过，一个人要厚道，不可以刻薄，不可以取笑别人的缺点，叫人难堪。我们全班都很厚道，就是沈琪比较调皮，但她心眼并不坏，有时帮起人忙来，非常热心，只是有点娇惯，一阵风一阵雨的喜怒无常。

第二次上物理课时，我们每个人都把课本平平整整放在课桌上。梁先生踩着踢踏步进来，但这次响声不大，原来他的四方头新皮鞋已换成布鞋，湖绉绸长衫已经换了深蓝布长衫。鞋子一看就知道太短，后跟倒下去，前面翘起像条龙船。他一点不在乎，往桌上一坐，两脚交叉，悬空荡着，我才仔细看到有一只鞋子前面，黑布已破了个小洞，沈琪低声地说："你看，他的鞋子要吃饭了。"我说："他一定是舍不得穿皮鞋吧。"母亲说过，节俭的人，一定是苦读出身，非常用功。现在当了老师，一定不喜欢懒惰的学生，可是我又实在不喜欢物理化学算术这些功课。

他从口袋里摸出一个小小空心玻璃人,一张橡皮膜,就把小人儿丢入桌上有白开水的玻璃杯中,蒙上橡皮膜,用手指轻轻一按,玻璃人就沉了下去,一放手又浮上来。他问:"你们觉得很好玩是不是?哪个懂得这道理的举手。"级长张瑞文举手了。她站起来说明是因为空气被压,跑进了玻璃人身体里面,所以沉下去,证明空气是有重量的。梁先生点点头,却指着我说:"记在笔记本上。"我坐在进门第一个位置,他就专盯我。我记下了,他把笔记本拿去看了下说:"哦,文字还算清通。"大家又笑了,一个同学说:"先生点对了,她是我们班上的国文大将。"梁先生看我说:"国文大将?"又摇摇头:"只有国文好不够,要样样事理都明白。你们知道物理是什么吗?物理就是宇宙一切事物的道理。道理本来就存在,不是人所能创造的,聪明的科学家就是把这道理找出来,顺着道理一步步追踪它的奥妙,发明了许多东西。我们平常人就是不肯用脑筋思考,只会享现成福。现在物理课就是把科学家已经发现的道理讲给我们听,训练我们思考的能力和兴趣。天地间还有许多道理没有被发现的,所以你们每个人将来都有机会做发明家,只要肯用脑筋。"

讲完了这段话,他似笑非笑闪着亮晶晶的金牙,我一想起"土牙"的外号,觉得很滑稽,却又有点抱歉。其实又不是我给起的,只是感到梁先生实在热心教我们,不应当给起外号的。他的话说得很快,又有点模糊不清,起初听来很费力,但因为他总是一边做些有趣的实验,一边讲,所以很快就懂了。他又说:"日常生活中,无时无刻不接触到万物的道理。比如用铅笔写字,用筷子夹菜,用剪刀剪东西,就是杠杆定律,支点力点重点的距离放得对就省力,否则就徒劳无功,可是我们平常哪个注意到这个道理呢?这也就是中山先生所说的知难行易。可是我们不应当只做容易的事,要去试试难的,人类才会有进步。"

我们听了都很感动,他虽然是教物理,但时常连带讲到做人的道理。我们初三是全校的模范班,本来就一个个很哲学的样子,对于国文老师的一言一行,都佩服得五体投地,现在物理老师也使我们佩服起来了。

有一次,他解释"功"与"能"的分别时,把一本书捧在手中站着不动说:"这是能,表示你有能力拿得动这本书,但一往前走产生了运送的效果,就是功。平常都说功能、功能,其实是两个步骤。要产生功,必须先有能,但只有能而不利用就没有功。"他又点着我们说:"你们一个个都有能,所以要用功。当然,这只是比喻啦。"说着他又闪着金牙笑得好慈祥。

他怕我们笔记记不清,自己再将教过的实验画了图画,写了说明编成一套讲义,要我们仔细再看,懂得道理就不必背。但在考试的时候,大部分背功好的同学都一字不漏地背上了。发还考卷的时候,他笑得合不拢嘴说:"你们只要懂,我并不要你们背,但能够背也好,会考时候,全部题目都包含在这里面了。"他又看着我说:"你为什么改我的句子?"

我吓一跳,原来我只是把他的白话改成文言,所有的"的"字都改"之"字,句末还加上"也""矣""耳"等语助词,自以为文理畅顺,没想到梁先生会问,可是他并没不高兴,还说:"文言文确是比较简洁,我父亲也教我背了好多《古文观止》。"

"《古文观止》只是一本书,怎么说好多《古文观止》?"沈琪又嘀咕了。

"对,你说得对,沈琪。"梁先生冲她笑,一副从善如流的神情。

梁先生终年都穿蓝布长衫,冬天蓝布罩袍,夏天蓝布单衫,九十度的大热天都不出一滴汗。人那么瘦,长衫挂在身上荡来荡去。听说他曾得过肺病,已经好了。但讲课时偶然会咳嗽几声,他说粉笔灰吃得太多了,嗓子痒。我每一听他咳嗽,心里就会难过,因为我父亲也时常咳嗽,医生说是支气管炎,梁先生会不会也是支气管炎呢?有一次,我把父亲吃的药丸瓶子拿给他看,问他是不是也可以吃这种药,他忽然把眉头皱了一下说:"你父亲时常吃这药吗?"我回答是的。他停了一下说:"谢谢你,我大概不用吃这种药,而且也太贵了。不过你要提醒你母亲,要特别当心你父亲的身体,时常咳嗽总不大好。"看他说话的神情,那份对我父亲的关切像是异乎寻常的,我心里很感动。

沈琪虽然对梁先生也很佩服,但她生性喜欢捉弄人,尤其是对男老师。她看梁先生喜欢坐桌子,就把桌子脚抹了蜡烛油,梁先生一坐就往后滑,差点摔一大跤,全班都笑了,沈琪笑得最响。先生瞪着她说:"你笑什么?站起来。"

沈琪笔直地站起来,一副"视死如归"的样子,嘴里却不服气地说:"又不是我一个人笑!"

"你最调皮,给我站好。"我们从来没见他这么凶过。

沈琪又咕噜咕噜轻声念着:"土牙、土牙,你这个大土牙。"梁先生大吼:"你说什么?"沈琪说:"我没说什么,我在背物理讲义。"

"好,你背吧!"那一堂课,她一直站到下课。我们这才看到梁先生凶的一面,也觉得他罚女生站一堂课有点过分了。下一次上课,他又笑嘻嘻的,好像什么都忘了。想坐桌子时,用手推一把,摇摇头说:"太滑了,不能坐。"

我们在毕业考的前夕,每个人心情都很紧张沉重,对于课堂的清洁和安静都没以前那么注意,但为了希望保持三年来一直得冠军,和学期结束时领取银盾的纪录,级长总是随时提醒大家注意,可是这个希望,却因物理课的最后一次月考而破灭了。

那天梁先生把题目卷子发下来以后,就在课堂里拍着踢踏步兜圈子。大家正在专心地写,忽然听见梁先生一声怒吼:"大家不许写,统统把铅笔举起来。"我们吓一大跳,不知是为什么,回头看梁先生站在墙边贴的一张纸的前面,指着纸,声色俱厉地问:"是谁写的这几个字!快站起来,否则全班零分。"我当时只知道那张纸是级长贴的,上面写着:"各位同学如愿在暑假中去梁先生家补习数学或理化的请签名于后。"因为他知道我们班上有许多数理比较差的,会考以后,考高中以前,仍须补习,他愿义务帮忙,确确实实不要交一块钱。头一年就有同学去补习过,说梁先生教得好清楚易懂,好热心。所以我第一个就签上名,也有好多同学签了名。那么梁先生为什么那样生气呢?我实在不明白。冷场了好半天,没人回答,时间一分一秒地过去,我们心里又急又糊涂,我悄悄地问邻座同学究竟写的是什么呀?她不回答我,只是瞪了沈琪一眼,恨恨地说:"谁写的快勇敢点出来承认,不要害别人。"可是沈琪一声不响,跟大家一齐举着铅笔,梁先生再一次厉声问:"究竟谁写的?有勇气写,为什么没勇气承认?"忽然最后一排的许佩玲霍地站起来说:"梁先生,罚我好了!是我写的,请允许同学们继续考试吧!"

梁先生盯着她看了半天说:"是你?"

"我一时好玩写的,太对不起梁先生了。"说着,她就哭了起来,许佩玲是我们班上品学兼优的好学生,她这次究竟在那张纸上写些什么,惹得梁先生那么冒火呢?

"好,有人承认了就好,现在大家继续写答案。"他说。

我一面写,一面心乱如麻,句子也写得七颠八倒的。下课铃一响,卷子都一齐交上去,梁先生收齐了卷子,向许佩玲定定地看了一眼就走了。下一节是自修课,大家一齐拥到墙边去看那张纸,原来在同学签名下的空白处,歪歪斜斜地用很淡的铅笔写着:"土牙,哪个高兴来补习?"大家都好惊奇,许佩玲怎么会写这样的字句?也都有点不相信,又都怪梁先生未免太凶了,许佩玲的试卷变成零分怎么办?许佩玲幽幽地说:"梁先生总会给我一个补考的机会吧。"平时最喜欢大声嚷嚷的沈琪,这时却木鸡似的在位子上发愣,我本来就满心怀疑,忍不住走过去问:"沈琪,你怎么一声不响,我觉得许佩玲不会写的。"沈琪忽然站起来,奔到许佩玲身边,蹲下去,哽咽地说:"你为什么要代我承认,你明明知道是我写的。我太对不起你,太对不起大家了。"

"我想总要有一个人快快承认,才能让同学来得及写考卷。也是我不好,我看见了本想擦,一下子又忘了,不然就不会有这场风波了。沈琪,不要哭,没有关系的,我一、二次月考成绩都还好,平得过来的。"许佩玲拍着沈琪的肩,像个大姐姐,她是我们班上比较年长的同学,是热心的总务股长,也是真正虔诚的基督徒,我很佩服她。

我们对她代人受过的牺牲精神都好感动,但对沈琪的忏悔痛哭,又感到很同情。级长说:"沈琪,你只要快快向梁先生承认就好了,可以免去许佩玲受冤枉。"正说着,梁先生已经走过来了,他脸上一点没有生气的样子,只和气地说:"同学们,我再给你们一次机会,那几个字究竟是谁写的?因为不像是许佩玲的笔迹。"沈琪立刻站起来说:"是我,请梁先生重重罚我好了,和许佩玲全不相干。"

梁先生的金牙笑得全都露了出来，他说："沈琪，我就知道是你捣蛋，你为什么写土牙两个字？你为什么不愿意补习，你的数理科并不好，我明明是免费的啊。"他又对我们说："大家放心，你们的考试不会得零分。许佩玲的卷子我已经看过了，她是一百分。"

全班都拍起手来，连眼泪还挂在脸上的沈琪都笑了。我一直都不大喜欢沈琪，但由这次的事情看来，她也是非常诚实的，我对她的印象也好了。

梁先生走后，我们还在兴奋中，七嘴八舌地谈论着，忽然隔壁初二的级任导师走来，在我们的安静记录表上咬牙切齿地打了个大××，说我们吵得使她没法上课。这一打大××使我们这一学期的努力前功尽弃，再也领不到安静奖的银盾，而且破坏了三年来的冠军记录。我们都好伤心，甚至怪那位初二导师，故意让我们失去这个机会的。沈琪尤其难过，说都是因为她闯的祸，实在对不起全班。大家的激动使声浪无法压制下来，而且反正已经被打了××，都有点自暴自弃的灰心了。此时，梁先生又来了，他是给我们送讲义来的，他时常自己给我们送来。看我们一个个失魂落魄的样子，还以为仍为沈琪的事，他说："你们安心自修吧！事情过去就算了，过而能改，善莫大焉。"我们却告诉他安静记录表被打××的事，他偏着头满不在乎的样子说："这有什么不得了，旁人给你做记录算得什么？你们都这么大了，都会自己管理自己。奖牌、银盾都是形式，校长给的奖也是被动的，应当自己给自己奖才有意思。"

"可是我们五个学期都有奖，就差了毕业的一个学期，好可惜啊！"

"唔！可惜是有点可惜，知道可惜就好了，全体升了高中再从头来过。"

"校长说要全班每人考甲等才允许免试升高中，这太难了。"

"一定办得到，只要把数理再加强。"

我们果然每人总平均都在甲等，这不能不说是由于梁先生的热心教导。升上高一的开学典礼上，梁先生又穿起那件褪色淡青湖绉绸长衫，坐在礼堂的高台上。校长特别介绍他是大功臣，专教初三和高三的数理的。

在高一，我们没有梁先生的课，但时常在教师休息室里可以看到他。踩着踢踏步满屋子转圈圈。十分钟休息的时候，我们常常请他跟我们一起打排球，他总是摇摇头说不行，没有力气。我们觉得他气色没有以前好，而且时常咳嗽得很厉害。有一天，校长忽然告诉我们，梁先生肺病复发，吐血了。在当时医学还不发达，肺病没有特效药，一听说吐血，我们马上想到死亡，心里又惊怕又难过，恨不得马上去医院看他。可是我们不能全体去，只有我们一班班长和高、初三的级长，三个人买了花和水果代表全体同学去看他。她们回来时，告诉我们梁先生人好瘦，脸色好苍白。他还没有结婚，所以也没有师母在旁陪伴他，孤零零一个人和别的肺病病人躺在普通病房。医生护士都不许她们多留，只和他说了几句话就告别出来了。她们说梁先生虽然说话有气无力，还是勉励大家好好用功，任何老师代课都是一样的，叫我们不要再去看他，因为肺病会传染，他的父亲就是肺病死的。我们听了都不禁哭了起来。沈琪哭得尤其伤心，因为她觉得自己最最对不起梁先生。

不到两个月，就传来噩耗，梁先生竟然去世了。自从他病倒以后，虽然死的阴影一直笼罩着我们全班同学的心，但一听说他真的死了，没有一个同学愿意接受这残酷的事实。我们一个个嚎啕痛哭，想起他第一天来上课的神情，他的那件飘飘荡荡又肥又短的褪色淡青湖绉绸衫，卷得太高的袖口，一年四季的蓝布长衫，那双前头翘起像龙船的黑布鞋，坐在四脚打蜡的桌子上差点摔倒的滑稽相，一张笑咧开的嘴露出的闪闪金牙。这一切，如今都只令我们伤心，我们再也笑不出来了。

在追思礼上，训导主任以低沉的音调报告他的生平事迹。说他母亲早丧，事父至孝，父亲去世后，为了节省金钱给父母亲做坟，一直没有娶亲，一直是孑然一身。他临终时还念念不忘双亲坟墓的事。他没有新衣服，临终时只要求把那件褪色淡青湖绉绸长衫给他穿上，因为那是他父亲的遗物。

听到这里，我们全堂同学都已哽咽不能成声。训导主任又沉痛地说："在殡仪馆里，看他被穿上那件绸衫时，我才发现两只袖口已磨破，因没人为他补，所以他每次穿时都把袖口折上来，他并不是要学时髦。"

全体同学都在嘤嘤啜泣。殡仪馆里，我们虽然全班同学都曾去祭吊过，但也只能看见他微微带笑的照片，似在向我们亲切地注视。我们没有被允许走进灵堂后面，没有机会再看见他穿着那件褪色淡青湖绉绸长衫，我们也永不能再看见了。

妈妈银行

小时候,常听大人们说"钱庄、钱庄",心想钱庄就是专门装钱的一间屋子,一定是角子洋钱挤得满满的,像我家专门装谷子的谷仓一样。

有一回,一位住在城里的叔叔来乡下玩,我听他对母亲说:"大嫂,你有钱该存银行,不要存钱庄。"母亲笑笑没有做声。我问她:"妈妈,钱庄和银行有什么两样?"母亲很快地说:"钱少的叫钱庄,钱多的叫银行。"我又问:"妈妈的钱为什么不存银行呢?"她敲了下我的脑袋瓜说:"我的钱都存在你的肚子里了。你不是要吃中段黄鱼和奶油饼干吗?那都要钱买的呀。"我想想也对,就很感激地说:"那么我以后的压岁钱都给妈妈买黄鱼和奶油饼干,妈妈的钱就好存银行了。"母亲点点头说:"走开走开,我忙着呢!你的压岁钱都给你买氢气球和鞭炮花光了,再等过年还早得很呢。"

于是我就把抽屉里、枕头底下所有的钱统统捧出来。有的是中间有个四方孔的铜钱,那是厨房里的五叔婆给的。旧兮兮的一点亮光没有,不值钱的,只能包在破布里当毽子踢。幸得有不少枚银角子。银角子有两种,小而薄的是小洋角子,要十二枚才换一块银洋钱。大的是大洋角子,十枚就可以换一块洋钱了。我数来数去,越数越糊涂,就一把抓给母亲说:"妈妈,存在你那里。"母亲高兴地说：“好，我是你的银行。"我一听到银行就高兴，仿佛钱放在银行里就会像白米饭似的，胀成满满一锅。

母亲把我的钱放在针线盒的第二格，对我说：“不许动，这就是妈妈的银行，要等凑满两块银洋钱，就给你去存钱庄。"我马上说："我不要存钱庄，我要存银行。"母亲说："钱庄就在镇上，我们可以自己走去，银行在城里，我一两年也难得去一回呀。"我想起那个城里的叔叔，就说："那我们就请叔叔代存好吗？"母亲想了一下，好像真有什么新主意似的，就去问五叔婆："你有钱没有？我们一起托阿叔存城里的银行好不好？"五叔婆瘪瘪嘴说："我才不相信他呢！他一年到头香烟不离嘴，说不定会把我们的钱拿去买香烟抽。我不存，我宁可放在自己贴肉口袋里，最放心。"说着，她双手拍拍鼓起的粗腰，我知道她一年四季缠着的腰带里都是钱。

钱给了母亲，我得守信用不动用它。只能常常捧出针线盒，打开来摸摸数数，听听叮叮当当的声音。

有一次，乡长来捐款赈水灾，母亲从身边摸出五个银角子给他。我连忙问："这是你的还是我的？"母亲说："当然是我的。对了，你也该捐一点呀！"我起先有点舍不得，但想想赈灾是善事，"人要发挥广大的同情心。"老师说的。我就跑到楼上，从针线盒里拿出一个银角子，在手心里捏着，捏得热烘烘的，才万分不舍地递给乡长。他拍拍我的头说："好心有好报。"就收下了。我得意地回头看看五叔婆，她横了我一眼，才慢吞吞地从腰带里挖出一个银角子。过了半天，再挖出一个，不言不语地递给乡长，乡长还没来得及说话呢，我马上抢着说："五叔婆，你好心有好报。"她再横了我一眼。我第一次觉得五叔婆心肠也是蛮好的。

妈妈的银行给我心理上一份安全感，觉得有妈妈作保，钱一定不会丢,不会少。尤其是,原该三十个铜板换一枚银角子的,我只要积到二十七八个,就要跟妈妈换银角子了。好开心啊,钱存不存银行都没关系,何况银行是个什么样,我根本不知道。妈妈的银行——那个针线盒,才是实实在在的。

也不知什么时候,母亲真把我的钱和她自己的钱都交给城里的叔叔去存银行了。我摇摇针线盒没有叮叮当当的声音了,总有点不放心,就对母亲说:"我现在想想还是存在钱庄好,我们可以一同到镇上,自己存进去。"母亲说:"你放心,叔叔有存折给我的,有多少都记在上面,少不了的。"我也就放心了。

又不知过了多久,有一天,母亲把折子拿给我的老师看,问他:"这里面一共是多少钱?看我的心算跟总数合不合呢!"

老师看了下,奇怪地说:"大嫂,你弄错了吧,这里面的钱都已取光啦。"

"你说什么?"母亲知道老师是正正经经的人,不会跟她开玩笑的,她已经在发抖了。

"这是一本空折子,钱都一次次提光了。你是托谁存托谁取的呀!"老师一脸的茫然。

"是托阿叔的呀!只有一回回地存进去,从没取出来过,里面还有小春的钱呢。"

"没有了,老早没有了。你捏着的是一本空折子。"

我在一边马上大哭起来,跺着脚喊:"妈妈,我要我的钱,叔叔拐了我的钱,他好坏,他是贼。"

我越哭越伤心,母亲脸都气白了。半晌才大声喝道:

"不要哭,也不许骂人。自己好好读书,多认几个字,把算盘学好,就不会给别人欺侮了。"

她已泪流满面,我只好忍住哭,拉着她的衣角说:

"妈妈,你也不要哭了。我们再从头来过。这回我们就把洋钱角子统统放在针线盒里,不要存银行,也不要存钱庄,把针线盒天天放在枕头边,就放心了。"

老师叹口气说:"存银行存钱庄都一样,就是要托个可靠的人。小春,你要快快长大,帮你妈妈的忙。"

我心想,我已会背九九表,妈妈会心算,但又有什么用呢,钱已经没有了呀!我常常把九九表背得七颠八倒,母亲总带笑地纠正我。从那以后我不敢背了,怕她想起被叔叔拐走的钱会心痛。我问她为什么不向叔叔算账,她说:"女人家辛辛苦苦积蓄点私房钱,有什么好声张的?我那点只是从买菜和粜谷子里省下来的。我若是跟他算账,他就会写信告诉你爸爸,算了吧,反正我也不花钱。"

我却是心中愤愤不平,山里的外公来时,母亲嘱咐我不要讲,我还是悄悄地一五一十告诉了外公。外公说:"钱不花,放在针线盒里、枕头底下,跟存在银行里一样。小春,你以后还是把滚铜板、踢毽子赢来的钱统统给你妈妈,她喜欢听叮叮当当的声音,你也有新鲜黄鱼和奶油饼干吃,多好啊!"

因此,我还是最最喜欢那个可以捧在手里,摇起来叮当响的针线盒,我就叫它"妈妈银行"。

我长大以后,父亲把我带到杭州读中学。母亲有很长一段时间仍住在乡间,我就把压岁钱托人带回给她,随便她存钱庄还是仍放在"妈妈银行"里。我是希望她买点补品吃。暑假回乡时,老师告诉我,"你妈妈每回收到你的银洋钱,都要叮叮地敲一阵、凑在耳朵边听一阵,听了再敲,敲了再听,弄得五叔婆好羡慕,就怨她儿子不孝顺,没带银洋钱给她。"

我想起那个拐我们钱的城里叔叔,问母亲他后来怎样了。母亲叹口气说:"他苦得很,讨了个城里的女人,两个人都抽上了大烟,连乡下的房子都卖掉了。"

我也十分感慨,一个不忠实的人,再加上恶疾,终归落得一生潦倒。

有一次他回到乡间来,母亲看他衣衫褴褛、鞋袜都前通后通了,忍不住就给他钱去买衣服。我想起当年母亲辛苦积蓄被他拐走的心痛神情,仍不免泫然。但母亲一点也不计较他对她的不诚实,反而在困难时再接济他。

好心的母亲啊!如果您是个百万富豪,真的开一家"妈妈银行",您将会救济多少的贫寒之人呢?

万水千山师友情

我手中捏着一把长不及五寸的短剑,但只要向前轻轻一挥,就刷刷刷地伸长为三尺,亮晃晃的,真像是一把龙泉青霜剑呢。设计得如此精巧,是为了出门携带方便,它不是防身武器,而是一支供把玩也供锻炼身体的"宝剑"。

在我心目中,它确实是一把"宝剑",因为它是我阔别了整整半个世纪的老友王思曾所赠。

对着闪亮的宝剑,我的思绪穿越了五十年的时光隧道,回到了故乡永嘉县。那时我在永嘉县立中学任高一国文老师,王思曾则是高二学生。两间教室紧靠着。下课后,王思曾常与高二好几位同学来与我谈文论艺。

高二的国文是夏瞿禅老师教的。那时是抗战初期,瞿禅师因杭州之江大学解散,回到故乡,也被县中校长聘来教国文。江南第一大词人教中学国文,自是大材小用,但却是县中的无上光荣。我本来就是瞿禅师的学生,由于师母的关爱,特嘱我从简陋的学校宿舍搬出,住到瞿禅师寓所的楼下厢房。因此每天上课,我们师生常是一同步行到学校。遇有大叠作文簿时,王思曾必然是弟子服其劳,代为捧来捧去亦步亦趋的祖孙三代师生情,一时传为美谈。

谢 邻 弦 歌

瞿禅师的寓所坐落在典雅幽静的谢池巷。那是由于曾任永嘉太守的谢灵运梦中得句"池塘生春草"而命名。所以瞿禅师在住宅大门横额上题了"谢邻"二字,格外引人向往。

最难得的是楼下正屋还住着瞿禅师好友吴天伍先生和他的妹妹吴闻女士。天伍先生是乐清闻名的大诗人,妹妹吴闻也是博古通今的才女。天伍先生才高洒脱,兴来时常于走廊里散步,高声朗吟自己的得意之作,我也随着学唱他的乐清调。王思曾也是乐清人,我们几个人一同唱起来,自是格外悦耳。夏师母听得高兴起来,就亲自下厨为我们炒两大盘香喷喷的肉丝米粉。瞿禅师边吃边赞美,学着新文艺腔,低声对师母说:"好妻子,谢谢你。"然后打开话匣子,就有说不完的掌故,唱不完的诗篇。

谢池弦歌之声,遐迩俱闻

不久浙江大学在龙泉复校,瞿禅师应聘去了龙泉,他的高二国文就由我接教。班上的王思曾和好几位爱好文学的同学,都同我非常接近。他们觉得在课堂里读有限的几首古典诗,不够尽兴,乃于星期假日背了黑板到"谢邻"来,大家在光洁的地板上盘膝而坐,由我选出自己最喜爱最有心得的诗词,为他们讲解赏析。也学着瞿禅师的音调带大家朗吟。同学们都认为我唱得铿锵有致,颇得瞿禅师真传。我也因师生情谊之深厚而乐以忘忧。

那时演话剧之风很盛,我是国文老师兼课外活动指导,对话剧很有兴趣,就为同学们编写了一个独幕剧,由王思曾和几位男女同学分任角色,在校庆日演出。一举引发同学的兴趣,乃请得校长同意，决定演出曹禺的《雷雨》，特请当时名导演董心铭先生执导。与省立温州中学来个比赛，温中演的是《日出》，那是轰动一时的盛举。记得王思曾是自治会学术股长，请我担任同学讲普通话的指导。在当时刚刚开始文明开放的城市里，我那"字不正、腔不圆"的"蓝青官话"，居然还可以指导别人卷起舌头讲"北京话"，自觉得意非凡，真正过了一阵"助理导演"的瘾呢！

无常的聚散

抗战胜利复员回到杭州，我因照顾家庭，暂在浙江高等法院任职，同时在母校弘道女中兼课。此时王思曾已高中毕业来到杭州计划投考北京大学。因一时宿舍尚无着落，我就介绍他到高院任临时办事员，协助我整理法院与我家中战后散乱的图书。我们师生重逢，又能在一个机关工作，自是非常欣慰。

思曾将凌乱的书籍杂志等，细心整理、分类编目列出表册，依次陈列在书橱中，使同仁们借书阅读时一目了然，他工作之有条不紊，俨然是一个有经验的图书管理员。上司对他的赞赏，我自然也与有荣焉。

那一段日子，我们都读了不少文学以外的书籍，获益至多。后来思曾考取了北京大学，我也因调职去了苏州。一年后局势急转，我就匆匆到了台湾，师生就此失去联络，断了音讯，这一断就是悠悠半个世纪。

天外来书

前年，当一封署名沙里、注明王思曾的信，辗转到达我手中时，我不由得一阵迷糊恍惚。急急拆开来，果然是那熟悉的字体，和一帧熟悉的照片。沙里,他就是王思曾,我当年的得意门生。

几十年的音书阻绝,而他学生时代的笑语神情,他的诚恳与干练,我们在永嘉县中时代师生相处的欢乐情景,一时都涌现眼前。他信中告诉我他是从北京回到故乡,在刚从美国探亲回去的永嘉中学校长处看到我的作品,意外惊喜之下,立刻给我来信。阔别将近五十年,我们又联系上了,这一份欢慰,自是难以言喻的。

嗣后他给我陆续寄来多篇文章,写他回忆在杭州念初中时正值"八一四"中日空战的壮烈情形,写他重访富春江参观郁达夫故居与纪念馆的深沉感想,由于他负责文化宣传工作,足迹几遍全国,因此也写了许多塞外风光。他文笔洗练,内容充实而风趣,阔别四十余年,读其文如见其人。难得的是他对当年我们的师生情谊,仍念念在心。尤使我感动的是他的一篇《泛舟纪》,是读我的《词人之舟》一书所引发的感想。他写道:"词的本色是婉约、蕴藉与缠绵,常是情景交融。写景处是写情,写情处亦是写景。讲解的是古人作品,也自然溶入讲解者的情思……"足见他对古典诗词体会之深。他文中说:"四十多年后的今天,我所能忆起的是青年时代的老师。"他又忆起了在中学时代,他和几位爱好文学的同学,还时常到谢池巷夏瞿禅老师的住宅"谢邻"一同听瞿禅师讲学论词。并引了瞿禅师特为我作的一首《减字木兰花》中句:"池草飞霞,梦路应同绕永嘉。"无限的离情别绪,凝聚在他的笔端,令人深深感动。悲悼的是瞿禅师作古已忽忽三年,我前年回大陆,因行程匆促,竟不及到杭州千岛湖他的墓园叩头凭吊。

重逢的欣慰

谈起我前年的回大陆,完全是由于思曾的诚意相邀所促成。

他的工作单位是一个文化机构,他总希望在他退休前能为我尽一点心意,使我在垂老还乡之日,能多少享受点旅游参观的方便。我感念他的相邀之诚,就答应与老伴趁体力尚健时一同回去,能与阔别如隔世的长辈、亲友们见面,又得以祭拜先人庐墓,也算了却一生心愿。

从行期确定之日起,我就寝食无心,直到登上去北京的飞机,整整二十多小时的行程中,我未能合眼休息。并不是近乡情怯,而是由于一种梦幻成真的恍惚和惶惶不安。即将见面的亲友们,一位位的面容都浮现眼前。世事的风云变幻,都不能影响我们永恒的情谊。人生年寿有限,以我们沧桑历尽、拨云见日的今天,得以飞越关山,享受重逢的欢乐,真不能不感谢上苍待我们之厚。

在北京机场出口处,第一眼看到的是我尚未见过面却通过无数次信的干女儿谢纠纠。她是我大学同学的爱女,她的美丽端庄,和照片里一模一样。站在她后面的就是王思曾。依旧是他学生时代那一脸诚恳憨厚的神情。在贵宾接待室里,我们"语无伦次"地说着话,感到的是时光倒流的恍惚。

在北京两周的参观旅游活动,都由思曾细心策划安排,由他的助理齐仪小姐陪同招待。她文静和蔼,办事负责周到,她的平易、亲切尤使我感到轻松自在。更有干女儿谢纠纠的嘘寒问暖,与齐小姐一同照顾我们的饮食起居。冰箱里的水果饮料与各种点心,取之不尽,自思几十年来的劳碌命,还真没享受过这样现成丰厚的清福呢。

我们畅游了名胜古迹,当我在九龙壁前摄影时,忽然想起了逝世六十五年的大哥,他那时十二岁,由父亲带着住在北京,曾在九龙壁前拍过照。他每次写信都盼我到北京和他相见,但因种种原因不能实现愿望。那时候我才七岁,怎么想得到,来北京的梦,直到七十多岁以后才能实现呢。我俯仰低徊在九龙壁前,想起大哥照片里的童年天真神态,人生奄忽,天地悠悠,我内心的怅触哀伤,并非自悲老大或感慨岁月不多,而是怅恨父亲当年为什么不让母亲和我到北京见大哥最后一面呢!但无论如何,我现在总算已到了北京,在大哥脚步走过的地方,低声喊着他,感觉他就在我的身边和我说话,我应该心安了。

此行最欣慰的是会到了梦寐中想见的朋友们。林翘翘、王来棣是当年永嘉中学的学生。她们都亲切地喊着潘老师,活泼健谈一似当年,却都和思曾一样,已是祖字辈的人了。这一点,我这个老朽只好自叹不如了。还有一位赵树玉,是我执教杭州弘道女中的学生,当年聪颖的少女,如今是人民大学的俄文教授。她不时为我送来衣服与食物,生怕我不能适应气候的变化。纠纠的尊翁谢孝苹是一位诗人、古琴家,又写得一手好书法。我与他虽是同门,却是望尘莫及。他多次为我弹奏古琴,他三岁的小外孙女举起小胖手,踮起脚尖跳舞唱歌,使我越发地乐不可支。

另一个意外的惊喜是纠纠的同事陈萃芳,是我之江大学的学长。她是当年的校花,以演抗日名剧《一片爱国心》的女主角红遍杭城。我们一握手之间,都立刻回到了少年时:之江大学情人桥的曲径通幽,钱塘江的朝曦夕晖,曾留下我们多少旖旎风光和记忆。萃芳姐特别安排了之江大学的各位学长与我共餐欢聚,殷殷相约后会之期。

浓郁的师友之情,使我永铭肺腑。尤不能不深深感谢思曾的诚意邀约。由于他的再三催促,我们才没有错过这宝贵的重逢机会。

后 会 有 期

欢聚半月后,我们不得不依依握别。思曾赠我以宣纸正楷书写的白话长诗一首,我回环默诵,禁不住泪水盈眶。

老同学谢孝苹听我们讲起在大雾迷蒙中夜过三峡,崔巍奇景一无所见的遗憾,他乃挥毫代赋一绝云:"滟滪如牛角触忙,猿啼巫峡怨声长。有景朦胧道不得,轻舟载梦过瞿塘。"

载梦原是美事,可是载的是沉重的梦,连轻舟也变得沉重起来。但愿师友无恙,重逢有日,再不必追寻恍惚的梦境了。

最使我高兴的是有一天与干女儿纠纠通电话,她说她会转告沙里伯伯我们对他的挂念,希望不久又可相聚。四岁的干孙女在千山万水之外的那头,娇声地喊:"干姥爷,干姥姥,你们快来嘛,我要给你们吃糖球。"

多么甜美的糖球!我们怎能不再回去呢?

梦中的饼干屋

美国食品店里的饼干,种类繁多,却没一种是对我胃口的。每回吞咽着怪味饼干时,就会想起童年时代母亲做的香脆麦饼,母亲称之为土饼干。

我那时随母亲住在乡间,母亲做的土饼干,就是我的最爱。有一次,父亲从北京托人带回一罐马占山饼干,母亲笑眯眯地捧在胸前,看了又看,摸了又摸,舍不得打开,我急得要命,央求说:"妈妈,快打开供佛呀,供了佛就给我吃,菩萨保佑我身体健康,读书聪明呀。"母亲才又笑眯眯地打开来,小心翼翼地抽出两片放在小木盘里供佛,我就在佛堂里绕来绕去,等吃饼干。母亲只许我一天吃两片,我却偷偷再吃一片,用手指掰开来,一粒粒放在嘴里慢慢地品尝,也分一点点给我的好朋友小黄狗和咯咯鸡吃。觉得马占山饼干并没什么特别味道,只不过是北京寄来,稀奇点罢了。我要母亲寄点麦饼给哥哥吃,母亲说路太远,寄去会霉掉。那时如果有限时专送该多好呢?

哥哥从北京写信来告诉我,他一天到晚吃饼干,吃得舌头都起泡了。因为二妈天天出去打牌,三餐都不定时,他肚子常常饿得咕咕叫,只好吃饼干。我看了信心里好难过,却不敢告诉母亲,怕她担忧。哥哥说饼干吃得实在太厌了,就拿它当积木玩,搭一幢小房子，叫做饼干屋，给蚂蚁住。

我好羡慕哥哥，情愿自己变成蚂蚁，住在哥哥搭的饼干屋里，就一年到头有吃不完的新鲜饼干了。

有一天，我做梦真的住进饼干屋，瓦片、墙壁、桌椅板凳，全是又香又脆的奶油巧克力饼干。我就拼命地吃，觉得比马占山饼干好吃多了。可是吃到后来，房子塌下来了，满身堆着饼干，我再拼命地吃，吃得肚子好撑，嘴巴好干，就醒过来了。原来枕头边还剩着没吃完的半块土饼干——母亲做的麦饼，饼干屋却不见了。

我仔细回想梦中情景，赶紧写信告诉哥哥。哥哥回信说他生病了，什么东西都吃不下，连饼干都不想吃了。母亲和我好担忧，哥哥究竟生的什么病呢？也许只是因为想念妈妈和我，吃不下东西吧。我又赶紧写信给哥哥，劝他不要忧愁，好好听医生的话吃药，也写信求父亲带哥哥回来，有妈妈的爱，哥哥的病一定马上会好的。可是父亲的信三言两语，一点也没写清楚哥哥究竟生的是什么病，也没提半句要带哥哥回来的话，母亲和我又忧焦又失望。那些日子，我好像一下子长大了，长得和母亲一样的年纪。我们母女天天跪在佛堂里，求菩萨保佑哥哥的病快快好。我们一边默祷，一边流泪，感到我们母女是那么的无助、无依。

哥哥的病一直没好起来，在病中，他用包药的粉红小纸，描了空心体的"松柏长青"四个字，又写了短短一封信给我说："妹妹，我好想念妈妈和你，可是路太远了，爸爸不带我回家乡，因为二妈不肯回来，我只好在梦里飞回来和你们相聚了。"我边看边哭，觉得"梦魂飞回来"这句话不吉利，就不敢念给母亲听。我写信给哥哥，劝他安心，我的灵魂也会飞去和他相聚的。就这样，我们通着信，可是那时的信好慢好慢，每周只有两天才有邮差从城里来。

我每次在后门口伸长脖子等信,总是等得失望的时候居多。看母亲总是茶饭无心,我更是忍泪装欢,盼望着绿衣人带来哥哥的信。那一盒北京带回的饼干,却是再也无心打开来吃了。

很久以后,才盼到父亲一封信,里面附着哥哥一张短短的纸条,写得歪歪斜斜几个字:"妈妈、妹妹,我病了,没有力气,手举不动了。饼干不能吃,饼干屋也没有了。"

我哭,我喊哥哥,可是路那么远,哥哥听不见,母亲抹去眼泪说:"哭有什么用呢?哭不回你爸爸的心,哭不好你哥哥的病啊!"我们母女就像掉落在汪洋大海里,四顾茫茫,父亲在哪里,哥哥在哪里呢?

我们日夜悲泣,可是真的哭不回父亲的心,哭不好哥哥的病。哥哥走了,永远离开我们了。我再也收不到他用没力气的手所写的歪歪斜斜的信了。北京虽远,究竟还是同一个世界,现在他到另一个世界去了,我怎么再给他写信呢?

我捧起那盒马占山饼干,呜咽地默祷:"哥哥啊,你寄来的饼干还剩大半盒,我哪里还有心思吃呢?你的灵魂快回来吧,我们一同来搭饼干屋,世界上,有哪里能比我们自己搭的饼干屋更可爱、更温暖呢?哥哥,你回来吧!"

可是哥哥永不能再回来了。没有了哥哥,梦中的饼干屋也永远倒塌了。

永是有情人

去邮箱取信时,遇到邻居老太太,她亲切地拉着我的手,我们聊了好半天。深秋的寒风吹拂着她的白发,她拉了下围巾,神情黯淡地说:"以前都是我那老伴儿出来拿邮件,他就趁此站在外面抽一支烟,抽完了才回来。因为我不让他在屋子里抽烟。现在想想真后悔,他就这一点点嗜好,我为什么不让他舒舒服服坐在家里抽烟呢?"

她想起逝世将近两年的老伴,眼中汪着泪水。"头白鸳鸯失伴飞",她心中的哀痛可想而知。虽然她的女儿在周末都会回来探望母亲,但是夫妻情究竟是无可替代的。

夫妻的相依相守,在年少时是情深似海,到了老年则是义重如山。由海的波涛壮阔到山的稳重不移,是要经历一生的体认的。

最记得当年母亲说过的一个比喻。她说:"夫妻的亲密,就像牙齿和舌头。舌头常常被牙齿咬出血来,过了一会儿自然好了。"我听了却生气地说:"爸爸远在外地,离你十万八千里,连信都很少写回来。有什么牙齿把舌头咬出血来的事呢?"母亲淡然一笑说:"离远点也好,眼不见,心不烦,有你就好了。"母亲内心在婚姻上所受的痛苦,岂是我这少不更事的女儿所能体认的?想想母亲一生都在忍与等,忍受丈夫对她的冷落,却又等待他的归来。痛心的是,父母亲一生都没交谈过多少话。可是父亲临终时,紧握不放的却是母亲的手。那最后的一握啊,包含了多少忏悔,多少情意?

那是旧时代的婚姻悲剧,令人不可思议。如今,有的少男少女,由两心相悦而同居、试婚、结婚,而至离婚,由相敬如"宾"到如"冰",似都不足为奇。是多变的社会形态、淡漠的人情,使人们不再重视婚姻与夫妻情呢?还是"山盟海誓"只是文人笔下的歌颂之词呢?

南宋词人叹息:"相思本是无凭语,莫向花笺费泪行。"而今天双方在一通电话里,就可绵绵情话,哪里还用得着"花笺"?一朝不合而分手,也就不会费什么"泪行"了。

但无论如何,男女双方由相爱而结为夫妇,应当是最真挚而且圣洁的。记得一位长者说过幸福婚姻 ABC 的名言:"夫妻要彼此欣赏,连缺点也能欣赏(Appreciation),要彼此相依相属(Belonging),要彼此信赖(Confidence)。在欣赏、信赖相属中,才能享受无穷幸福。"说得真对。

词人说:"换我心,为你心,始知相忆深。"这个"换"字,不就是推心置腹,相互欣赏、信赖之意吗?

说实在的,有情人成眷属不难,成了眷属要永是有情人,才是夫妻间一生一世都得体味的深意啊!

亲情似海

外公
父亲
云居书屋
油鼻子与父亲的旱烟筒
母亲
毛衣
金盒子
春草池塘
我的另一半
"我的另一半"补述
遥寄楠儿
病中致儿书

外公

　　三十五年八月中秋前夕,我从穷乡僻壤的南田,回到阔别多年的故乡,心情是难以名状的复杂。抗战胜利了,人人感到兴奋。可是八年中,我的双亲和一位相依如亲手足的堂弟,都相继去世。门衰祚薄的家庭,于庆祝胜利声中,却是倍增凄凉。我一到家,立刻去山中迎接硕果仅存的一位亲人——我的外公来家里共度中秋。那时他已是九五高龄。聚见之下,看他腰背伛偻,须发萧疏。扶着拐杖,走起路来非常的蹒跚吃力,精神已远不如以前健旺了。家,是冷冷清清的。外公见不到疼爱的女儿、女婿,我失去了慈爱的双亲。仗,整整打了八年,真是"问天涯依然骨肉,几家能够"?我们祖孙二人,相对无言了好半天。可是,我能尽快地回到家,见到外公,而且还大学毕了业,当了差使,对他老人家来说,总是可慰藉的。

　　外公逢人便颤巍巍地伸出三个手指头说:"在祠堂里,小春可以领三对大馒头了。"

　　我故乡风俗,凡族中读书子弟,能争光门楣的,每逢新年祠堂里举行祭典,都可向族长领取馒头。馒头是米粉做的,形如寿桃,有中号汤碗那么大。扎扎实实,沉沉甸甸。男孩子于乡学堂毕业时即可领取一对。我是女孩子,照规定是没有资格领的。但因我是长房长女,又能于兵荒马乱中,出远门读书,完成大学教育。所以族长另眼看待,准许我领取馒头:从高中、大学到"做官",一共领了三对。这是外公感到最值得骄傲的事。

"你记不记得,你的'上大人,孔乙己',还是我把你抱在膝头上一个字一个字教的呢。你说我怎么不高兴,怎么不高兴呢?"外公兜起下巴,呵呵地笑了。

他对我幼年淘气的事儿,依旧记得清清楚楚,他说了一遍又一遍,我听了一遍又一遍,总也听不厌。

在暖烘烘的秋阳里,我扶着他从前门绕圈子散步到后门。和风吹拂着他稀疏雪白的须发。水田里送来阵阵稻花香。有我扶着,他的两条腿也似硬朗多了。散一会儿步以后,他就要我端一张藤椅,陪他坐在后门口。他说前门雕梁画栋的看起来太富贵气了,一堵青石刻花大屏风,又挡住了视线。后门可以放眼望青山绿水,而且叫花子都是从后门来的。外公总吩咐小帮工:"多给点,多给点,过节了啊。"

我附在他耳朵边,跟他说话儿。告诉他许多许多"外路"的新奇事儿。听得他打皱的脸都笑开了。外公也絮絮叨叨地跟我讲母亲和舅舅的事儿,从他们小时候说到娶亲出嫁生儿育女。仿佛我母亲和舅舅正在扯着他的青布大围裙淘气哩。我抬头望蓝天滚圆的月光,梦悠悠地说:

"外公,妈做的枣泥馅儿月饼有多好吃。只要是你没有来过节,妈总要派人特定送给你吃的。"

"唔!"他摸着胡子在想,"有一年,她手烫伤了不能做月饼,又嫌你在身边捣蛋,把你送到山上来,在外公家过节。你记不记得?"

我怎么不记得呢？那是一个让人落泪的中秋节：姨太在帐子里拿蜡烛烧蚊子，一不小心，把帐子烧着了。姨太站在地上，只会发慌地叫喊。父亲又正巧在楼下。妈听到喊声，三脚两步奔过去，跳上床，把帐子扯下来，又拉过一床棉被蒙上去，才把火扑灭。火熄以后，妈的双手才钻心地痛起来。一看已灼伤了。姨太拿酒为妈抹上，抱歉的眼泪一颗颗滚落下来。可是妈反倒没有哭，她低声地说："没什么，不要紧，再抹点鸡油就好了。"妈做事一向镇静，对任何痛苦，她好像都安之若命。她一生已不知忍下多少痛楚，吞下多少眼泪。而这一次，我扶她回到自己房里，她暗暗落泪了。我想她疼痛的不是一双灼伤的手，而是一颗受创的心。恩爱幸福不属于她，一有危难，挺身来承当的却是她。谁能不感委屈呢？稚气的我，望着妈妈用纱布包扎的手而难过，心里更懊丧的却是没有枣泥月饼吃。而且全家都无精打采的，不能过一个快乐的中秋节了。妈看我不高兴的样子，温和地对我说："送你上山到外公家过节吧。"

外公有一子三女。舅舅只三十岁就去世了。留下一位孝顺勤劳的舅妈生有两个男孩子。两位姨妈都嫁在邻村，也都儿女成行。逢年过节，就带了孩子们回娘家。我一向孤孤单单在家里，难得和这许多表兄妹玩在一起，简直是乐不思蜀。我跟他们爬山，采野果，却是胆子奇小，遇到险峻之处，我站着尖叫，都是表兄们一把将我拎过去，我很佩服他们的壮健，他们呢？很佩服我的"肚才"。因为我已经背了好多《孟子》和"唐诗"了。有一次，我一不小心，跌进做纸的水槽里，又是表兄一把将我拎出来，泡得一身的酸臭水，我又冷又怕，第二天就发起高烧来。舅妈把我搂在怀里，搓着我冰冷的手脚。外公自己开了方子，煎药给我喝下去，出一身汗就好了。外公摸摸我的头顶说:"要学得粗蛮点,胆子才会壮大,身体才会好。碰到困难才挡得住。人是难保不碰到一点困难的。"他老人家的话,我牢牢记住了。

山乡人家,生活俭朴,平日连酱油都很少用。自己用黄豆晒的酱油,到过年才舍得吃。记得那年母亲让我带四瓶上等酱油和一瓶味精,我告诉舅妈味精是放在汤里喝的。舅妈竟舀了一汤匙的味精,冲了一碗白开水,一清早端给外公喝,说是补的。外公尝了一口说:"是什么东西呀,这样又淡又腥。"舅妈说是味精汤,我拍手大笑舅妈是乡巴佬。回家后告诉母亲,母亲太息说:"你外公和舅妈哪里吃过什么好东西,你长大后挣钱,得好好孝顺他们啊!"

我长大后,母亲和舅妈都不幸相继去世,外祖父受此打击,一下子就衰老好多。我泪眼涔涔地望着外祖父,明知自己在家乡只有短暂的一月,马上又得随服务机关复员回杭州。关山险阻,我竟无法好好侍奉这位唯一的亲人。眼看他已垂垂老去,这一别,再见之期又岂能预料。我一面低头沉思,一面替外祖父装上旱烟,递给他吸。他喷着烟,咳嗽着,青烟弥漫在静静的夜空中,蔚蓝的月光照着它,像一层薄薄的云雾。外祖父如银的白发飘在云雾中。我忽然觉得他像一位仙翁,飘飘然将御风而去,渐离渐远。我不由得伸手握住他瘦弱的臂膀,他也以另一只手放在我的手背上,轻轻地抚摸着,嘴里喃喃地不知在说些什么。我靠得他很紧很紧,能和年迈的外祖父相依相守,哪怕是最短暂的片刻,也是永生难忘的幸福时光。

"你还会念《月光经》吗?"外祖父问我。

"会的。"

"要记得常常念。保佑你身体好,样样都好。"

《月光经》是外祖父教给母亲,母亲教给我的。在上海读书时,每逢周末,女生宿舍里同学都走光了,我一个人倚着窗棂看月亮,在心里念着《月光经》,就仿佛听到母亲慈和的声音在吩咐我这样那样。我虽不相信《月光经》会保佑我什么,《月光经》里却包含了慈亲无尽的爱和祝福。

那年外祖父在我家住了二十多天,因我即将再度出门,他坚持要早点回去。我扶他蹒跚地上了轿子,他从轿子里探出头来再三叮咛:"到杭州就写信来,过年若不能回来,明年中秋节一定要回来啊!"

"明年一定回来。"我肯定地回答。

可是第二年还没到中秋,表兄来信说,外祖父在睡眠中,就悄悄地离他们而去了。他平时常常念起的,就是希望能再见一次最疼爱的外孙女儿。可是我却对他老人家失信了。

我仰望着薄云中朦胧的淡月,低声地喊着:"外公,外公。"

父亲

我幼年时,有一段短短的时日,和哥哥随母亲离开故乡,做客似的,住在父亲的任所杭州,在我们的小脑筋中,父亲是一位好大好大的官,比外祖父说的"状元"还要大得多的官。每回听到马弁们一声吆喝:"师长回府啦!"哥哥就拉着我的手,躲到大厅红木嵌大理石屏风后面,从镂花缝隙中向外偷看。每扇门都左右洞开,一直可以望见大门外停下来巍峨的马车,四个马弁拥着父亲咔嚓咔嚓地走进来。笔挺的军装,胸前的流苏和肩徽都是金光闪闪的,帽顶上矗立着一朵雪白的缨。哥哥每回都要轻轻地喊一声:"噢!爸爸好神气!"我呢,看到他腰间的长长指挥刀就有点害怕。一个叫胡云皋的马弁把帽子和指挥刀接过去,等父亲坐下来,为他脱下长靴,换上便鞋,父亲就一声不响地进书房去了。跟进书房的一定是那个叫陈胜德的马弁。书房的钥匙都由他管,那是我们的禁地。哥哥说书房里有各种司蒂克(手杖),里面都藏着细细长长的钢刀,有的是督军赠的,有的是部下送的。还有长长短短的手枪呢。听得我汗毛凛凛的,就算开着门我都不敢进去,因此见到父亲也怕得直躲。父亲也从来没有摸过我们的头。倒是那两个贴身马弁,胡云皋和陈胜德,非常地疼我们。只要他们一有空,我们兄妹就像牛皮糖似的黏着他们,要他们讲故事。陈胜德小矮个子斯斯文文的,会写一手好小楷。母亲有时还让他记菜账。为父亲炖好的参汤、燕窝也都由他端进书房。他专照顾父亲在司令部和在家的茶烟、点心、水果。他不抽烟,父亲办公桌上抽剩的加里克、三炮台等等香烟,都拿给胡云皋。吃剩的雪梨、水蜜桃、蜜枣就拿给我们。他说他管文的,胡云皋管武的,都是父亲最忠实的仆人。这话一点不错,在我记忆中,父亲退休以后,陈胜德一直替父亲擦水烟筒、打扫书房,胡云皋专管擦指挥刀、勋章等等,擦得亮晶晶的,再收起来,嘴里直嘀咕:"这些都不用,真可惜。"父亲出外散步,他就左右不离地跟着,叫他别跟都不肯。对父亲讲话总是喊"报告师长"。陈胜德就改称"老爷"了。

　　陈胜德常常讲父亲接见宾客时的神气给我们听,还学着父亲的蓝青官话拍桌子骂部下。我说:"爸爸这么凶呀?"他说:"不是凶,是威严。当军官第一要有威严,但他不是乱发脾气的,部下做错了事他才骂,而且再怎么生气,从来不骂粗话,顶多说'你给我滚蛋'。过一会儿也就没事了。这是因为他本来是个有学问的读书人,当初老太爷一定教导得很好,又是陆军大学第一期毕业,又是日本留学生,所以他跟其他的军长、师长,都不一样。"哥哥听了好得意,摇头晃脑地说:"将来我也要当爸爸一样的军官。"胡云皋跷起大拇指说:"行,一定行。不过你得先学骑马、打枪。"他说父亲枪法好准,骑马功夫高人一等,能够不用马鞍,还能站在马背上跑。我从来没看见过父亲骑马的英姿,只看见那匹牵在胡云皋手里驯良的浅灰色大马。胡云皋把哥哥抱在马背上骑着过瘾,又把我的小手拉去放在马嘴里让它啃,它用舌头拌着、舔着,舔得湿漉漉、痒酥酥的,却一点也不疼。胡云皋说:"好马一定要好主人才能骑。别看你爸爸威风八面,心非常仁慈,对人好,对马也好,所以这匹马被他骑得服服帖帖的,连鞭子都不用一下,因为你爸爸是信佛的。"哥哥却问:"爸爸到了战场上,是不是也要开枪杀人呢?"胡云皋说:"在战场上打仗,杀的是敌人,你不杀他,他就杀你。"哥哥伸伸舌头,我呢,最不喜欢听打仗的事了。

幸亏父亲很快就退休下来,退休以后,不再穿硬邦邦的军服、戴亮晶晶的肩徽。在家都穿一袭蓝灰色的长袍。手里还时常套一串十八罗汉念佛珠。剪一个平顶头,鼻子下面留了短短八字胡,看上去非常和气,跟从前穿长筒靴、佩指挥刀的神气完全不一样了。看见我们在做游戏,他就会喊:"长春、小春过来,爸爸有美国糖给你们吃。"一听说"美国糖",我们就像苍蝇似的飞到他身边。哥哥曾经仰着头问:"爸爸,你为什么不再当军官、不再打仗、杀敌人了呢?"父亲慢慢儿拨着念佛珠说:"这种军官当得没有意思,打的是内仗,杀的不是敌人,而是自己的同胞,这是十分不对的,所以爸爸不再当军官了。"檀香木念佛珠的芬芳扑鼻而来,和母亲经堂里香炉中点的香一个味道,我就问:"那么爸爸以后也念经啰。"父亲点点头说:"哦,还有读书、写字。"后来父亲买了好多好多的书和字画,都归陈胜德管理,他要哥哥和我把这些书统统读完,做一个有学问的人。

可是,读书对于幼年的哥哥和我来说,实在是件很不快乐的事。老师教完一课书,只放我们出去玩一下,时间一到,就要回书房。我很怕老师,不时地望着看不大懂的自鸣钟催哥哥快回去,哥哥总是说:"再玩一下,时间还没到。"有一次,我自怨自艾地说:"我好笨啊,连钟都不会看。"父亲刚巧走过,笑着把我牵进书房,取下桌上小台钟,一圈圈地转着长短针,一个个钟头教我认,一下子就教会了。他说:"你哥哥比你懒惰,你要催他,遵守时刻是很重要的。"打那以后,哥哥再也骗不了我说时间没到了。只要老师限定的休息时间一过,我就尖起嗓门喊:"哥哥,上课去啦。"神气活现的样子。哥哥只好噘着嘴走回书桌前坐下来,书房里也有一口钟,哥哥命令我说:"看好钟,一到下课时间就喊'老师,下课啦'!"所以老师对父亲说我们兄妹俩都很守时。

  没多久,父亲不知为什么决定要去北平,就把哥哥带走了,让我跟着母亲回故乡。那时我才六岁,哥哥八岁。活生生地拆开了我们兄妹,我们心里都很难过,后悔以前不应该时常吵架。哥哥能去北平,还是有点兴奋,劝我不要伤心,他会说服父亲接母亲和我也去的。母亲虽舍不得哥哥远离身边,却是很坚定地带我回到故乡。她对我说:"你爸爸是对的,男孩子应当在父亲身边,好多学点做人的道理,也当见见更大的世面,将来才好做大事业。"我却有点不服气,同时也实在思念哥哥。

  老师和我们一起回到故乡,专门盯住我一个人教,教得我更苦了。壁上的老挂钟又不准确,走着走着,长针就跳一下,掉下一大截,休息时间明明到了,老师还是说:"长针走得太快,不能下课。"我好气,写信告诉父亲和哥哥,父亲来信说,等回来时一定买只金手表,戴在我手腕上,让我一天二十四个钟头都看着长短针走。于是我天天盼着父亲和哥哥回来,天天盼着那只金手表。哥哥告诉我,北平天气冷,早晨上学总起不了床,父亲给他买了个闹钟放在床头几上,可是闹过了还是起不来,时常挨父亲的骂,父亲说懒惰就是没有志气的表现。他又时常伤风要吃药,吃药也得按时间,钟一闹非吞药粉不可,药粉好苦,他好讨厌闹钟的声音,也好盼望我去和他做伴,做他的小闹钟。我看了信,心里实在难过,觉得父亲不带母亲和我去北平是不公平的。可是老师说,大人有大人的决定,是不容孩子多问的。我写信对哥哥说,如果我也在北平的话,早晨一定会轻轻地喊:"哥哥,我们上学啦。"一点也不会吵醒爸爸。吃药时间一到,我也会喊:"哥哥,吃药啰。"声音就不致像闹钟那么讨人嫌了。

哥哥的身体愈来愈弱,到父亲决心接我们北上时,已经为时太晚。电报突然到来,哥哥竟因急性肾脏炎不治去世,我们不必北上,父亲就要南归故里了。兄妹分别才两年,也就成了永别。我那时才八岁,我牢牢记得,父亲到的那天,母亲要我走到轿子边上,伸双手牵出父亲,要面带笑容。我好怕,也好伤心,连一声爸爸都喊不响。父亲还是穿的蓝灰色长袍,牵着我的手走到大厅里坐下来,叫我靠在他怀里,摸摸我的脸、我的辫子,把我的双手紧紧捏在他手掌心里说:"怎么这样瘦?饭吃得下吗?"这是他到家后,对我说的第一句话,声音是那般的低沉,我呆呆地说:"吃得下。"父亲又抬头看看站在边上的老师说:"读书不要逼得太紧,还是身体重要。"不知怎的,我忽然忍不住哭了起来,不完全是哭哥哥,好像自己也有无限的委屈,父亲也掩面而泣。好久好久,他问:"你妈妈呢?"我才发现母亲不在旁边,原来她一个人躲在房中悄悄地落泪。这一幕伤怀的情景,我毕生不会忘记。尤其是他捏着我的手问的第一句话,包含了多少爱怜和歉疚。他不能抚育哥哥长大成人,内心该有多么沉痛,我那时究竟还幼小,不会说安慰他的话,长大懂事以后,又但愿他忘掉哥哥,不忍再提。

几天后,父亲取出那口小闹钟,递给我说:"小春,留着做个纪念。你哥哥最不喜欢看钟,我却硬要他看钟,要他守时。他去世的时候是清晨五点,请大夫都来不及,看钟又有什么用?"父亲眼中满是泪水,我捧了小闹钟一直哭,想起哥哥信里的话,我永不能催他起床上学了,我也不喜欢听闹钟的声音了。

哥哥去世后,父亲的爱集于我一身,我也体弱多病,每一发烧就到三十九度。父亲是惊弓之鸟,格外担心,坚持带我去城里割扁桃腺。住院一周,父亲每天不离我床边,讲历史故事给我听,买会哭、会吃奶、会撒尿的洋娃娃给我,我享尽了福,也撒尽了娇。但因当时大夫手术不高明,有一半扁桃腺割不彻底,反而时常容易发炎,到今天每回犯敏感,就会想起当时住院的情景。

父亲爱我,无微不至,我想看他手上的夜光表,他就脱下来给我,我打碎了他心爱的花瓶、玉杯,他也不责骂。钓鱼、散步,总带着我一起,只是不喜欢热闹的场合。有一次二月初一庙会,我和姑妈、姨妈等人说好一起出去逛的,等我匆匆抄好作文,换了新衣服赶出来,她们已经走远了。我好气,也不管漂亮的新旗袍,一屁股坐在台阶上哭。父亲从书房走出来说:"别哭,我正想去走走,陪我去吧!"他牵着我的手边走边讲道理给我听。我感到父亲的手好大好温暖,跟外公和阿荣伯的一样,我不禁问:"爸爸,你的手从前是打枪的,现在只会拿拐杖和旱烟筒了。"他笑笑说:"这就叫做放下屠刀,立地成佛。"我想父亲的信佛,和母亲的吃素念经是很有关系的。其实父亲当军人时也是仁慈的军人,马弁胡云皋就曾说过的。许多年后,有一位"化敌为友"的父执曾对我说:"你爸爸不但带打胜仗的军队带得好,对打败仗的军队带得更好,这可不简单啊!你不知道打败仗的军队,维持军纪有多难。你父亲治军纪律极严,绝不扰民,他真不愧为一位儒将。"这话出诸一位曾经与他为敌的人口中,当然是千真万确的,我对父亲也愈加敬爱了。

到杭州进中学以后,父亲对我管教渐严,时常要我背英文给他听,其实我背错了他也不知道,不比古文、唐诗,一个字也错不得。他还要看我的作文、日记,连和同学们通的信都要看,使我对他起了畏惧之心。那时当然没有代沟、代差等新名词,但小女孩在成长期中,总有些和同学们的悄悄话,不愿为长辈所知。有一次,我在日记中发了点牢骚,父亲看后引了圣贤之言,把我训斥一顿,我一气把日记撕了。父亲大为震怒,命我以工楷抄《心经》一遍反省。那时我好"恨"父亲,回想在故乡时牵着我的手去看庙会的慈爱,如同隔世;父亲好像愈来愈不了解我了。

他对我期望过分殷切,好像真要把我培植成个才女。说女孩子要能诗能画,还要能音乐。从初中一起,就硬要我学钢琴。学校里有个别教学与合组教学两种,他不惜每学期花十二块银元要我接受个别教学。偏偏我没有一丁点音乐细胞,加以英文、数学、理化已压得我喘不过气,对学钢琴实在毫无兴趣。每学期开始,都苦苦哀求父亲准许我免学,父亲总是摇头不答应。勉强拖到高二下学期,钢琴课成绩坏到连授课老师都认为我有放弃的必要。正好又得准备高三的毕业会考,好心的钢琴老师是美国人,她自动到我家来,用生硬的杭州话对父亲说:"你的女儿音乐舔菜(天才)不耗(好),请你不要比(逼)她学钢罄(琴)。"父亲这才同意我放弃了,一根弦足足绷了五年,这一放弃,五线谱上的豆芽菜一下子就忘得一干二净,父亲当然很生气,可是我却好轻松、好痛快。假使世界上真有"对牛弹琴"这回事的话,我就是那头笨牛了。直到今天,我一听到叮叮冬冬的钢琴声,就会想起那五年浪费的"苦练"而感到心痛,因为我不能随父亲心愿,实在太对不起他老人家了。

进入大学,我也懂事多了,父女的感情竟有点近乎师友之间。

中文系主任对我的夸奖也使父亲对我另眼看待。他喜欢作诗,每回作了诗都要和我商讨。我也不知天高地厚地喜欢改。有时瞎子打拳似的,击中一下,改出了"画龙点睛"的字来,父亲就拊掌大大称许一番,其实我明明知道他是试我,也是鼓励我,但于此中却享受无尽的亲情和乐趣。

父亲不喝酒、不打牌,连烟都因咳嗽而少抽。他最大的嗜好就是读书、买书。各种好版本,打开来欣赏欣赏版本,闻闻那股子樟脑香,对他便是无上乐趣。因此杭州与故乡永嘉二处的藏书也算得相当丰富。每年三伏天,我帮母亲晒皮袍、帮父亲晒书。父亲总是语重心长地要我好好保存这些丛书和名贵的版本。至于字画古董,父亲不大辨真伪,也不计较真伪,有时明知是赝品也买。他说卖字画的人常识丰富,说来头头是道,即使是一种骗术,听听也很令人快意。况且赝品的作者,也未始没下一番功夫,只要看来赏心悦目,有何不好呢?可说别有境界。他也喜欢端砚与松烟好墨。他有一块王阳明的写经叶,想来也是赝品,却是非常玲珑可爱,有时濡墨作诗,或圈点诗文,常常吟哦竟日,足不出书房一步。他说古人谓:"我自注书书注我,非人磨墨墨磨人。"正是这番光景。

二十六年中日战争爆发,举家不得不避乱回故乡。临行前,父亲打开书橱,抚摸着每册心爱的书,欷歔地对我说:"乱离中一切财物都不足惜,只这数千卷的书和两部藏经,总是叫人不能释然于怀,但不知能否再回来,再读这些书?"父亲一向乐观,忽然说这样伤感的话,不由使我暗暗心惊。忠仆陈胜德自愿留守杭州寓所,照顾书籍,父亲也只得同意了。回到故乡以后,父亲因肺疾与痔疮间发,僻处乡间,没有良医和特效药,健康一日不如一日。另一位忠仆胡云皋到处打听偏方灵丹,常常翻山越岭采草药煎给父亲喝,诚意可感,可是究竟毫无效果,不久忽然传来谣言,说杭州寓所被日军焚毁,陈胜德也遇难,父亲听了忧心如焚,后悔不当为身外之物,留下陈胜德冒险看顾。重大的打击,使他咳嗽加剧。次日忽然发现胡云皋走了,他留下一信禀告父亲,为了替父亲杭州的住宅一探究竟,也为了亲如兄弟的陈胜德存亡确讯,他一定要回杭州去看看,希望能带了平安消息归来。可是他一走就音讯杳然,据传亦被日军所害,从那以后,我永远没有再见陈胜德和胡云皋这两位忠实的朋友。幼年时代,他们照顾提携过哥哥和我,哥哥才十岁就弃我而去,他们二人都死于战乱,眼看父亲身体又日益衰弱,忧愁和悲伤使我感到人世的无常。但父亲尽管病骨支离,对我的教诲却是愈益严厉。病榻之间,他常口授《左传》、《史记》、《通览》等书,要我不仅记忆史实,更要体会其义理精神,并勉我背诵《论孟》、《传习录》、《日知录》,可以终身受用不尽。《曾国藩家书》与《饮冰室文集》亦要熟读;他说为人为学是一贯道理,而端品励行尤重于学业。他说自己身为军人,戎马倥偬中,总不离这几部书,而一生兢兢业业,幸未为小人之归者,亦由于能时时以此自勉。父亲的教诲,使我于后来多年的流离颠沛中,总像有一股力量在支撑我,不至颠仆。可是我不是个潜心做学问的人,又缺乏悟性,碌碌大半生,终不能如先人之所望,内心实感沉痛。

　　父亲是一位是非感强烈,而且极具判断力的人。记得在抗战之初,他对我们说,这是一场长期而且艰苦的奋斗,正义终必获胜,叫我们不要悲观、恐惧。他对于我国所采的战略之正确以及日本军阀的必不能持久,早有独到的看法。父亲的一位好友,叹佩父亲实在是位不可多得的军事家。我忽然想起念中学时,历史课本上曾有父亲的名字(父亲讳国纲,字鉴宗)。父亲叹了口气,调侃似的说:"这实在是一生恨事。幸得在整个的一段战争史上,我究竟只是个微不足道的人物。"他想起只有一件事,倒是使他私心稍感安慰的。国父曾嘱蒋介石派一位军官,和父亲商议,希望在革命军北伐时,他能协助顺利通过他驻守的防线,父亲慨然答应,并深悟兄弟阋墙对革命的阻力而毅然退休。父亲真可说是从善如流的勇者。他逝世时,蒋介石(当时任委员长,驻跸江西南昌)曾赐题"我思故人"四字,并赠挽联云:"大将令终天所靳,急流勇退古称难。"父亲正确的抉择,使他晚年得到心灵上的平安。我也上体父亲一生急公好义之心,于战乱中秉承他老人家遗命,将故乡与杭州寓所两处藏书,于仓皇中分别捐赠永嘉籀园图书馆与杭州浙江大学,俾藉大众之力,得以保全。但如今这近万卷的藏书,命运如何,就不得而知了。

父亲为顾念亲族与邻里中子弟的学业,特在山乡庙后老家的祠堂里办了一所小学,供全村儿童免费上学,连书本都是奉送的。老师个个教学认真,庙后小学驰名遐迩,还得到永嘉县政府的褒奖,我妹妹就是该小学毕业的高材生。

父亲在病榻上曾对我说:"乱离中最宝爱的东西是心情上最重的负担,但到了不得不割舍的时候也只有割舍。比如书吧!那是比珠宝金银都宝贵万万倍的,但也是最先必须割舍的。你如肯读书,将来安定以后,可量力再买,如不爱读书,即使拥有满屋图书,也都不是真正属于你的。"

父亲去世于抗战翌年农历六月初六日,正和他的生辰同一天,真是不幸的巧合。当天清晨,他于呼吸困难中低声地问,佛堂前和祖宗神龛前香烛是否都已点燃,母亲答以都点了,他又说你们都高声念经吧！再没吩咐什么，就溘然长逝了。父亲的好友说他虽享年不及六十，但能与荷花同生日，依佛家说法，仍有难得的因缘与福分。所以，他的挽联有云："六六生六六逝，佛说前因。"母亲因悲痛过甚，亦于三年后追随父亲而去。

那一片凄凉苍白，至今犹在眼前，而我的锥心之痛，却是与日俱增。因为大陆上双亲灵柩，竟是至今未能安葬。托亲友辗转打听来消息，父亲棺木竟被大水冲走。灵骨是否由至亲收藏，都不能确知。因父亲被视为善霸和斗争的对象，近亲远戚都不敢出面过问。想父亲一生待人仁厚，处处中正和平，逝世数十年，竟至窀穸未安，这都是我们做人子女者的不孝和罪孽。在抗战胜利之初，何以未能使先人入土为安？只因父亲生前比较重视住宅的舒适，所以想觅一块风景好的坟地，建筑一座他老人家满意的坟墓，亦是慎终追远之意；谁知战争又起，一时措手不及，便仓皇来台。

将近三十年来，我和小我十六岁的妹妹为此事寝食难安，却又无可奈何。我姊妹西望故乡，泣涕如雨。

云居书屋

在杭州城隍山旁边的云居山上,有着翠绿如烟的修竹。修竹丛中,露出红瓦砖墙的一幢小房子,就是我父亲退休后读书养病的小别墅,父亲名之谓"云居书屋"。那不是什么富丽的建筑,只是朴素的三间小平房。可爱的是绕屋的葱茏松柏与四季不绝的姹紫嫣红。屋的四周一共有十八亩空地,父亲把一半辟为果园,种了水蜜桃与李子;另一半种山薯与玉蜀黍;外面再围上一圈青翠的水竹。让幽篁隔绝了繁嚣的尘世。

一年里,除了冬天,父亲大部分时间住在山上;夏天,更是我们全家上山避暑的季节了。累累的水蜜桃与李子,鲜甜欲醉;新出土的山薯与玉蜀黍,比市上买的更是可口。如果不为了学校开学,我真愿意一直伴着父亲,在朗朗的读书声中,享受无尽的慈爱,和田园的情趣。

山顶有一座小小的茅亭,每天清晨,父亲与我站在亭子里行深呼吸,东方的云层由紫绛而渐转粉红,云彩下映照着烟波渺渺的钱塘江。凝眸久望,虽看不见点点帆影,可是它带给你新的理想,新的梦。父亲曾为我讲钱镠王射潮的故事,引起我浩然的意兴。左边是沉睡的西子湖,在淡淡的晨雾里益显得娇媚而慵懒。父亲望着日出,感慨地对我说:"在山中才充分享受着一天的乐趣,生命似乎也长得多,可是每见'白日依山尽',又使人分外感到一天太容易过去了。岁月不居,望你努力读书,培养学问,我已老耄,这满屋的藏书,就完全交给你了。"这几句话,深深地铭刻在我的心头,一晃眼竟过去二十年了。

父亲爱读书、藏书,也爱搜集版本、碑帖与名家字画。记得我们有一次回故乡,带了一部从日本买来的藏经回家,在埠头起岸时,雇了许多脚夫来抬箱子,脚夫问箱里是什么,父亲只简单地回答他们说:"是经。"脚夫不由得一个个伸着舌头说:"这么多金子呀!"我才大笑着告诉他们:"是佛经,不是黄金。"可是在他们眼里,衣锦荣归的父亲是应该有这许多金子的。

故乡的藏书阁里,除了《藏经》以外,还有《四部丛刊》、《二十四史》、《十三经注疏》、《淳化阁法帖》,以及许多善本唐宋名家诗文专集、《宋明学案》、元明清戏曲小说等等,父亲自己最喜欢的是诗文,所以许多诗集文集,都是经他自己圈点过的。他最爱的是一部苏东坡写的陶诗,与弘一法师写的金刚经,无论在故乡或杭州,他都是随身带着的。其他还有不少幅名人字画。如改七芗仇十洲唐寅的仕女,赵子昂的马,祝枝山的竹,彭玉麟的梅花,康有为、翁同龢、樊樊山、沈曾植的字,虽不见得都是真迹,可是闲来展玩,自有一份悠然的情趣。

在杭州,父亲又买了商务印书馆刊印的《藏经》、《四库全书》珍本、《疆村丛书》、《四史精华》、中华书局刊印的《四部备要》以及其他诗集文集多种,朋友又送了他一部《三希堂》。他把一部分最心爱的书移藏在云居书屋,每年夏天都要搬出来仔细地晒一次,洒上樟脑粉,然后,有条不紊地排列在书橱里。

父亲有一位对金石有研究的朋友,常来与父亲研究书画的真伪,并为父亲刻了一个"云居书屋藏"的图章。父亲命我在每册书的首页盖上这个章,我却常发现里面也有某某楼藏书的印章,便捧去问父亲那书的来源。

"谁知道呢?"父亲感慨地说,"总是谁家不肖子弟,无以为生,把先人的心爱遗物,随便拿来卖了。小春,你要牢牢记住,这都是我的心爱之物,也是我唯一遗留给你的,你要珍重看待啊!"父亲沉痛的语调,曾使我心中数日不安,我暗自发誓,"无论如何流离颠沛,我决不抛弃保管这些书籍的责任。"

不久抗战军兴,举家避乱故乡,父亲于次年病逝。当病势沉重时,他对我说:"局势如此,你是个女孩子,而且学业未成,兵荒马乱中,怕保不了杭州与永嘉两处的藏书,如万一有大变,永嘉的藏书就捐赠籀园图书馆吧!"(籀园在永嘉城里,是瑞安孙仲容先生读书处,藏书数万卷,后改为图书馆。)我咽着眼泪领受了他的遗言,可是内心又怎么舍得这样做呢?负笈上海,第一年暑假回家晒书,与叔叔一同整编书目。那时杭州沦于敌手,云居书屋的书根本无法照顾。嗣后永嘉又不幸两次陷敌,我在上海因港口封闭无法回乡,曾屡次函告庶母,无论如何,要将父亲的藏书运置安全处所,庶母来信说:"最要紧的是你父亲的灵柩要运到山中祠堂里,其次是红木家具与衣物,书籍实在无法搬运了。"我得到此信忧急万分,关山阻隔,着急又有何用。敌军撤退以后,我回到故乡,家园已满目疮痍,书斋被敌机炸毁一角,一部分藏书已化为灰烬,《淳化阁帖》被窃数本,只有放在外厅的《二十四史》尚得安然无恙。我和叔叔将残书一一整理,为了纪念先人,也就愈加爱惜这些残缺的书籍。我选出其中经父亲圈点过的几部诗文集,另放一个书箱,胜利以后随身带到杭州。到了杭州,第一件事就是开启书橱,啊!所有的书统统颠倒混乱不堪,也不知其中缺少了多少。次日又赶到云居书屋。谁知父亲最心爱的几部书,竟已被看管房子的工人称斤论两地卖掉。果园中的桃李树,大部分亦被砍去,问他说是日人盘踞时糟蹋的。目睹此种情景,令人心痛曷已。我把第二批的残书整理在几只箱子里,运回城中寓所。寓所书斋中混乱无绪的书籍,《三希堂》缺了一半,《藏经》少去一册,木板善本完整的只有《昭明文选》、《佩文韵府》、《十八家诗钞》和《李义山诗集》。而《东坡诗文集》、《白香山诗集》、《李杜诗集》、《疆村丛书》等都不知去向。《四史精华》与《左传》各剩下十余本。《四库全书》珍本存余的比《四部备要》多。我一算杭州永嘉两处的书,总共存余的不及原来三分之一。丛书方面,因限于经济能力,只选比较重要的重新买来补齐。善本书无法购补,《藏经》与《四库全书》珍本因商务停止刊印无法再补。自己又买了几部词集——分类编目,收藏在父亲书房中。藏经放在三楼,供如来佛一尊,作为庶母念佛的经堂。

  我那时因几处兼职,工作甚忙,竟很少读书的时间。偶尔得闲,坐在书房中,望着父亲的照片与这些仅有的图书,想起历年来的变故沧桑,不胜感慨欷歔。我又何曾想到将来会连这一点点书籍亦无力保存呢?

  一九四九年春,烽火已逼近大江以北,庶母在荒乱中忙着将贵重的毛皮衣饰细软,装成十只大皮箱,托朋友先运台湾。而对于浩劫后仅存的图书,却一点也无法顾及。我闻讯匆匆从苏州赶回,此时京沪杭一带,人心鼎沸。家中没有一个强壮的男人,帮我们策划进退。一筹莫展中,想起了父亲临终的遗言:"如逢大变,你保不了这些书籍,就把它捐给图书馆吧!"我自恨不能于危急中安顿家庭,自己再图撤退,回首当日与图书共存亡的誓言,不禁放声痛哭。只得与浙大校长商议,将全部图书捐赠浙大图书馆,一则是先人遗业,不忍任其散乱,藉着公家的力量,或可保存一二。二则万幸将来能保存的话,不仅为先人留永久纪念,亦使大专学生们多一些参考研读的资料。如此决定以后,第二天浙大就放来专车三辆,将藏经与书籍运去。我对着空空的四壁,不由得潸然泪下。我又特地将父亲圈注过的几部书郑重地捧给夏老师,托他代为保管。因为那时我除了一身衣服,与一只小提箱外,已什么都不能带了。到了上海,我又赶寄一封信给在永嘉的叔叔,请他将留存故乡的书籍,都捐赠籀园图书馆,免失散流落。如此处理虽感万分不忍,可是于无可如何中,也算履行了父亲的遗言了。

现在回忆当年对着琳琅满目的书卷,为父亲漫研珠墨、圈点诗书的乐趣,此生永不可再得,我悼念先人,也痛心于两次因灾难而失去的图书。

油鼻子与父亲的旱烟筒

我的鼻子时常冒油,毛孔粗得像橘子皮,他取笑我说这是个异相,说不定走到鼻运,还有点财气呢。他哪里知道我的油鼻子,说起来原有一段来历呢。

童年时,住在乡间,我们的房子坐落在一望无际的绿野平畴中,平畴之外有葱翠的群山环绕。前门小径出去数十步就是一弯蔚蓝色的溪流。春风和暖的天气,父亲每爱在夕阳里,带我到亭亭的菜花麦浪中散步,父亲在前面策杖闲吟,我在后面摇头摆尾地跟着背千家诗,从后门绕到前门,又从前门越过清溪。遇着荷锄归去的农夫,父亲就得站着与他们聊上好半天。

田岸路窄,胆小的我,走起路来摇摇欲倒,父亲把竹杖的另一端伸给我扶着走,"小春,"他告诉我说,"这是爷爷留下来的纪念品,你扶着它,就好比爷爷牵着你走呢!"我才知道父亲有那样多好拐杖,为什么偏爱这根竹杖,原来是因为他想念爷爷。爷爷去世早,我未见过他,却因爱父亲,也就非常宝贵这根竹杖了。

父亲有许多朋友送给他各种拐杖,有的里面藏着精致的阳伞,有的抽出来一把雪亮的钢刀,都万不及这竹杖润滑玲珑。握手处雕着一个龙头,闪着棕色的光彩,父亲说这是因为爷爷天天用鼻子上的汗油去抹它,把它抹得像紫檀木似的光滑如镜了。

有一天,父亲的好朋友邻村胡伯伯衔了旱烟筒来与父亲谈天,我看他的烟筒颜色式样很像父亲的竹杖,我附在父亲的耳边说:"爸爸,你看胡伯伯的烟筒多好!"胡伯伯听到了,他摸着胡须,将烟筒在地上咯咯地敲着烟灰,慢条斯理地说:"说起这根烟筒年代可久了,还是我父亲手里用下来的哩!"我拍着手说:"跟爸爸的拐杖一样,也是爷爷给他的。"父亲拿过他的烟筒玩了半天说:"这烟筒吸起来别有一种味儿。"胡伯伯说:"哪里比得上你那根贵重呢!"他望着父亲手里白玉烟嘴湘妃竹烟筒,言下不胜羡慕的神态,父亲说:"你喜欢这个吗?我还有一根比这根更好,送给你吧!"胡伯伯连连摇手说:"哪里哪里,我们乡下老儿哪用得着这样贵重的烟筒,穿着粗布短裤褂,用起来也不配呢!"可是父亲第二天就找出一根翡翠嘴湘妃竹烟筒,叫我特地送到胡伯伯家。胡伯伯乐得什么似的,把我抱上他家最考究的一张太师椅,炒了一大碗米粉蛋丝给我吃,又给我两口袋装满了沙佛豆,这是乡里人给孩子最好的礼物。我肚子吃得鼓鼓的,一路嚼着香喷喷的豆子,踌躇满志地回家。父亲摸摸我的头说:"这个差使不错吧!"

不几天,胡伯伯来了。他带了另外一根烟筒,比他吸着的一根短些,颜色也没有那样深。他很不好意思地把烟筒递到父亲的手里说:"老爷(乡里人都是这样称呼我父亲的),这根烟筒万万比不上你送我的,不过留个纪念。这是我自己从前去山里采的竹子,也用过许多年了,竹心细,吸起来烟味儿清香,说真的,竹烟筒清凉减烟毒,您试试看呢!"我不等父亲说,老早伸手接了过来,快嘴快舌地说:"颜色不顶好看。"父亲却万分欢喜地说:"这个没有关系,多用些日子就好了。"胡伯伯真太高兴了,搓着两手心,只是欠身道谢,仿佛父亲肯收受他的东西就给了他不少光荣呢!我靠在父亲怀里说:"爸爸,爷爷的竹杖是用鼻子上的油抹的,烟筒也可以这样抹吗!"父亲笑说:"你喜欢它,就交给你管,一天抹上一百次也成!"

父亲为了珍重胡伯伯这份纯真的友情,从此就丢下白玉嘴湘妃竹烟筒,而用这根竹烟筒了。每次出去散步,总是父亲拿竹杖,我拿烟筒,在一旁老气横秋地做着种种怪相,逗得父亲发笑,并不时把它靠在鼻子上抹过来抹过去,抹得满脸满嘴的烟灰,恨不得一下子就把它变成竹杖一样的紫檀色。母亲看不来我这样子,笑着责怪父亲不该教出这种花样,把鼻子都抹歪了。可是我哪里依呢!对着镜子照照鼻子上根本没有油,就两个手指头捏着狠命地挤,毛孔里挤出点油来,把它擦在烟筒上,如此日长月久,烟筒倒没有发亮,鼻子不用挤也会自动冒油了。母亲看得光了火,一把夺过烟筒,向我身上打来,笑骂道:"这样一只丑小鸭,再挤成个油鼻子,看长大还有人娶你做媳妇儿!"我噘着嘴说:"我不做人家媳妇儿,爸爸要我中个女状元呢!"逗得父亲哈哈大笑!

年光飞逝,转眼我也长大了。在念大学的第二年,父亲病了,同年抗战军兴,父亲携家回乡避乱。胡伯伯依旧是精神饱满,健步如飞,每隔一两天,就衔着父亲送他的烟筒,来父亲病榻前陪着闲聊。父亲的身体一天比一天衰弱了。他因早岁宿患肺疾,又以戎马奔驰,辛劳过度。退休后见国家乡难,伤事忧时,复以中年丧子,怅触万端。所以乡居一年,缠绵病榻,至翌年仲夏,就一病不起了。胡伯伯年老痛失知音,有很长一段时间,他不忍到我家来,以免触景伤怀。

几月后,我又去沪续学,胡伯伯的消息,只能在家信中偶尔得知一二。此后,一直过着流离转徙的生活,为了追念父亲对祖父的一片孝思,与对胡伯伯这一份珍贵的友情,无论到哪儿我总不忘带着父亲心爱的遗物——竹杖与烟筒。竹杖依旧发着深褐色的光彩,烟筒亦因朝夕摩挲而日见润泽,可是父亲的慈容永无再见之日,胡伯伯亦复音尘阻绝了。

一九四九年来台时,因行囊简便,匆忙中不曾将此二物带出。如今看到自己油亮的鼻子,自不免逗起无穷往事了。

母亲

每当我把一锅香喷喷的牛肉烧成了焦炭,或是一下子拉上房门,却将钥匙忘在里面时,我就一筹莫展,只恨自己的坏记性,总是把家事搞得一团糟。这时,就有一个极柔和的声音,在耳边响起:"小春,别懊恼,谁都会有这种可笑的情形。别尽着埋怨自己。试试看,再来过。"

那就是慈爱的母亲,在和我轻轻地说话。母亲离开人间已三十五年。可是只要我闭上眼睛想她,心里喊着她,她就会出现在我眼前,微微摇摆着身体,慢慢儿走动着。在我的记忆里,母亲总是这么慢慢儿摇摆着,走来走去,从早做到晚,不慌不忙。她好像总不生气,也没有埋怨过别人或自己。有一次,她为外公蒸枣泥糕,和多了水,蒸成了一团糯糊。她笑眯着眼说:"不要紧,再来过。"外公却说:"我没有牙,枣泥糊不是更好吗?"他老人家一边吃,一边夸不绝口。我想母亲的好性情一定是外公夸出来的。因此,我在懊丧时,只要一想到母亲说的:"不要紧,再来过。"我就重整旗鼓,兴高采烈起来了。

在静悄悄的清晨或午后,一个人坐在屋子里,什么事都不做,只是"一往情深"地思念着母亲,内心充满安慰和感谢。对我来说,真是人生莫大的快乐。我常常在心里轻声地说:"妈妈,如果您现在还在世的话,我们将是最最知心的朋友啊!"

母亲是位简朴的农村妇女,她并没读过多少诗书。可是由于外公外婆的教导,和她善良的本性,她那旧时代女性的美德,真可作全村妇女的模范。我幼年随母亲住在简朴的乡间,对于"日出而作,日入而息"的农村生活,至今记忆犹新。

那时的乡间,没有电台、电视报时报气候。母亲每天清晨,东方一露曙光就起床。推开窗子,探头望天色,嘴里便念念有词:"天上云黄,大水满池塘。靠晚云黄,没水煎糖。"她就会预知今天是个什么天气。如果忘了是什么节候,她就会在床头小抽屉中取出一本旧兮兮的皇历,眯着近视眼边看边念:"正月立春雨水,二月惊蛰春分,三月清明谷雨……"我就抢着念下去,母亲说:"别念那么多,还没有到那节候呢。"

母亲用熟练的手法,把一条乌油油的辫子,在脑后盘成一个翘翘的螺丝髻,就匆匆进厨房给长工们做早饭。我总要在热被窝里再赖一阵才起来,到厨房里,看母亲掀开锅盖,盛第一碗热腾腾的饭在灶神前供一会,就端到饭桌上给我吃。饭盛得好满,桌上四四方方地排着九样菜,给长工吃的,天天如此。母亲说:"要饱早上饱,要好祖上好。"她一定也要我吃一大碗饭。我慢吞吞地吃着,抬头看墙壁上被烟熏黄了的古老自鸣钟,钟摆有气无力地摆动着,灰扑扑的钟面上,指针突然会掉下一大截,我就喊:"钟跑快了。"母亲从来也不看那口钟的,晴天时,她看太阳晒到台阶儿的第几档就知道是什么时辰了。雨天呢,她就听鸡叫。鸡常常是咚咚咚地绕在她脚边散步。她把桌上的饭粒掸在手心里,放到地上给鸡啄。母亲说饭就是珍珠宝贝,所以不许我在碗里剩饭。老师也教过我"须知盘中餐,粒粒皆辛苦"的诗,我也知道吃白米饭的不容易。

做完饭,喂完猪,母亲就会打一木盆热水,把一双粗糙的手在里面泡一阵,然后用围裙擦干,手上的裂缝像一张张红红的小口,母亲抹上鸡油(那就是她最好的冷霜了)。脸上露出满足的微笑,看看自己的手,因为这双手为她做了那么多事。我曾说:"妈妈,阿荣伯说您从前的手好细好白,是一双有福气的玉手。"母亲叹息似的说:"什么叫有福气呢?庄稼人就靠勤俭,靠一双玉手又有什么用?"我又说:"妈妈,婶婶说您的手没有从前细了,裂口会把绣花丝线勾得毛毛的,绣出来的梅花喜鹊、麒麟送子,都没有从前漂亮了。"母亲不服气地说:"哪里?上回给你爸爸寄到北平去的那双绣龙凤的拖鞋面,不是一样的又光亮又新鲜吗?你爸爸来信不是说很喜欢吗?"

母亲在忙完一天的工作之后,总是坐在我身边,就着一盏菜油灯做活,织带子啦,纳鞋底啦,缝缝补补啦。亮闪的针在她手指缝中间跳跃着。我不由停下功课,看着她左手无名指上的赤金戒指,由于天天浸水洗刷,倒是晶亮的。那是父亲给母亲的订婚礼物,她天天戴在手上,外婆留给她的镶珍珠、宝石的戒指,都舍不得戴。于是我又想起母亲的朱红首饰箱来,索性捧出来一样样翻弄。里面有父亲从外国带回送她的一只金表,指针一年到头停在老地方,母亲不让我转发条,怕转坏了。每年正月初一,去庙里烧香,母亲才转了发条戴上,平常就放在盒子里睡觉,我说发条不转会长锈的,母亲说:"这是你爸爸买给我最好的德国表,不会长锈的。"我又说:"表不用,有什么意思。"母亲说:"用旧了可惜,我心里有个表。"真的,母亲心里有个表,做事从不会错过时间。除了**手表和宝石戒指以外,就是哥哥和我两条刻着"长命富贵"的金锁**

片。我取出来统统挂在脖子上。母亲停下针线,凝视着金锁片说:"怎么就没让你哥哥戴着去北平呢?"我就知道她又在想念在北平的哥哥了,连忙收回盒子里。

母亲对父亲真个是千依百顺,这不仅是由于她婉顺的天性,也因为她敬爱父亲,父亲是她心目中的奇男子。他跟别的男孩子不一样,说话文雅,对人和气,又孝顺父母,满腹的文章,更无与伦比。后来父亲求得功名,做了大官,公公婆婆都夸母亲命里有帮夫运,格外疼这个孝顺的儿媳妇了。

尽管母亲有帮夫运,使父亲在仕途上一帆风顺,她却一直自甘淡泊地住在乡间,为父亲料理田地、果园。她年年把最大的杨梅、桃子、橘子等拣出来邮寄到杭州给父亲吃,只要父亲的信里说一句:"水果都很甜,辛苦你了。"母亲就笑逐颜开,做事精神百倍。母亲常说:"年少夫妻老来伴。"而她和父亲总是会少离多。但无论如何,在母亲心目中,父亲永远是他们新婚时穿宝蓝湖绉长衫的潇洒新郎。

我逐渐长大以后,也多少懂得母亲的心事,想尽量逗母亲快乐。但我毕竟是个任性的孩子,还是惹她生气的时候居多。母亲生气时,并不责备我,只会自己掉眼泪,我看她掉眼泪,心里抱歉,却又不肯认错。事实上,对我所犯的小小过错,母亲总是原谅的,而且给我改过以及再接再厉的机会。比如我不小心打破了一个饭碗,她就会再给我一个饭碗去盛饭,严厉地说:"这回拿好,打破了别吃饭。"如果因贪玩忘了喂猪,她就要我多做一件事以示惩罚。但我如犯了大错,她就再也不会纵容。她的态度是严厉的,话是斩钉截铁的,责备完以后,丢下我一个人去哭,非得我哭够了自己出来,她是不会理我的。

母亲像一潭静止的水,表面上从看不出激动的时候,她的口中,从不出恶毒之言,旁人向她打听什么,她就说:"我不知道呀。"或是:"我记性最坏,什么都忘了。"有人说长论短,或出口伤人,她就连连摇手说:"可别这么说,将来进了阴间,阎王会将你舌头拉出来,架上牛耕田的啊!"我笑她太迷信。她说:"别管有没有,一个人如不说好话,不做正当事,心里自会不平安,临终之时,就到不了西方极乐世界。"母亲的最后理想,就是往生西方极乐世界。她在烦恼悲伤时,都是以此自慰。她是位虔诚的佛教徒,自幼跟外公学了不少经,《金刚经》、《弥陀经》,她都背得很熟。逢年过节不得不杀鸡、猪,母亲就跪在佛堂里念《大悲咒》、《往生咒》。我看她一脸的庄严慈悲,就像一尊菩萨。还有每当她拿米和金钱帮助穷苦的邻居时,总是和颜悦色,喜溢眉梢。后门口小贩一声吆喝,母亲就去买鱼肉,从不讨价还价,外公摸着胡子得意地说:"你妈小时候,我教过她朱伯庐先生治家格言,她真的做到了。"我听了外公的话,也到大厅里看屏风上的治家格言:"与肩挑贸易,毋沾便宜;见贫苦亲邻,须加温恤。"母亲真的样样做到了。

  母亲并没认多少字,读多少书,她的学识和许多忠孝节义的故事,都是从花名宝卷、庙会时的野台戏,以及瞎子的鼓儿词里学来的,她和婶母们一边做事,一边讲着故事,讲得有头有尾,这也是她最最快乐的时光了。她说话时慢条斯理,轻声轻气,对于字眼的声音十分注意,有时讲究到咬文嚼字的程度,听来却非常有趣。比如数目中的"二"字,她一定说"一对",显得吉利。"四"字呢,一定说"两双"。因为"四"、"死"同音,是非常非常忌讳的,尤其逢年过节或过生日的时候。数到"十一"她就说"出头啦",因为十一是个单数。又比如"没有",她一定说"不有",因为"没"、"殁"

同音,是绝对不能说的。这都是她小时候外婆教她的。

冬天的夜晚,我躺在暖烘烘的被窝里,听母亲讲"宝卷"上"落难公子中状元,私订终身后花园"的故事。讲到男女相悦的爱情场面时,母亲双颊泛起红晕笑靥,仿佛是在叙述自己的恋爱故事呢。讲着讲着,她便会低低地唱起来,像吟诵一首古诗,声音十分悦耳。每一首词儿,我都耳熟能详,却是越听越想听。我至今牢牢记得她唱的"十八岁姑娘":

十八岁姑娘学抽烟,银打的烟盒儿金镶边。不好的烟丝她不要抽,抽的桔梗兰花烟。姑娘河边洗丝帕,丝帕漂水水生花。"撑船的哥儿帮我挑一把,今晚到小妹家里喝香茶。""我怎知姑娘住哪里?""朱红的门儿矮墙里,上有琉璃瓦,下有碧纱窗,小院角落里有株牡丹花。""姑娘呀!我粗糠哪配高粱米,粗布哪配细绸绫。""阿哥阿哥休这样讲,十个手指头伸出来有长短,山林树木有高低。"

现在看看这段词儿,当年农村少男少女的恋爱,不也非常热情奔放吗?

月亮好的夜晚,母亲就为我唱《月光经》。她放下手中的活儿,双手合掌,一脸的肃穆神情,《月光经》的词儿是这样的:

太阴菩萨上东来,天堂地狱九层开。十万八千诸菩萨,诸位菩萨两边排。脚踏芙蓉地,莲花遍地开。头顶七层宝塔,月光婆婆世界。一来报答天和地,二来报答父母恩,三来报答阎罗天子地狱门。弟子诚心念一遍,永世不入地狱门。

临终之时生净土,七祖九族尽超生。

母亲闭目凝神,念完一遍,俯身拜一拜。那份虔诚的尊敬,充分表现了母亲坚定的宗教信仰。其他还有《干菜经》、《灶神经》,每一首经的音调,都给人一种沉静稳定的力量。每一首的词儿,也都令人回味无穷。例如《灶神经》中最精彩的句子:"不论荤素口,万里去修行。八月初三卯时辰,手做生活口念经。一天念得三四卷,胜过家中积金银。黄金白银带不去,只带灶神一卷经。"细细咀嚼,使你安心知足。这也许就是母亲能一生安贫守拙、淡泊自甘的主要原因吧!

母亲最后总是以一首《孩儿经》催我入梦:

孩儿孩儿经,亲生孩儿有套经,抱在怀中亲又亲。轻轻手儿放上床,轻轻脚儿下踏凳,轻轻手儿关房门。门外何人高声喊,摇摇手请莫高声。只怕孩儿受惊吓,只愁孩儿睡不沉。孩儿带到一周岁,衣衫件件破前襟。孩儿养到七八岁,请来老师教诗文。孩儿长到十七八,拜托媒人来说亲。娶了亲,结了婚,亲爹亲娘是路人。有话轻轻讲,莫让堂上爹娘得知音。爹娘吃素凭你面,没块豆腐到如今。娇妻怀胎未满三个月,买来橘饼又人参。爹娘要你买块青丝帕,声声口口回无银。娇妻要买红丝帕,打开银包千两银。

《孩儿经》是我从襁褓之时听起,渐渐长大以后,听一回有一回的深切感受。父亲去世以后,我拜别母亲,去上海读学。孤孤单单住在学校宿舍里,无论是月白风清,或雨暗灯昏的夜晚,我总是拥着被子,一遍又一遍地念着《孩儿经》。感念亲情似海,不知何以为报,常常是眼泪湿透了半个枕头。

我虽远离母亲,求学他乡,而多年的忧患,使母女的心靠得更近。我也已成人懂事。想起母亲一生辛劳,从没享过一天清福,哥哥的突然去世,父亲的冷淡与久客不归,尤给与母亲锥心的痛楚,她发过心气痛,咯过血,却坚忍地支持过来。我常常想,究竟是什么力量使母亲挣扎着活下去的呢?是外公的劝慰吗?是她对菩萨虔诚的信赖吗?还是为了我这个爱女呢?我夜深靠在枕上读书,常常思绪纷乱,披着母亲为我编织的毛衣,到小小的天井里散步。那时因战事交通阻隔,一封家书常常要一两个月才到达。母亲每封由叔叔代笔的信,都告诉我她身体很硬朗,叫我专心学业。

我毕业以后赶回家中,母亲竟已不在人间。那片广阔寂寞的橘园,就是她暂时安息之所。她生前那么照顾这片果园,她去后,橘子依旧长得硕大鲜红。采下橘子供母亲的时候,不禁思绪潮涌。我打开她的首饰箱,取出那只金手表,指针停在一个时间上,但不知母亲最后一次转发条是在哪一天,哪一个时辰。对母亲来说,时间本来就是静止的,在她心里哪有什么春去秋来的时序之分呢?她全副心意都在丈夫和儿女身上,我相信父亲实在是深深地爱着母亲的,这就是她生活力量的源泉。

毛衣

天冷了,我从箱子里又翻出那件藏青旧毛衣,看看扣子已经掉了两粒,扣眼也豁裂了好几个。我把手指头套在破窟窿里,转来转去,想穿根线缝一下却提不起兴致。这件毛衣实在太旧,式样也太老了——又长又大地挂在身上,看上去年纪都要老上十岁。想拆了却又万分舍不得,因为这是二十六年前,我给母亲织的,母亲只穿过一年就去世了。二十多年来,我一直珍惜地保藏着这件毛衣,每年都穿着它过冬。为了它,我不知多少次背了老古董的名字。看看百货商店里挂着那么多的新式毛衣,也曾几次想买,而且还在店里试穿过,对着镜子前后左右地照,可是一想起还有这件藏青毛衣,就觉得不该再买新的了。记起从前母亲常说的话:"要节省啊!要记得你读这几年书不容易,心思放在学问上,不要把时间金钱浪费在不必要的东西上,妈是把你当个男孩子看的哟。"这几句话一直记在我心里,母亲已经不在了,我更不忍心不听她的教诲。况且手头也确是没有余钱,所以还是决心不买,而且往后连眼睛也不再往橱窗里多望了。可是套上这件旧毛衣,对着镜子一照,心里又不免有点矛盾。看,多老气呀!还是把它拆了织个新样子吧,即使母亲在世,也不见得会不赞成吧。这是道地蜜蜂牌细毛线呢!现在买起来可不便宜,不好好利用它不可惜了吗！说起蜜蜂牌细毛线，我不由地想起那一年去上海读书，母亲送我上船时说的话："小春，天太冷了，你带孝又不能穿丝棉背心，到上海就买一磅蜜蜂牌细毛线——要真正蜜蜂牌的，这个牌子的毛线最暖和。花几个钱，请人给你织一件毛衣穿在里面就暖和了。"母亲说话时紧紧捏着我冻得冰冷的手，可是我觉得母亲的手也不暖：被风吹得干枯的手背上隆起了青筋。那天母亲的脸显得特别苍白清瘦，也许是灰布罩袍和鬓边那朵白花的缘故吧！我心里想：母亲不该瘦得这么多，老得这么快啊！我眼圈儿一红，赶紧举手摸摸头发，把白绒花摘下来重新又别上去。母亲的眼光呆呆地看着我，舱门外来来往往的送行人和乘客，谁也没有注意这一对穿灰布袍子戴白绒花的母女。父亲去世才两个月，为了继续学业，不得不在兵荒马乱之时，远离母亲去人地生疏的上海读书。如果交通突然受阻的话，一年半载之内，还不知是否能回来探望母亲呢！我的泪水终于扑簌簌地滚落下来。母亲也只是用手帕擦着眼睛，却低声劝慰我说："不要哭，出门要好好儿的，到了马上写信来。"母亲没说太多的话，只是帮我打开铺盖，把枕头拍得松松的："你晕船要睡得高一点。"又把被子叠成一个小小的被筒，让我睡在里面裹得紧紧的。在家里，天气寒冷时，我每晚上床，都得由母亲这里那里地给我按紧被子，脚底下还压上一条毛毯，到了上海，我总觉得自己所叠的床被赶不上母亲那样的熨帖。

现在想想，我当时何必非要到上海去读书呢？母亲逐年衰弱的身体，她的心脏病，她的劳累和忧伤，都已告诉我，她可能随时会发生意外，我真不该离开她太远太久。可是，不知道为什么，当时我会把别离看得那么轻易，以致把母女相依的最后两年宝贵时光，都等闲误却了。

　　我捧着毛衣，把脸埋在里面，毛衣暖烘烘地似尚留有母亲身体的余温，我用手轻轻地揉弄着它，想起自己是怎么把它织起来的。

　　记得那年到了上海，就请同学陪同在大新公司地下室买廉价毛线。蜜蜂牌要十块钱一磅，太贵了，同学介绍我一种六块钱一磅的三羊牌也很好。还记得招牌纸上印的两只小羊，偎在母羊的身边，是那么的逗人喜欢，我就买了一磅墨绿的。也没有找人，自己抽空织了。刚起一个头就想起母亲在船上送行时那只冰冷的手，我马上又改变主意，织成两件背心，母女一人一件，一磅绒线就刚好。可是给母亲的一件，足足从第一年冬天织到第二年的端午节前才完工——这样慢功又不能出细活的毛病，我自己想来就好笑。寒假里，我把背心带回家，双手捧给母亲说："妈，我们一人一件，三羊牌的毛线也不错，您穿穿看合适不？"母亲仔细地端详了一番说："倒是织得挺好，只是你何必给我织呢？我又不怕冷，也穿不惯这种打头上钻的新式样子。"母亲不喜欢套头的式样，我心里真失望。想把它拆了重织成对襟的，母亲却又把它收起来了。过阴历年，母亲天天蒸糕做饼的忙个不停，我也就没有再提起毛衣的事。到我去上海的那一天早上，起床时，却见一件墨绿色的长袖套头毛衣熨得平平的放在被头上，我诧异地拿在手里，母亲却走过来笑着说："我把你给我的背心拆了，赶着两个通宵，把你的接上两只袖子，免得你两只胳膊冷。还剩一支多线，你带回上海再织一双毛袜穿吧！"我心里明明是感激母亲对我无微不至的体贴，嘴里却偏偏使性地说："您为什么要拆掉那件背心呢？您不喜欢，我知道。我也不要穿，背心接出的袖子，绷得胳膊不舒

服。"这话明明伤了母亲的心,可是母亲只是唠叨地说:"穿穿看,好歹对付一个冬,明年你有兴致就自己拆了重织。"

"拆来拆去,把绒线都拆坏了。"不知为什么我越说越止不住掉眼泪,母亲把我搂在怀里,摸着我的脸轻声地问:"你怎么了,这么大人了,还是这个样儿。"

"妈,您太疼我,我心里难过。"我只说了这一句,就索性呜呜咽咽地哭起来了……

那是我最后一次伏在母亲怀里哭,最后一次由母亲给我梳好头发,别好白绒花,从那一次别离以后,我就没有再见到母亲了。

回到上海,我马上买了一磅道地的蜜蜂牌藏青毛线,一半是由于感激,一半是由于好胜地想给母亲一个惊奇,我开了几个夜车,一口气就织起一件前面钉扣子、套在袄子外面的毛衣,赶着邮寄回家。这是我生平第一次这样快完成的一件工作。据姨妈告诉我,母亲收到毛衣真是兴奋,她穿在身上摸着、照着,让所有的亲戚朋友看她女儿的杰作。可是她并没有穿多少次,她舍不得穿,下厨房怕上灰,晒太阳怕掉色,只有早晚才套一下。难怪那时姨妈把毛衣交给我时,看看还是崭新的,这些年来,倒是我自己把它穿旧了。我没有了母亲,只保留了这件纪念品。以后每年冬天,我总穿着它,母亲的爱,好像仍旧围绕着我,我不能不怨姨妈和叔叔,为什么不把母亲病危的消息告诉我。他们说那是母亲的意思,她不让我在毕业考试的时候分心,况且那时交通阻隔,单身女孩子绕路回家太危险。她不愿她唯一的女儿为她冒这样大的险。可是她心里是多么想我回家见最后的一面,她望着女儿的毕业照片,含着眼泪说:"若不是打仗,她考完就好回来了。"

我在母亲的灵前,痴痴呆呆地听姨妈说了许许多多母亲临终前的情形。我没怎么哭,只是在想着两年前寒假回家匆匆度过二十几天的情景。我并未丝毫预感到那是我在母亲身边最后的二十多天。母亲那么忙,我不曾多陪她说说话,或是帮她做做事甚至倒一杯茶。寒冷的夜晚,我吃完饭老早钻进被窝,双脚伸过去,一个暖烘烘的热水袋已经给放好了。我满意地捧起小说,看一阵子就呼呼睡去了。在梦里我没有知觉到母亲一双冻僵的手在为一家忙来忙去,更没有知觉到最后两个夜,母亲在为我赶织毛衣袖子。现在什么都已经来不及了,母亲丢下她忙不完的事,咽下了她吩咐不完的话去了。我抬头望着母亲的照片,母亲在对我微笑着。一对烛光在灵前摇晃着,香烟袅袅上升,棺木上盖了一条大红绸幛。母亲的灵柩已经移放在橘园一角的小祠堂里,看守橘园忠心耿耿的老长工就住在后面,老长工说:"太太爱这座橘园,就让她在这儿,我也好早晚打扫上香。"

我天天徘徊在橘园里,橘子大了,我和老长工摘下最大最红的供母亲。那一对红红的蜡烛照着红红的橘子,还有棺木上渐呈灰旧,然而仍旧刺目的大红绸幛,却衬得那间屋子红得寂寞而荒凉,使我直到现在看到大红的颜色,都会有一种不愉快的感觉。

我想着想着,昏昏沉沉地几乎入了梦境,不知什么时候,我已经躺在床上,枕头上又湿透了一大片泪水了。我爬起来,觉得背脊冷丝丝的,就把毛衣穿在身上,从镜子里面模模糊糊地仿佛望见自己七八年前在山城里穿着这件毛衣,给学生们上课的神态。那是一个隆冬的早晨,西北风卷着大朵的雪花,我套上毛衣,撑着一把沉甸甸的大伞,胁下夹着书,迎着扑面的风雪,困难地走过长长一段山路去上课。我紧紧地抓着毛衣的前襟,可是毛衣在大风雪中显得如此的单薄,母亲也似离我更远了。雪花飘在脸颊上,冷冰冰的,我感觉到睫毛上凝着水珠,却匀不出手去抹它。"让学生看见我眼睛鼻子红红的多不好,我得做出像个经得起风雪的样子哩!"我想。

走近课室,隔着雾气迷漫的玻璃窗,我似乎看见每一张脸都在冲着我望。我不由得一阵羞惭,连忙收起伞,挺直了腰肢走进课室。"对不起,我迟到了几分钟,下雪,路太滑不好走。"我抱歉地解释着,那个班长就站起来说道:"您再不来,我们就要来看您了,因为我们想您也许又受凉了。"我感激地向她点点头,心里却越加抱歉自己时常因病缺课。我是太容易感冒发烧了。在简陋的山城里,发起烧来就只有喝姜茶蒙着被子闷汗,这还是母亲在我幼年时给我治病的老法子。可是那时候有母亲,什么都不必害怕。想着这些,站在讲台上讲书真有点恍恍惚惚心不在焉的样子,我拉了下毛衣,毛衣被风雪飘得潮潮的,显得特别长大,额前的短发也不时掉下来,我觉得自己的样子一定狼狈极了。下课铃一响,就赶紧回到宿舍,丢下书,躺在床上哭了。

"我那时为什么那么爱哭呢?"我对着镜子自问:"现在,我就不会这样脆弱多感了。"我这样对自己说,因为这许多年来,我经历的忧患多了,不会再为人们一句话、一个眼色而引起连绵不断的感触了。

还记得后来在另一个县立中学教书,寂寞的秋夜,矮墙下虫鸣唧唧,夜风吹着窗外的芭蕉,也吹卷起窗帘。在电力不足的昏黄灯光下,赶着批改学生的作业。我非常爱惜这份辛劳和宁静。有时眼皮困倦思睡,就站起来在屋里踱几圈,泡一盏清茶提提神,再继续工作。我身上就披着这件毛衣。我打开学生的日记,发现有一页写着:"我们的国文老师,年纪轻轻地,却穿着一件藏青大毛衣,真像是我们一位慈爱的小保姆。"看到这里,我笑了。

这一件毛衣是母亲留给我唯一的纪念品。我穿起一根绒线,慢慢儿缝着破了的扣子眼。忽然想起用紫红绒线,沿着边缀上一道细花。这样不但别致,而且可以使它焕然一新,我就这样兴冲冲地做起绒花来了。

金盒子

记得五岁的时候,我与长我二岁的哥哥就开始收集各色各样的香烟片了。经过长久的努力,终于把封神榜香烟片几乎全部收齐了。我们就把它收藏在一只金盒子里——这是父亲给我们的小小保管箱,外面挂着一把玲珑的小锁。小钥匙就由我与哥哥保管。每当父亲公余闲坐时,我们就要捧出金盒子,放在父亲的膝上,把香烟片一张张取出来,要父亲仔仔细细给我们讲画面上纣王比干的故事。要不是严厉的老师频频促我们上课去,我们真不舍得离开父亲的膝下呢!

有一次,父亲要出发打仗了。他拉了我俩的小手问道:"孩子,爸爸要打仗去了。回来给你们带些什么玩意儿呢!"哥哥偏着头想了想,拍着手跳起来说:"我要大兵,我要丘八老爷。"我却很不高兴地摇摇头说:"我才不要,他们是要杀人的呢!"父亲摸摸我的头笑了。可是当他回来时,果然带了一百名大兵来了。他们一个个都雄赳赳地,穿着军装,背着长枪。幸得他们都是烂泥做的,只有一寸长短,或立或卧,或跑或俯,煞是好玩。父亲分给我们每人五十名带领。这玩意儿多么新鲜?我们就天天临阵作战。只因过于认真了,双方的部队都互有损伤。一两星期以后,他们都折了臂断了脚,残废得不堪再作战了,我们就把他们收容在金盒子里作长期的休养。

我六岁那一年,父亲退休了。他要带哥哥北上住些日子,叫母亲先带我南归故里。这突如其来的分别,真给我们兄妹十二分的不快。我们觉得难以割舍的还有那唯一的金盒子,与那整套的封神榜香烟片。它们究竟该托付给谁呢?两人经过一天的商议,还是哥哥慷慨地说:"金盒子还是交给你保管吧!我到北平以后,爸爸一定会给我买许多玩意儿的!"

金盒子被我带回故乡。在故乡寂寞的岁月里,又受着家庭教育严厉的管束,童稚的心,已渐渐感到孤独与烦躁。幸得我已经慢慢了解封神榜香烟片背后的故事说明了。我又用烂泥把那些伤兵一个个修补起来。我写信告诉哥哥说金盒子是我寂寞中唯一的良伴,他的回信充满了同情与思念。他说:明年春天回来时定给我带许多好东西,使我们的金盒子更丰富起来。

第三年的春天到了,我天天在等待哥哥的归来。可是突然一个晴天霹雳似的电报告诉我们,哥哥竟在将要动身的前一星期,患急性肾脏炎去世了。我已不记得当这噩耗传来的时候,是怎样哭昏过去的,只觉得醒来时,已躺在母亲的怀里,仰视泪痕斑斑的母亲,孩子的心,已深深经验到人事的变幻无常。我除了恸哭,还能以什么话安慰母亲呢?

金盒子已不复是寂寞中的良伴,而是逗人伤感的东西了。我纵有一千一万个美丽的金盒子,也抵不过一位亲爱的哥哥。我虽是个不满十岁的孩子,却懂得不在母亲面前提起哥哥,只自己暗中流泪。每当受了严师的责罚,或有时感到连母亲都不了解我时,我就独个儿躲在房里,闩上了门,捧出金盒子,一面搬弄里面的玩物,一面流泪,觉得满心的忧伤委屈,只有它们才真能为我分担呢!

父亲安顿了哥哥的灵柩以后,带着一颗惨痛的心归来了。我默默地靠在父亲的膝前,他颤抖的手抚着我,他早已呜咽不能成声了。

三四天后,他才取出一个小纸包说:"这是你哥哥在病中,用包药粉的红纸做成的许多小信封,一直放在袋里,原预备自己带给你的。现在你拿去好好保存着吧!"我接过来打开一看,原来是十只小红纸信封,每一只里面都套有信纸,上面都用铅笔画着"松柏长青"四个空心篆字,其中一个,已写了给我的信。他写着:"妹妹,我病了不能回来,你快与妈妈来吧!我真寂寞,真想念妈妈与你啊!"可怜的我,那一晚上整整哭到夜深。第二天就小心翼翼地把小信封收藏在金盒子里,这就是他留给我唯一值得纪念的宝物了。

我十九岁的时候,母亲因不堪家中的寂寞,领了一个族里的小弟弟。他是个十二分聪明的孩子,父母亲都非常爱他,给他买了许多玩具。我也把我与哥哥幼年的玩具都给了他,却始终藏着这只小金盒子,再也不舍得给他。有一次,不幸被他发现了,他就跳着叫着一定要。母亲带着责备的口吻说:"这么大的人了,还与六岁的小弟弟争玩具呢!"我无可奈何,含着泪把金盒子让给小弟弟,却始终不忍将一段爱惜金盒子的心事,向母亲吐露。

金盒子在六岁的童孩手里显得多么不坚牢啊!我眼看他扭断了小锁,打碎了烂泥兵,连那几只最宝贵的小信封也几乎要遭殃了。我的心如绞着一样痛,乘着母亲不在,急忙从小弟弟手里救回来,可是金盒子已被摧毁得支离破碎了。我禁不住由心疼而忿怒,我打了他,他也骂我"小气的姊姊",他哭了,我也哭了。

一年又一年,弟弟已渐渐长大,他不再毁坏东西了。九岁的孩子,就那么聪明懂事,他已明白我爱惜金盒子的苦心,帮着我用美丽的花纸包扎起烂泥兵的腿,用铜丝修补起盒子上的小锁,说是为了纪念他不曾晤面过的哥哥,他一定得好好爱护这只金盒子。我们姊弟间的感情,因而与日俱增,我也把思念哥哥的心,完全寄托于弟弟了。

弟弟十岁那年,我要离家外出,临别时,我将他的玩具都理在他的小抽屉中,自己带了这只金盒子在身边,因为金盒子对于我不仅是一种纪念,而且是骨肉情爱之所系了。

作客他乡,一连就是五年,小弟弟的来信,是我唯一的安慰。他告诉我他已经念了许多书,并且会画图画了。他又告诉我说自己的身体不好,时常咳嗽发烧,说每当病在床上时,是多么寂寞,多么盼我回家,坐在他身边给他讲香烟片上《封神榜》的故事。可是为了战时交通不便,又为了求学不能请假,我竟一直不曾回家看看他。

我不能不怨恨残忍的天心,在十年前夺去了我的哥哥,十年后竟又要夺去我的弟弟了。恍惚又是一场噩梦,一个电报告诉我弟弟突患肠热病,只两天就不省人事,在一个凄清的七月十五深夜,他去世了!临死时,他忽然清醒过来,问姊姊可曾回来。尝尽了人间的滋味,如今已无多少欢乐与哀愁,可是这一只金盒子,却总不能不使我黯然神伤。我不忍回想这接二连三的不幸事件,我是连眼泪也枯干了。

哥哥与弟弟就这样地离开了我,留下的这一只金盒子,给与我的惨痛是多么深!但正为它给与我如许惨痛的回忆,使我可以捧着它尽情一哭,总觉得要比什么都不留下好得多吧!

几年后，年迈的双亲，都相继去世了，这黯淡的人间，这茫茫的世路，就只丢下我踽踽独行。

如今我又打开这修补过的小锁，抚摸着里面一件件的宝物，贴补烂泥兵小脚的美丽花纸，已减退了往日的光彩，小信封上的铅笔字，也已逐渐模糊得不能辨认了。可是我痛悼哥哥与幼弟的心，却是与日俱增。因为这些黯淡的事物，正告诉我，他们离开我是一天比一天更远了。

春草池塘

——思妹篇

好久没有收到妹妹的信了,好挂念。昨夜梦见了她,脸颊有点清瘦。姊妹紧捏着彼此的手,千言万语还来不及说呢,却被马路上怒吼的摩托车声惊醒,醒来就不能再入梦了,心中真是怅惘。都说梦境与实际是相反的,那么她一定健康如昔吧。前一阵子,她来信说身体不太好,忙完了家务,就感到好疲倦。大夫说她心脏有点衰弱。堂弟来信,也说去看她时,她说话不像以前那么神采飞扬。告别时只送他到校门口,不像以前是一直要远送到公路车站,目送他上了车才肯回去。我心里真是焦急,年纪这么轻,怎么会心脏衰弱呢?我一直去信劝她好好保养,千万不可过度操劳。妹夫对她那么体贴,孩子们都念大学了,既孝顺又用功,还有什么要操心的呢?可是做母亲的人就是这样,就算全没什么该操心的了,也会想些事儿出来担忧,仿佛为丈夫儿女担忧也是一份享受呢。

妹妹婚后一直随夫婿定居大度山东海大学。平时深居简出,侍候丈夫,教养儿子,是一位典型的贤妻良母。东海校园的清幽静谧,正是她娴静性情的写照。她走路"慢慢泛泛",说话"慢慢泛泛"。这是母亲形容慢动作的绝妙好词,我们姊妹都学会了这句口头禅,妹妹是说到做到了,我却没有。妹妹是慢性子,我是急性子,走路做事总是东碰西碰的。妹妹看了就会说:"姊姊,慢慢泛泛嘛!"她喊姊姊是用的我们家乡音,喊"ㄐㄟㄐㄟ",把尾音拉得好长好长,慢慢泛泛,听了叫人一直暖到心底。我们一见面,连她这个慢慢泛泛的人,也会和我一样,"放起百子炮"来。(这又是母亲当年形容我们说话太快的绝妙好词。)我们一年也难得见一两次面。她在台中,我住台北,只有一年一次的校友会时,她才来台北,幸得二侄儿考取了大学,她才多来了一次。我们见了面,总是语无伦次,她说:"姊姊,我先说。"我又抢着说:"不,听我先说。"把个比她还要慢慢泛泛的妹夫冷落在一边,做我们的听众,以无限抚爱的眼神望看她。话总是说不完,可是火车不等人,我们只好依依道别。走到巷口,她总要回头再拉着长音喊一声:"姊姊,别太操心啊,有什么不愉快写信给我,发发牢骚没有关系。"目送她盈盈远去,她天真的笑靥,亲昵的眼神晃动在我心中,什么牢骚都化为乌有了。

  我去台中上课时,每回都想上大度山看她,但总是当天火车匆匆来去。只好在十分钟休息时间,在系主任办公室给她通个电话,只为听她喊那一声姊姊,我就心头阴霾顿去,讲课也似乎精神百倍。妹妹的关爱,有如玉露琼浆,使我心灵永获滋润。

  妹妹和我年龄相差一大截。我念高中时,小小的人儿就拥在我怀中,我把她抱到学校对面的附设幼稚园。她的实习老师们都是我高班同学,个个都好疼她,常常把她带到我们草坪上来玩,她有点羞怯总是半低着头。我的同学团团围住她,抢着抱她,逗她,要她喊姊姊。她轻轻地挨着个儿喊,姊姊实在太多了,我又要她喊大声点,有一次,她喊得忽然哭了起来,大家都慌了。幸得英文老师马斐德小姐来了,美国人最会做滑稽脸,只两三下就把她逗得咯咯地笑了。我马上拍下一张照片。那时父亲买给我一架最简单的白朗宁镜箱,也像现在的袖珍快相机,我总是随身携带,不知摄下多少精彩镜头。当时只是一份表演欲,却因此留下父母亲的慈容、妹妹珍贵的童年,和我自己与同学们不知愁的少女时代的心影。这些照片,我从大陆到台湾时,于匆忙中仍记得带来一大部分。来美时,我特地带来双亲和妹妹的每样一帧,如今就放在案头,伴我读书写作。最难得的是一位侨居新加坡的老同学,发现一张我妹妹和同学们合摄的团体照,她特地复印放大寄给我,以慰我客中思亲之情。照片中妹妹穿着豹皮大衣,胖圆的脸,藏在翻领里,花团锦簇地围在一批姊姊群中,姊姊们一个个青春年少,我站在后排,有点傻憨,却是满脸得意。因为只有我有那么一个幼小的妹妹,洋娃娃似的博得每一个人的爱。——屈指一算,这已经是四十年前的事了,多么令人难以置信?

摆在我案头的是一张她四五岁时,我给她照的。父亲坐在藤椅里晒太阳,妹妹一对乌溜溜的眼睛盯着父亲手里的水烟筒冒烟,那时只有黑白照,但我清清楚楚记得她穿的小棉袄是桃红色的,绒背心是水绿的,全是她舅妈给她缝织的。母亲抱起她来,总是念着:"红与绿,差不多。我的心肝宝贝真乖啊。"她娘娘(我们不同母)就会边笑边埋怨:"都是您给宠坏的,越来越不听话了。"妹妹就会搂着我母亲脖子不放,因为她知道又要给她喂又苦又涩的鹧鸪菜了,就连声喊:"我要吃八珍糕,我要吃八珍糕。"八珍糕是一种浅咖啡色的炒米糕,据说是用蛆虫焙成粉,和了米粉做成。给幼儿吃了可以打虫。如此不科学、不合卫生的土法糕饼,可是看起来漂亮,闻起来香喷喷,莫说妹妹,连我当时这个馋嘴的半大人,都忍不住要吃呢。

　　记得她一岁半时,常常很晚不肯睡觉,母亲驮着她在我书桌边来回地走,她把眼睛睁得大大的,还不时扑下来抓我手中的铅笔。我第二天要考最头痛的化学,方程式左一道、右一道,越背越糊涂,越加地哈欠连天。没奈何,只好取出最心爱的秀兰邓波儿照片来看。照片是彩色有亮光的,秀兰一只小胖腿伸在小皮箱里,小手指点着鼻子尖,笑得嘴角的酒窝好迷人。母亲也俯下身子眯起近视眼来看。冷不防妹妹一把抢过去,双手一捏,老实不客气就往嘴里送,我连忙夺下来,一只角已被咬破碎了。我好心疼,倔强的妹妹又来抓我书桌上的玻璃镇纸,没抓得牢就使劲一扔,把书桌的玻璃面砸裂一大条缝。我好气、一巴掌打过去,把她的手背都打红了,她吃一大惊,瞪着我看了半天,哇地大哭起来。母亲虽抱歉我的东西给弄坏了,更心疼妹妹,又怕吵醒父亲,却是越拍她越哭得响,终于吵醒了隔房的父亲,过来把我轻轻责备几句,说我这么大的人还跟小妹妹争东西,我满心委屈,不敢分辩,心里想:"你们都只疼妹妹,我就住到学校去,永不回来,看你们想不想我。"泪水汪在眼里,化学方程式越加模糊不清了。父亲把妹妹抱过去,她还是哭,她娘娘持了奶瓶来,她一把推开了。她娘娘柔声地对我说:"姊姊,你来抱她一下吧,她就是要你抱啊。"母亲也说:"对了,姊姊抱,姊姊疼你,再也不打你了。"我蓦地抬头,看见父亲一双忧郁的眼神,正在期待地望着我。我的心一下子软下来,立刻丢下书和笔,走过去从父亲怀中接过妹妹,在昏黄的灯晕里,父母亲苍老的容颜,不由得我一阵心酸。我把妹妹搂得好紧,她那柔柔软软、胖哆哆、暖烘烘的小身体,那一阵阵稚嫩的奶香,就像一股从母体带出来的暖流,把我们姊妹包裹在一起,溶化在一起。我马上有一种同气连根,相依为命的感觉。我把脸贴着她的,喃喃地说:"妹妹别哭,姊姊疼你,姊姊真的好疼你啊。"她马上停止了哭声,抽抽噎噎地,一双小胖手来捧我的脸,眼泪汪汪地看着我,我早已禁不住泪流满面了。母亲安慰地笑笑说:"刚才打她,现在后悔了吧。"我在心里低声说:"母亲啊!岂止为后悔打了她而难过呢。"我再暗暗看一眼父母亲的白发苍颜,和幼小的妹妹,在心中默祷,但愿双亲长命百岁,能看到妹妹长大成人。

四十年岁月悠悠而逝,那么幼小的妹妹,如今也已四十开外,而我已垂垂老矣。回忆一九四九年我们到台湾时,她才念高中,插班二女中毕业后便顺利考取台大外文系,一帆风顺地卒业大学、结婚、生子。她的贤淑、勤劳、节俭、沉静和对亲朋戚友的和蔼可亲,才真正是承受了年迈双亲"爱的教育"的明证。每次我们聚首时,看她对丈夫的体贴婉顺,对孩子的慈爱教导,一一都顺应自然,从容不迫,真令我这个老姊姊自愧不如。她曾写信劝我说:"对孩子的呵护,不要过分,不要紧张。千万别使他感到有压力。孩子在成长中,总有一段看似疏离父母的孤独时期。您不要去干扰他,只暗暗地、默默地看顾他,他会感觉得到,父母亲是全心全意关爱他的。姊姊,别去想代沟、反抗期等新名词。爱可以化解一切。"一席话,胜过我阅读多少青少年心理书刊。妹妹自出生以来,沐浴在爱中,是爱,培养出她如此温厚的性情,聪颖的智慧。我一遍又一遍地读着她的信,一遍又一遍地看着她和妹夫旅行南非所摄的照片。想想这位美慧的小妇人,善体人意的贤妻良母,竟就是那一枝稚嫩的幼苗成长而来。我把她的两张照片并排放着,仔细端详。四岁的和四十岁的,两张脸上天真可爱的笑靥,竟然一模一样。我忽然觉得,四十年有如一日,我也不必感叹已老。

因为,在爱的春阳里,我们姊妹携手同行,息息相关,年轻或年老已经无足挂怀了。

我写信告诉她,秋风起时,我将回到台湾,在她幽静的书斋中,畅叙离情。那时,她一定笑语琅琅,双颊丰盈,健康比以前更有进步了。

我的另一半

俗语说:"年少夫妻老来伴。"又说:"不是冤家不碰头。"中年以后,和"冤家"厮守在一起,彼此欣赏着对方的优点和缺点,这份乐趣,也许更有胜于"含饴弄孙"呢!

我的那一半,自然是优点多于缺点。即使是缺点,在他自己看来,都是优点——男子汉的通性,大丈夫的气度,所以做妻子的也没有不欣赏的自由。

他的特色太多了,我先说哪一样呢?对了,慢动作。他的慢动作是他的服务机关全体同仁都知道的。下班时,四个人合坐一辆计程车,总是三缺一,总得等他。他慢条斯理地整理公文,慢条斯理地分别收进抽屉或铁柜,锁上了,拉两下,再拉两下才放心。然后慢条斯理地走到电梯口,电梯太挤宁可走下去,为了安全。等得大门口的三个人直叹气,说他是"老虎追来了,还得回头看看是公的还是母的"。真沉得住气。就为他这么慢,做事倒真的很少出错。他说:"忙中不一定有错,快中才有错呢!"也不无道理。再说候计程车吧,也总得挑选:车子太旧的不坐,不干净;司机太年轻的不坐,因为年轻人喜欢开快车,不安全;嘴里叼着烟卷的不坐,烟和烟灰喷向后座受不了;竖眉瞪眼的不坐,免得怄气。非得选一辆八成新以上的车辆,司机中年以上,看去慈眉善目的,他才肯举手招呼他停下来。真难为那三位伙伴,得付出多大的耐心陪他等。但他们尽管嫌他太慢,却也不和他拆伙。因为车钱由他管,每月结账一次。哪一个少坐几次,哪一个带朋友补空缺,他都记得一清二楚。车钱三一三十一,四二添作五,公平合理,因为,他本身干的就是一丝不苟的会计工作。

因为他是会计人员,他也把公事房的那套记账方式搬到家里来,教我于日常家用记分类账。列出菜金、交通、娱乐、交际、医药等项目专栏,叫我于花钱后分别记入,于月底结算时,可以看出家用支配是否合理,哪一项是否超出预算。刚开始我大感兴趣,认为这真是最好的家庭计划经济。可是记了一阵子,就感到分类太细太繁复而且许多支出搅和在一起,很难分类。比如说坐计程车去西门町看电影,车钱属于交通费,票钱属于娱乐费,应该记入哪一项目之下呢?如果请朋友一同看,那么应该归入交际费呢?还是娱乐费呢?再比如坐计程车看病,花的钱也得分别记入交通费与医药费两项之下,记得我五心烦躁。当家庭主妇又不是公务员,何必如此一点一画认真呢!有时太忙忘了记,两三天后再来回忆记倒账,记着记着,就变成一片糊涂账。每项结算下来,收支结存都对不起来,我说:"对不起来的数目,就算它'呆账'好了。"他哈哈大笑说:"怎么叫呆账呢,付出去收不回的钱才叫呆账。"我说:"我们用出去的钱难道还收得回来吗?"他摇摇头叹口气说:"没办法,你会计学根底太差了,连基本的常识都没有,不可教也。"一副老师架子,真叫人不服气,想想他这把牛刀,何必捧到家里来杀鸡呢?于是我在账簿上写了几句打油诗:"进钱以左手,出之以右手,左手不如右手顺,钱如流水非我有。"记账之事,就此告一结束。

岂只是这一件事,在日常生活上,你只要向他一请教什么,他那高山仰止的老师威严就出现了。你若是问他去某某地方怎么走,搭什么车。他先不开腔,从书架上取出花花绿绿的台北市地图,打开来在上面指指点点:"你来看嘛,搭这路车,到这里下车就朝东再转南,不要向北走。"我哪分得清东西南北,我只会左右转,前后转。跟我说东南西北,我就成了迷途的羔羊。我尤其不喜欢看地图,在中学时,我的地理常常只有六十分。现在还要拿放大镜在地图上转,更叫我头晕眼花了。他生气了:"你这人怎么这样笨嘛,算了算了,你就坐辆计程车多省事。"偏偏我是个不喜欢坐计程车的人,一年到头,不分春夏秋冬,不论天晴下雨,总是一把伞,一双平底皮鞋,三种不同的公车回程票,就跑遍天下。可是他说:"你的时间都等车等掉了,你知道吗? 时间就是金钱,你知道吗?"我怎么不知道,就因为他喜欢搭计程车,花钱太多,我就偏偏搭公车,把他花出去的车钱省回来。他又喟然叹息道:"你真是固执得跟自己过不去,我呢? 宁可钱吃亏,不可人吃亏。"

问路的事还不说,最使他发挥权威的是关于各种机器的用法。当我们刚买冷气机时,问他先开哪个钮子,他不耐烦地说:"自己看嘛,边上不是有字写得清清楚楚的吗?"我偏偏懒得看,于是他来说了。中文里夹英文单字,好像出去多年,刚回来的样子,幸亏他的四川英文,我已听习惯了。他指着钮子说:"这是苦儿(Cool),那是我磨(Warm),这是阿富(Off),那是阿翁(On)。最要紧是开的次序,一定要先按反衡(Fan)才按苦儿,再按苦尔德(Cold),机器才不容易坏。"太复杂了,我宁可热点,每天等他下班回来才由他按钮子。还有教拍照,他更神气了。说我头脑简单,距离、光圈、速度等等一概搞不清,索性不必管。每回我要借用他的照相机，他就把各点都固定起来，只叫我对黄点点里，两个鼻子合成一个了就按钮子。前年我访美时，临行前夕他才把全部原理匆匆说了一遍，我哪有心思听。在芝加哥时，相机故障了，拿到店里请教一位店员，他详细给我讲解一遍，我才恍然大悟，拍出照来非常艺术，寄给他，他写信夸我"困而后学，孺子可教"。轮到他自己为人拍照，那就学问大了。让你站在大太阳里，晒得鼻子冒油，笑容在嘴角都僵了，还没拍。催他快点，他说是为了构图、布局、层次……功夫好深。可是拍出来的照，常常是一棵树长在头顶上，或是天地玄黄，朦胧一片。不知有什么构图，什么层次。可是无论如何，拍照总是他的嗜好，一项最正当的娱乐。

他还有一样嗜好，就是躺在沙发上，跷起二郎腿看书报杂志，（这一点，我想所有的先生们都差不多。）在这时，天塌下来也没他的事。跟他说什么也听不见，给他端一杯牛奶，倒知道往嘴边送。问他："够不够甜？"点点头，"要不要加点阿华田？"再点点头，"加了会太甜吧？"却又摇摇头。我火了，大声问："你到底要不要加嘛？"他还是点点头。他就这么保养元气，不开金口。我气不过，有时就故意不给他拿吃的，他饿慌了也会问："有什么填肚子的没有？""自己做的南瓜糕好吗？""不要土点心。""给你买椰子饼好不好？""好。"他虽然百分之百崇尚中国文化，点心却爱吃洋的。水果喜欢吃苹果，甚至二十世纪梨。他认为贵的东西一定是好的，所以在台湾，他喜欢吃苹果，到了日本，他又想吃香蕉，反正跟钱过不去。

我倒不是舍不得钱，是他那百分之百的自我中心让人受不了。起居饮食上，他的习惯一成不变，叫我不要勉强他吃不爱吃的东西，做不爱做的事，我都无所谓，可是和他商量家务，他也是

"板门店谈判",充分发挥了权威。"这种小事,你不必操心,听我的没错。""大事情呢,当然由我决定。"我还有什么主意好拿?即使有主意,要他接纳也是千难万难。"你难道不知道我的血型是O型吗?遇事考虑周详,一经决定,择善固执,由我来做决定,也是给你分劳呀!"这是他的理论。

倒是有一件事,对我帮忙最多的就是替我找东西。我的急性子加上健忘,日常用物常常不知去向,他就问我前一分钟在干什么,后一分钟又到了哪间屋子,如此卷地毡式的追踪,一下子就被他发现了。他也有心帮我做家务。星期天一早起来,他一定说:"今天我有一件大事要做,就是帮你拖地。"如是者起码要念上三遍,念到第三遍时,我的地已经拖干净了。他就说:"你何必这么性急呢?搁着我自然会做的。"可是这一搁可能好几天,我看不来满屋的灰尘。"看不来你就只好做,我是看得来的。"他说。这就是他的修养功夫。

数落了他半天,仔细想想,尽管他在家既懒又笨拙,在办公室却是个标准工作人员,他说:"两点之间,只有直线才是最短的线。一切根据法令,就是最简单的直线。"就为他能把握这大原则,所以一切的缺点也都成了优点。在我心中,他确实是位"品学兼优"的好丈夫。

"我的另一半"补述

我曾写过一篇"我的另一半"。刊出后他看了顿感委屈,认为我写的全是他的缺点,优点却只字未提。我再仔细想想,他确实也充满优点,怎么竟忘了提呢?为了对他致十二万分的歉意,特作此补述,专记他的优点如次:

他看报看得十分的仔细,遇到书的广告,是绝不会漏过的;又喜欢逛书店,发现一本与他业务有关或符合他兴趣的书,立刻买回来。认为我一定喜欢的书,也立刻买回来。两个人各捧新书,就可消磨一个静静的夜晚。我边看边赞叹:"真好,我差点错过一本好书。"他就得意起来了:"本来嘛,我买的书绝不会错。告诉你,我是个'书探',比好莱坞的'星探'还要锐敏。"

瞧他那股子踌躇满志的样子,就连忙对他谢谢。他自号"书探"确实有道理,他更应尊称为"字典探",对于各种中英文字典,他探究得非常清楚,买得十分齐全。他对我指指点点地说:"这本文法分析得最彻底,这本例句最多,这本'同义字比较'最详细……"每本各有特色,他说来如数家珍。为了翻译一本会计学方面的专书,对于各种讨论翻译的理论书,他也几乎全部具备。有的书他不一定都看完,只在目录上打勾。我说:"家里的书已经泛滥成灾了,不看的又何必买?"他说:"先买了,到有疑问时一查就得,那份乐趣就值回票价。书不怕多,这叫做'养兵千日,用在一朝'。"有的书,他却圈点画线,仔仔细细地阅读。看到入神时,面露笑容,好像已经搞通了。可是自己翻译时,摇了半天笔却摇不出一个字来,笑容顿敛,双眉紧蹙。我问他何以如此困难?他说:"许多书上的原则,等到真正运用时,却又格格不入。"我说:"这就好比游泳,把原则都记住了,跳进水里还是不会游,你得自己去适应水性,慢慢体会,甚至要忘掉原则,专凭体会。"他连连摇头说:"不行,不行。我这人做事,一直都凭原则。"他最相信的是"书上说的"。多年前,朋友们为了他平时工作太认真,消遣太少,曾鼓励他偶然打个四圈卫生麻将,以松弛神经。他接受了。朋友给他一本《麻将经》,他费了好几个夜晚研究透彻了。于是开始练习方城之戏。他每抓进一张牌来,嘴里都要念念有词:"书上说的,唔,应当先丢这一张。"结果呢,往往放大冲。他又喃喃地说:"奇怪,书上是这样说的,这不可能嘛。"朋友劝他:"你应当活用呀!"他还不服气地说:"我当年学打桥牌,学下围棋,都根据书,觉得都很有道理。"他有一次新年里打了四圈牌,除了那三家自摸的以外,就是他放的冲,输得清洁溜溜。即使如此,三家中的任何一家,也都不愿舍命陪君子,因为他考虑之周,出手之慢,叫人等到忍耐的边缘。我的一位朋友说:"陪你先生打牌四圈,可以同时织完半件毛衣,看完一部长篇小说。"因此他没有牌友,也失去兴趣了。

　　现在再回头说他的翻译工作,我劝他不要尽信书,他对我所说的话,有原始性的反感,正如他的话对于我一样。直到有一次,一位翻译前辈指点了迷津,他才恍然大悟,把心情放松。这位前辈说:"翻译第一要'化',不能拘泥于原文,也不可自作主张。你得先把原文读到彻底了解,再整个打散开来,以中文的思想、习惯与文法,重新组合。这才是最顺畅、最忠实的翻译,切忌洋腔洋调。至于如何读懂呢?很简单,只要找出主词、动词就好了。其他挂灯结彩的都属于形容词、副词子句或片语。如同建造房屋,柱子栋梁先支起来,其他的附属物或装饰后来再加。"他听了这番指点以后,信心大增,遇到困难时,在一大排字典中抽出一本查了,不够明了,再打开一本翻译理论再三比较。一定要彻底了解后,才写下一句。往往一小段原文,耗去整个夜晚。我说他像这样蜗牛式的进行速度,哪天才译完一本书?他说:"我的目的不在译成一本书,只是借此探究英文遣词用字的奥妙精微之处。即使耗光一整天,能获得一字一句的精义,因而写出一句天衣无缝,切合原作的好译文,便感乐在其中了。"

单就此点,便可知他读书、做事、为人的态度了。

他有一句口头禅,就是:"增广上说的。""增广"是什么呢?乃是"增广昔日贤文"的简称。那是旧时代的名人语录。在他幼年时代,就由他父母亲口授背熟了的。里面都是有韵的对仗,充满了为人处世的道理。他动不动就从头把序文背给我听:"昔日贤文,诲汝谆谆。集韵增广,多见多闻。观今以见古,无古不成今。知己知彼,将心比心。酒逢知己饮,诗向会人吟……"一口四川调,有板有眼。在日常生活上,他随时都用得上。比如训儿子时,他说:"告诉你,前三十年子敬父,后三十年父敬子。你现在还没成年,得听老子的话。"遇到学人们衣锦荣归时,他就说:"前三十年看父敬子,后三十年看子敬父。这就叫世故人情。"我听听这两组格言之中只差一个"看"字,意思却完全不同。他有时睡眠不好,我有点担忧,他说:"'前三十年睡不醒,后三十年睡不着。'这是自然现象,不必担忧。"光是"三十年",他就能念出三套哲学。"昔日贤文"真个是"诲汝谆谆"呢！难怪他世事洞明,人情练达。

他那种一丝不苟的脾气,是他成为一个标准工作人员的主要原因,他办公根据法令,日常生活根据古训。你要是求他通融一下,他把头摇得拨浪鼓似的说:"不行,不行,我是择善固执,绝无通融。"

再说买东西吧,从衣着到日用品,他一定是"货比三家不吃亏",至于大件的电器设备,更是比较又比较,打听再打听。厂家、牌子、性能,一份份的说明书,研究得清清楚楚,一经选购,就绝不后悔；而且愈使用愈发现它的优点。不像我,看到一样东西,就一见钟情,不管有无实用价值,糊里糊涂就买回家。却是愈看愈后悔,愈用愈发现它的缺点,他笑嘻嘻地说:"这就是因为你什么都是感情用事,连买东西都不例外。"

我若偶然给他买点袜子、手帕之类的,他总是左右挑剔,不是颜色不对,就是质地太差,叫我非常泄气。他如为我买点小东西,我也以同样态度报复他。所以除了书以外,他也不再为我买东西。有一年他去日本,千里迢迢地倒是为我买回一个粉盒,素素淡淡的银白色,上面一朵荷花。我立刻埋怨:"你怎么不买镶彩色亮珠的呢？你不知道我喜欢亮晶晶吗？"他说:"你这人怎么这样没有艺术修养,亮晶晶多土,荷花多高雅,出污泥而不染嘛。"我还是不欣赏,今年勉勉强强取出来用,竟愈看愈可爱,真不能不佩服他的眼光。

他会计工作干久了,就养成这种挑剔的习惯,比如我拍的照,他一定要仔细分析,拿起一张用左手遮住半边说:"你看,构图差一点,镜头移过来一点就好了。"再拿起照片,摆得远远地,眯起眼睛看了半天说:"距离不对,主体显不出来。"每张都一无是处。我写的稿子,未寄发前,他一定拿起笔,在上面勾勾杠杠,提醒我某处用字未妥,某句词不达意,某段文气未贯,批评得体无全肤。文章是自己的好,我起先总是不服气,再仔细一推敲,真觉得"夫人不言,言必有中",只有照他的指正修改后才寄。刊出来以后,得意的不是我倒是他。我说:"你这样会改人家文章,为何自己不写呢?"他说:"我是核稿的,不是拟稿的。"我忘了他原来还是个小小主管,真是失敬失敬。他在办公室里核稿的瘾过得不够,回到家里还得过。

他告诉我有一个人,退休家居后,无缘无故体重减轻,食欲不振,他太太大为恐慌,担心他得了癌症,赶紧陪他去看大夫;大夫仔细检查的结果是一切机能健全,完全是由于心情上的空虚之感所引起。太太恍然大悟,马上在家中为他特别安排一张小小办公桌,一切文房四宝俱全,每天一早把菜单及家用收支账目开列明细表,夹在公文夹中,恭恭敬敬递给丈夫审核,丈夫在上面批批改改,签个"可"字,顿觉精神恢复正常,饭量大增。这个故事也许有点夸张,但也可以想见"空虚"之可怕。像他这样一点一画核稿认真的人,一旦退休的话,我也得为他准备一张办公桌。我是个不记账的人,到时候我只有把所有的未定稿,甚至给朋友写的信,都呈给他审核一番了。

最后,得说到他随年事而增的慈悲心。他本来是个有洁癖的人,反对我饲养小动物。历年来我从水沟里、道路边救回来的小狗小猫,一只只都是被他送走的。可是现在却有一百八十度的转变。对于我的爱宠黑猫凯蒂,他对它由容忍而喜爱。凯蒂对我的爱抚视为当然,常常对我高视阔步,爱理不理。而对他却是万般奉承，送迎周到。他叫："凯蒂，打个滚。"它马上在他脚背上打个滚。他叫："凯蒂，眯眯眼。"它马上眯眯眼。冷天里，凯蒂总喜欢睡在他怀里。他摸着它的背慢条斯理地说："凯蒂，你穿了皮袄还怕冷呀？真是把福享尽了，看你下一辈子还想不想做人？"凯蒂咪唔一声表示同意。

有了凯蒂在他怀里，他就可以理直气壮地跷起二郎腿，看书看报，要我为他递茶递水，我说为什么不自己动一下呢？他说："免得打扰你的宝贝凯蒂呀，你看它睡得多好，在我身上，它有一份安全感。"

于是我也心甘情愿为他伺候一切。不是为凯蒂，而是为了感谢他的这一份爱心。

遥寄楠儿

楠儿：

你动身南下高雄上船的那个夜晚，我和你爸爸只陪你走到巷口，目送你背着简单的旅行包，在蒙蒙细雨中渐行渐远，消失在马路转角处。我知道在马路转角那边，一定有你一群知心好友在等你，浩浩荡荡地拥着你上火车。你不会感到孤单的，也不会珍惜行前和双亲片刻的相聚。这也是我和你爸爸不送你上火车站的原因。

我们默默地又在蒙蒙细雨中走回家门。淡淡的路灯，照着湿湿的马路，雨丝飘在手背上、面颊上，眼前浮现的却是吐着浓烟的列车，在黑夜中把你带向远方。我素来爱雨，你离家时正巧也是微雨轻寒之夜，"雨"却使我感到黯然了。

那天中午，只有我们在餐馆里请你吃了顿简单的西餐，算是给你饯行，结果还是你爸爸的友人付了账，晚餐我原烧了你最爱吃的鸡翅膀和炸鱼，你却坚持要和朋友话别，不肯在家晚餐。我很失望，你却笑嘻嘻地说："朋友们难得在一起，等我回来时，也许都已分散了。而父母是永久的，我一回台湾，第一是回家，马上就见到了。而且，我和朋友们是眼前乐一阵，至于爸爸妈妈嘛，到了船上，对着大海，再慢慢儿去想念。"看你多会说话，你爸爸就很欣赏你的话,叫我不必固执,更不必牵肠挂肚,"各人头顶有片天",这是他常常劝我宽心的话。

  如今你真个顶着自己的一片天空,远渡重洋,去追寻自己的梦了。我不知道此心是为你担忧,还是为你兴奋。"十八岁的少年郎,就要漂洋过海了。"你曾经自我陶醉地说。可是儿子,漂洋过海,岂止为了好玩,为了欣赏海上的日出日落而已?你是去实习,在机舱里,从转一颗小小螺丝钉学起,一点点,一步步地见习。今天,只是你的起步,你必须认定方向,把稳自己的"舵"。我参观过好几次大轮船和大军舰,看船长或舰长笔挺地站在船头,指挥大船进港靠岸时,脸上凛然的神情,不由肃然起敬。当然,从一个小小的水手,到统领全船发号施令的船长,你的路程何止十万八千里。可是再远的路程,必有起步之点;再远的路程,起了步便有到达的一天。儿子,虔诚地、小心地转你的小小螺丝钉吧,人生是最公平的,上天不会亏待任何人,只要你自爱、自信。

  你写信一向是西瓜大的字只有一担,这次你在船上写归的信也不例外。就这一担西瓜大的字,也叫我放心不少,安慰无穷;因为你究竟没有骗我们,到了船上,对着大海,你确实在慢慢儿想念爸爸妈妈了。儿子,浩瀚的大海,起伏的波涛,日出日落,月亮、星星,可曾给你什么样的感受呢?和台北市西门闹区五光十色的霓虹灯、咖啡室中腾腾的烟雾可有什么不同呢?你一定体会到那是生活的另一面。有了多面的生活,生命才有棱角,才更坚忍、更壮美。这些话太抽象,现在和你说也嫌太早,但你会原谅我的,妈妈本来就是个唠唠叨叨的人嘛。

  我想像着,你从热烘烘的机舱里走出来,爬上甲板,坐在船头。夜已很深,海上风平浪静,你身上穿着林阿姨送你的浅蓝套头毛衣,外披爸爸给你的中式棉袄,眼睛望着海天远处的茫茫一片,你心中在想些什么,还是什么都没想?你有没有想到夜深人静,爸爸妈妈是否还在灯下工作呢?因为你在家时,常于一觉醒来,问我们:"怎么你们还没休息呀?"我们都有迟睡的习惯,忙碌的工作反使我忘忧。否则,你的远行,将更叫我牵肠挂肚了。我说这些,并不是要你时刻想念父母,男儿志在四方,岂可老是想家?但水有源,树有根,一个时时以父母为念的人,在立身行事方面,就会把握正确的方向。你爸爸曾给你讲过"弟子入则孝,出则悌,泛爱众而亲仁"的道理,你当时听了也许无动于衷,年事渐渐长大以后,你就体会得出,儿女对父母的爱,并不浅于父母对儿女的爱。爸爸妈妈年逾半百,我们最津津乐道的是童年时代偎倚在双亲身边的欢乐,最最抱憾的是不能菽水承欢,让双亲享受安乐的晚年。正因我们时刻想念着他们无边无尽的爱,我们才能终身努力不懈,做个正正派派的人。你会在船上慢慢地想念爸爸妈妈,我就可以断定,你也一定会终身努力不懈,做个正正派派的人。

你走后,我整理你书桌抽屉,发现你满满一抽屉的信件,朋友的,父母的,你都分别归类,哪怕是我给你的片纸只字,训斥你的、劝导你的、嘉勉你的,你一封也没丢弃。你是如此重情谊的孩子,使我好感动、好安慰。床下的一个大纸匣,是你理好的画像、纪念册、小学作文周记簿,我随意翻开一页,又看到那最令我歉疚的一段,你写的是:"黑黑的书房,暗暗的灯,一个小小的人儿,独自在写功课。"儿子,那时我们把你一个人摆在书房里,独自写功课。一则是我们各自忙各自的工作,二则总认为孩子应当独立,不必陪在一旁,却没想到你是那么地想倚在双亲身边。如今你双翅已丰,可以独自飞翔,可曾想起灯下写功课的日子?也许我们没有错,你小小年纪,胆量较大,也许就是这样训练出来的。

去年母亲节,你深夜未睡,我频频催你就寝,你只是含糊地答应。次晨,我看见饭桌上摆着一样新奇的东西——你用红头火柴,以强力胶黏成立体的"快乐"二字,一张厚纸上写着"妈妈,给你快乐!"几个大字。我真无法形容你给我的"快乐"有多么的多。我马上打电话先告诉最最疼爱你的林阿姨,让她也分享我的快乐。她说希望你高兴时也给她用火柴做一个小玩意,她对你有信心,知道你会别出心裁。你答应了,你也偶然地黏黏弄弄,可是始终没有拿出东西来。临走以前,你才给我看,那是一幢小小的房屋,里面藏着一匹磁质小马,你知道林阿姨爱马。但你仍未完成,你答应回来后要做好,双手捧给林阿姨。

你知道几位阿姨都疼你,见面或电话中都在问你的情形。楠儿,你承受着这么多的关爱,你是多么地幸福。人生的幸福,一半是上天赐予,一半靠自己创造。愿你格外珍惜。

你问起小白猫,我不得不告诉你,它又病了。我再把它送到台大家畜医院治疗,大夫说它可能是遗传性的癫痫症,很难根治。可是它是你的爱宠,也是我的爱宠,我一定要尽心照顾它,使它康复。

前天夜晚,在巷子口又看见一只瘦弱的小猫,一声声地哀叫着,如果你在家,一定又会把它抱回来,双手放在我怀里。我也几次想把它抱回来,救它于饥寒之中,可是你爸爸再三叫我理智点。他说得也对:"世界上多多少少苦难的人类你只是没有亲眼目睹而已。把眼光和心境放远大一点,省下精力,多做点更有意义的事吧!"于是我狠心转脸走回家,不忍反顾。可是小猫的哀号久久在耳，不能忘怀。这越发使我想到世界每个角落，都有痛苦无告的人类，等待我们伸出援手。更有残酷的魔王，天天在摧毁生命。我想着战场的尸横遍野，想着印度骨瘦如柴、奄奄待毙的饥民。我们的至圣先师教我们要由仁民而爱物，而今天的世界，"仁"在哪里，"爱"在哪里呢？想到这里，我们真是寝食难安。儿子，我跟你谈这些，并不是要对你说教，只为你是年轻的一代，你又是天性仁慈，我要把人类和平相处、互助互爱的希望寄予你们新生的一代。我们千万不要怨天地不仁，愚蠢的是人类自己。然而上苍既赐予我们以良知与智慧，只要加以培养与扩充，相信人世的浩劫是可以避免的。

夜已深，我应当停笔了。最近台湾天气连日阴寒，你的航行方向却是愈走愈暖，我不必担心你不穿衣服受寒。转眼就是农历新年，这是你第一次没有在家过年，而且竟在四顾茫茫的海上度新年，相信船长会为大家安排一个庆祝晚会，以慰大家思家之情的。

每年大除夕祭拜祖先后，你就伸手向你爸爸和我要红包，"红包里的钱数要随年龄递加"，这是你说的。今年，我会把红包塞在你的枕头下，等你回来时亲手去摸出来。想起你幼年时过圣诞节，早上一觉醒来，从枕边摸出圆滚滚、亮晶晶的弹珠时，你笑得好快乐，连连说："谢谢圣诞老公公，谢谢爸爸妈妈。"儿子，你即使到了"而立"之年，在妈妈心中，你永远是个把圣诞老公公和爸爸混在一起的孩子。记得你在小学作文里写过："我和爸爸手牵手，脚并脚，一同散步，我们父子手足情深。"儿子，你"手足情深"的爸爸也无时无刻不在想念你呢！

妈妈

病中致儿书

一楠、慧琍儿：

　　自二十五日至三十一日短短五天中，台湾来了两次强烈台风，高雄港及市区的损坏无法计算，基隆又蒙灾害。报载台北市也有人死亡失踪，我们真是多灾多难，在旅居中心里更是难过。家中情形如何？你们务须注意气象报告，早上七时多就可打开电视，有新闻及气象报告，开收音机也可以。在出门前就得注意当天气象，不可马马虎虎，在外工作平安第一，尤其你们上班都很远，慧琍在板桥，如有台风警报，就千万不要冒险上班；一楠负责外勤工作，台风天不可逞强冒险，骑自行车及搭公车都很危险，千万注意。冒险并不是勇敢，所谓"君子不立于危岩之下"也。我人在纽约，心在台北，时刻为你们挂心，我不是责怪你们不来信，是因为太挂心了，不知你们每天是怎样过的。

　　在病中接读你们七月十日的信，才知你们生活大概情形。慧琍做菜，大家吃得盘盘见底，一则见得她手艺大有进步，二则也是你们胃口大，但饭前洗米洗菜，饭后洗刷等工作，都当由你们三人分别承当。她身体本来不太健壮，万一累病了，你们哪个能照顾她？一楠说已分配工作，我看还是自己做得少，别人做得多；尤其慧琍，一楠必须多为她分担。我没有女儿，慧琍就像是我女儿一

般,你如体谅母亲的心,就当善待慧琍,所谓善待,不是给她买点衣服、吃的、玩的就算,是要从内心疼爱她,不可存"惟我独尊君临天下"的心理。"爱"是"施与"、"包容",不是承受,知道吗?慧琍性情婉顺温和,你应当对她格外体贴,千万千万。

慧琍对小猫凯蒂这样好,使我很感动,一个人自青少年时期,就培养对动物及一切生灵的爱心,将来定得好报。慧琍生性淳厚,所以凯蒂自然也最爱你。这就是万物的感应。要知道小动物也有心事,只是说不出来,所以格外可怜,一定要多多爱顾它。它现在晚上睡在何处?你们如不愿它睡床上,就让它睡客厅沙发,它很容易教的,轻轻拍它一下,它就记得了,比小孩还懂事。夏天饭菜容易坏,它的饭都要记得放冰箱,吃坏了肚子,它会呕吐或泻肚,反而增加你们的麻烦,去看医生更花钱了。又阳台上那棵被我们救活的九重葛,我来时枝叶已长得非常茂密,千万记得每天浇水,要在清晨或夜晚,太阳热气放散以后;否则一热一凉,它会枯死的。草木也是有情愫的,你只要爱它,它也有感应,为你萌枝叶,为你开花结子,与人没有两样,这就是大宇宙生命的可歌可咏之处,望你们深深体会。

一楠要安心工作,换一个工作也不简单,自我教育随时随处都是机会。工作中,与人接触中,每天阅读报章中都是经验学问,至于补习英文,必须说了就做,不要自己找理由原谅自己,要强迫自己。看看多少苦斗青年,他们都是化不可能为可能,你就是惰性太强,所谓聪明有余,毅力不足,这是大敌人,必须自己克服。慧琍比较有学习兴趣,你们可以相互鼓励,定一个目标,无论如何要每周记若干个英文生字,背一篇短短故事,自然而然会增加兴趣与自信心。电视、电台每天都有教学节目,妈妈在台时,从来不放弃收听,你们要学习我这点精神。我偌大年岁,无非是排遣时光,也毫无目的;但人生活到老,学到老,多一分耕耘,总有一分收获,这都是老生常谈,想你们也听腻了。

慧琍说每天早上起身,都为三人冲好牛奶,这一点是你的爱心与美德,真令我感动。但我要劝你,千万不要如此宠惯他们,他们一个个都是大人了,应当自己做自己的事,冲牛奶就应当自己来,不愿冲就不要喝,不可心疼他们,要他们养成料理自己的自律精神。我在台北时,也犯了同一毛病,总是怕一楠早上空肚出门不好,总是怕他起晚了赶不及上班,他的床头闹钟一向是闹给我听的,没一次不是把我吵醒再去催他起床。好容易起床了,还噘起嘴,一脸"欠他多还他少"的神态,没一天出大门是让我心里高高兴兴的。现时远在美国,想想他那副生气噘嘴神情,也有可爱之处,不知在慧琍你这位情人眼中,又是如何?说到自己管自己,倒是真应该学学美国父母对子女的教育。我有一天去洗衣店洗衣,看见一个约七八岁男孩子,口里吮着棒棒糖,一面哼歌,一面把已烘干的衣服一件件折好,放在手推车里,又吮着棒棒糖哼着歌慢慢走回家。我看他红红的胖脸,实在可爱,向他笑笑打招呼,他也摇手说再见。他就是在周末为父母分劳工作,也许赚一根棒棒糖的钱。但他对自己应完成的工作,做得非常负责认真。又一次在我寓所附近一条斜坡水泥路上,看见两个孩子骑着前轮大、后轮小的小跑车,一前一后加速度沿着斜坡冲下去,斜坡尽头就是一条车如流水的大马路,如冲上了马路,任何车辆急刹车都停不住,我当时真为他们捏把冷汗。可是两个孩子狂叫狂笑,一到马路边上就是一个急转弯,将车轮冲向一棵大树,人车一起都朝天翻倒。他们咯咯地笑得好高兴,再看看他们两个的母亲就坐在大树下乘凉聊天,对他们孩子的冒险犯难视若无睹,如果是我们东方母亲还不狂呼:"小鬼,危险哪!"这也许就是美国儿童教育与我们的不同处。照理说,他们自幼有如此独立的训练,长大后应当非常能吃苦耐劳,有干劲有作为才是。但现在的美国青年大多不肯苦干,不肯用功读书;肯吃苦肯苦干的,反而是我们华人青年。想来是因为美国这个国家,耽于安乐的日子太久,所谓富岁子弟多浮滥吧;而华人青年子弟,有的是眼看父母早年漂洋过海,来此苦苦奋斗,他们自然知道求生存不易。有的是自己好不容易来此深造,所以都是埋头苦读苦干。幸得这个开放的国家,只要你肯吃苦、努力,就可站住脚跟,学业与事业均可有成,为我们民族争取光荣。话题扯得好远,只为要你们了解"自强不息"的意义,你们正当青春鼎盛之年,体力记忆力又是最好时期,千万要爱惜上天所赋予你们的本钱。

一楠秉性憨直,但很刚愎,慧琍要纠正他。小两口吵架自是不免,有时更不免满肚委屈,觉得他不够体贴,你就给我写信诉说吧。如工作太忙,太疲倦,就简单写几行,定时写信,哪怕三言两语也叫我在万里外放心。我在台北时,你们总看到我再忙再累也是按时给你爸爸写信。如一周中不得你爸爸来信,此心就有如悬在半空中,眠食无心,如今远在海外,无不时刻以你们起居饮食、工作身心健康等为念。我不忍心责你们偷懒不写信,但总要七八天有封短简,叫我和你爸爸放心,这就叫"家",家就如此令人牵挂,你们一天天在成长,自然一天天会体会到。慧琍不是说你妈妈几乎每天都从虎尾打长途电话问你的生活情况吗?这就是母爱比海深啊!

我这次的胃出血,实由于一年来积忧与劳累所至,来此后又天天盼你们信,天天不放心,以至三十多年旧病,一发便不可收拾,幸得医生急救快,捡回一条命。在开刀之前,我心情反倒平静异常,只叫了你爸爸一声,劝他放心,信赖菩萨,信赖医生的刀圭。我果然平安度过。虽然吃了不少苦,尤其是异乡异域,呻吟病榻,昏沉中所浮现的都是亲人好友,却又相去万万里。但我在最痛时一直念经,痛楚便减少,信仰确实有一份定力,不然我不会恢复得这么快。现在我已回家十天(开刀十天即出院,因美国饮食实在难以下咽)。回来后自己摸着做,只是前胸中一大条刀疤,不时抽痛,起身行走做事都不免哈着腰,穿的是你爸爸的宽大睡衣,头发也不能好好梳理,一副老态龙钟的样子。一楠如看到我,一定要大喊一声妈妈"面目全非"了。幸得你爸爸同事的太太们个个对我好,时常为我炖来美味鸡汤、牛肉汤。我的胃被医生割得只剩半个,吃也吃不下,如你们在此,就可大大地趁火打劫,大吃特吃了。你爸爸为我买了好多种点心,平时爱吃的现在都没胃口,连最喜欢的牛奶也咽不下去,真是没口福,因此体力恢复得慢。好在我也不急,这场大病,把我的急性子治好了。医院的医生真好,护士有的好,有的很凶;她们凶,我比她更凶,而且告诉医生。她们对我瞪大眼,我只觉好笑。许多事真值得一写,可惜现在没精神,医生也不许我写。现在每天起床后,抱着个大枕头,在前厅散步。因刀疤痛,没个枕头紧压着就空空的,腰直不起来,那形状非常滑稽。自己看看自己风吹便倒的样子,回想在台北时一天忙到晚,真是判若两人。但我有信心可以养好身体,前天起已为你爸爸烧了几样可口的菜,他吃得好高兴。他已吃了一年自己烧的红烧牛肉,可是我烧来究竟味道不同,不是手艺好,而是吃现成自然香也。

对了,林阿姨(编者按:是林海音女士)来信说,有一天她和夏伯伯(是何凡先生)故意不通知你们,突击检查到我们家,一进门就看见地板擦得晶亮的,厨房炉台也抹得雪白。慧琍弟弟和另一个小男孩都厚敦敦地笑脸相迎。她好高兴,知道你们好好上班,好好理家,一切都很正常上轨道,立刻写信叫我放心,说你们真的已是大人,一切都能自治了。你爸爸早就说过,孩子们非要有一段时间离开父母,才会长大,所以天天催我来美。他现在倒真像个孩子,非人照顾不可,没想到我来就是一场重病,弄得他焦头烂额,医药费只一部分保险,自己仍得负担一大部分。害他花钱,心中真过意不去,这是我此生花他钱最多的一次。

又想起赛洛玛台风,在南部造成严重灾害,台湾元气受伤不少;基隆港又紧接着被薇拉所袭击,受创正重。宝岛多难,心里真难过。但二日报道南部地区电力转送系统均已于一日修复,分区停电亦已解除,这就是我们与天争的苦干精神。多难才能兴邦,望你们时时想到这点,努力培植自己能力、学识与体力,也就是为台湾岛增加元气。我不是时时以大帽子的严肃话训你们,而是做人本分应当如此。我幼年时,你外公就时常以圣贤之言教导我,我当时听来也觉太严肃,但长大后就懂了,你们现在已是大人,我不说也该知道啊!

絮絮叨叨写了这么多,你们也许都看厌了,我在台北时给你爸爸写信,也是好几张密密麻麻,他来信三言两语,还怪我信写得太长,害他看得费时费力。我好伤心,但他说归说,我写归写。希望你们看我信不要嫌长、嫌啰嗦。一楠可能会,慧琍细心,不会的。你会仔仔细细眯起近视眼慢慢猜我写得像蛇游的字,也许抱怨一声:"妈妈的字好难认啊!"如看累了,就放下,有空再看,只当我们母女在家闲聊,不是很好吗?我给林阿姨写信也长,她的回信也好长好亲切,我病中得她信,真是安慰。陈阿姨来信也无所不谈,她的字和我的一样难认,彼此都习惯了。她好关心你们,常打电话问你们情形,你们可与她多谈谈心,你们没时间写,她反倒会一五一十写来告诉我的。

瞧,又扯远了,现在告诉你们几件事:一、一楠一定要快把音响修好,照着爸爸给你的英文教材每天定时听,只要每天少看一小时电视或早起一小时就够了。持之以恒是成功的要诀,不可再疏怠。罗哥哥不可能来教你们的,他忙,路又远,一切全靠自己,家中有整套教材,早上有六时至八时的电台教学,晚上十时有电视教学,虽无教材,但他们教得慢,再三重复,你们只要多听,自然有进步。听觉非常重要,我在此每天听收音机(看电视),由一无所知到一知半解,渐渐地懂的成分愈多,心中有一分说不出的高兴。有时候深夜失眠,就开小收音机听,转好多电台,听好多名堂,不懂也无所谓。二、中秋节将到,这是我第一次没在家和你们过节,你们买点鸡、鱼、水果来吃。你们二人该量入为出,也不要太省,不会不够用的。我要你们买什么都会还给你们的,有特别用处,我自会接济。我这样做,并不是亲母子、明算账,而是养成你们自律自立的习惯。在此的华人家庭,儿女都边读书、边出外打工,自己挣钱以减少家庭负担,这一点倒是很洋化的。

这封信足足写了两天,停停写写,只当和你们话家常,你们也不必一口气看完。我如收到亲友长信,会高兴好几天。我确实是个爱书人。回忆在抗战期间,僻处穷乡,来回一封信要寄两个多月,所以每写都是好多页。每收到一信,都舍不得一口气看完,现在想起那些信,无论是我写的,或收到的,封封都荡气回肠,情意无限,是天地间最好文章,可惜都未留下。美国邮政比不上我们台湾,周末不送信,台湾是无论星期假日、风雨无阻,邮差服务精神好、态度好,总之,自己的家园没一样不值得怀念。你们身在福中,应当知福,也盼尽量多给我这望眼欲穿的妈妈多写几个字,你只要想到给妈妈快乐,就会动笔写了。

                妈妈

春风化雨

吾师
家庭教师
启蒙师
不见是见　见亦无见
圣诞夜
怀念两位中学老师
八十八分
一生一代一双人
春风化雨
鹧鸪天

吾师

我自幼由父亲请了一位林老师教古书,小和尚念三官经似的,把四书五经横流倒背,再听他讲"启承转合"、"抑扬顿挫"。问我懂了吗,不懂又要挨几下打,只好揉一下昏昏欲睡的眼睛说:"懂了,懂了。"每星期一次的作文比上吊还要痛苦,坐在书桌前,咬着笔杆,瞪着眼睛望题目:《汉刘邦楚项羽论》,《衣食住三者并重说》。我的天,搜索枯肠,最后又是"人生在世","岂不悲哉"交了卷。林老师兴致来了,就提起朱笔大圈特圈一番。不幸遇到他心绪不佳,不免要拍桌大骂,批上一句:"思路未通,文不切题,重作。"我含着满包眼泪,暗暗发誓:长大以后,再也不写这劳什子的文章了。

十二岁进了初中,开始读"的了吗呢"的白话文了。作文里代替"人生在世,岂不悲哉"的,是"时代的巨轮","一切的一切",林老师看了翻翻白眼,父亲更是皱紧了眉头说:"完了,你的文章再也搞不好了。"我于心灰意懒之余,对自己失去了信心,对读书也失去了兴趣。满腹的牢骚,只有向日记里尽情发泄。还有一件最苦恼的事,就是父亲和老师都不准我看小说,认为是"诲淫诲盗,不足训也"。寒暑假在家,只好躲在被窝里看《红楼梦》、《水浒》、《西游记》和近人的新小说,写作的欲望又不禁油然而生。在一个暑假里，写下了一篇五万字的中篇，题为《三姊妹》，把《玉梨魂》、《红楼梦》、《小妇人》的句法全模仿起来，自以为文情并茂，熔新旧小说的风格于一炉。开学的时候，捧给学校里的方老师看，方老师约略翻了一下，第二天就还给了我，后面批着两行大字："阅历经验不够，切莫写长篇。多读书多考虑再下笔。"冷水浇头，我捧了我的"巨著"，整整流了一夜的眼泪，我对自己是再度地绝望了。初中毕业的时候，我的作文成绩是丙下。

高中一是我的转折点，学校里新聘了一位王老师，他的谆谆善诱，至今给我留下不可磨灭的印象。他第一天上课就一扫我心头的阴霾，鼓舞起我的兴趣。他说："我知道你们每一个天真纯洁的心灵里，都有写不完的好文章，只是不知道如何表达罢了。我希望我能慢慢儿帮助你们。你们不要怕自己不会写，更不要性急。第一，你们还是要多阅读，读了别人的好文章，仔细研究他的结构布局和造句，美丽的辞句与独特的意境要摘记下来，时时温习默记。到自己写文章的时候，不期然的好句子就源源而来了。第二，你们要多多体察外界的事物，训练脑子多作有系统的思想。比如说你在漫天风雪中看见一个乞儿，你就应以充满同情的心，观察他的神态动作，研究他的家庭状况，以及流浪街头和失学的原因，你内心一定会涌上许多感想，把它写下来就是一篇好文章。可是我们不是为了要写文章才去体验观察，是因为体验观察之余，有一种情绪使我们不能不写。平时有感想就记下来，哪怕是三言两语都好，不必一下子就求写长篇。做日记是练习文章最好的方法，因为日记是你自己的生活体验，没有一点矫揉造作的成分。"

他给我们开列很多书籍，作我们的课外读物，每月至少阅读一本,作笔记给他修改。又给我们出许多作文题目,作为课外随意的写作。就着题目的启示,随时留心观察周遭的事物,兴致来时,就能振笔疾书,完成一篇颇为得意的作品。记得有一次我写了一篇《童年》,回忆儿时依着母亲逃难的情景。我写着:"河里涨大水,把稻田都淹没了,我们躲在乌篷船里,听船儿从稻子尖上滑过去,发出沙沙的声音,妈妈连声念'阿弥陀佛,罪过死了'。我只是疲倦得想睡觉,朦胧中想起哥哥分给我的十张香烟画片可曾带在身上,伸手一摸,好好儿在荷包里呢!仔细拿出来在暗中重新数一遍,一张不少,再把它放入贴肉的衬衫口袋里,才安心睡去了。"王老师在这一段上打了密密层层的圈儿,我兴奋而又羞惭地问他为什么圈下这许多圈。他笑嘻嘻地说:"因为你能抓住当时的情景,而且把儿童的心理完全描绘出来了。"他又说:"你总要写你自己知道的而且有兴趣的东西,自己生疏的事物不要勉强去写,那一定会失败而且减少你对写作的兴趣的。"

暑假中,他出了几个题目给我们,印象最深的是《当妈妈是姑娘的时候》、《我的一个好朋友》、《荷花开了的时候》。我每篇都写了,评判的结果,名列第二,《我的一个好朋友》一篇投了杭州当时的权威月刊《浙江青年》,得了两元四角稿费。这是我第一次自己挣来的光荣钱,我把四角钱买了礼物送王老师,两块银元放在口袋里叮叮当当地响,那一种喜悦直到现在还洋溢在我的心头呢!

高中毕业进入大学,一位终身钦仰的夏老师给了我更多的启示。他教我重读朴实无华的《诗经》与热情充沛的《楚辞》,一扫"文以载道"的陈腔滥调,而给予这两部巨著以新的评价。从他们铿锵的音节与蕴藉的词藻中,发掘作者温柔敦厚、纯洁坚贞的灵魂。他指点我以文学的眼光,分析《左传》、《史记》、《汉书》等的笔法章法,而逐渐启发我鉴赏的能力,培养我写作的技巧。于历代各大名家诗文,他总是不惮烦琐地讲解它的精华所在,深入浅出,必使我心领神会而后已。从那时起,我才算是真正开始读古书了。

  我现在想起来,仿佛他温和的语音还在我耳边响。他说写文章不仅要练字练句,更要练意,要练到人人意中所有,人人笔下所无,才是人间至文。华丽的词藻固然可以装饰文章的外表,可是如没有"真善美"的内容,读起来骨多肉少,终未免"以艰深文浅陋"之讥。他教我读《哀江南赋》至"悬弓于玉女窗扉,系马于凤凰楼柱"时,他说:"作者的心情是如何的沉痛,却用'玉女窗扉'、'凤凰楼柱'等华丽字面来反衬劫后江南的荒凉情景。"又如元曲里"石栏桥畔银灯过,照见芙蓉叶上霜"二句冷艳的词句,却是描写深闺少妇一颗寂寞的心。更如"笙歌归院落,灯火下楼台",写的是酒阑人散后的凄凉景象,却只用"归""下"二字轻轻点出。《红楼梦》里写大观园的衰落,却故意用"海棠重开""贾母设筵赏花"的热闹场面来衬托:贾母在席上渐渐倦了,闭上眼睛打盹儿,醒来时见冷清清地只剩探春一人陪着,她叹了口气道:"散了,大家都散了,你也该回去休息了。"那笔调是多么凄楚,读者的心情该是多么沉重。

  夏老师说写文章必须避免平庸的感伤情调,要有一种超凡出俗的崇高意境。有了灵感并不是马上可以成为好文章,还须加上耐心酝酿,才能产生精心创作。他说写作有如酿酒,现实的生活经验是米和水,天才和灵感就是酵母,把酵母加入米和水中,并不是马上可以成酒,必须要一个相当时期的酝酿,使米和水起了作用,成为一种完全不同的东西——酒。酝酿得够,作出来的酒才够甘美,这才是作者以生命创造出来的文学。

夏老师不仅以文教,以言教,更以日常生活教。与他同游一处名胜,同看一场电影,同访一个朋友,甚至同挤一次公路车,他都会启发你无限的生活情趣,使你能更深地体会人情事理。以广大的胸怀,欣赏每一件事物,同情每一种人。以温柔敦厚的情怀,写下了怨而不怒、哀而不伤的文字。他写给我的格言是:"时时体验人情,观察物态,对人要有佛家怜悯心肠,不得着一分憎恨。"记得有一次挤公路车,被卖票员骂"猪猡",我气得想跳下车,他笑着劝我:"你体会一下他工作的机械和烦躁,就心平气和了。"他又说:"做人和写文章一样,写文章时心情是至真至善至美的,你总愿意你的文章予人以更多的快乐与美感!那么你一定要培养一颗优美的心灵。"

大学四年中,受着夏老师春风化雨的熏陶,虽自惭未能尽得老师的心传,可是几年来偶尔提笔为文,不由不想起老师行云流水似的风格,与他勉励我的话,深感写作的乐趣,真也是无穷尽的呢。

家庭教师

父亲过分疼爱我,自幼恨不得把我封在箱子里抚养,才五岁就特请一位老师教我认字块。稍稍长大,就读《三字经》、《女四书》、《幼学琼林》……直到十四岁,整十年的光阴,脑袋里尽是些不知所云的"之乎者也"在打转,黄金时代的童年,就被这位严厉的老师活生生地剥夺了。至今想起老师的尊容,尚未免心有余悸呢!

老师四十左右年纪,秃头马脸,目光炯炯逼人,两排黄牙自出生以来从不洗刷,说是刷牙丧精神,非养生之道。老师自谓患肺病(我不知父亲何以聘一位肺病患者教我读书),所以平时说话,除了大发雷霆以外,总是低声细气,以免有伤元气。任是夏日炎炎,老师的屋子总是门窗四闭,自己怕冷也不许我怕热。背书背得汗流浃背,不许用扇子。蚊子叮在腿上,更不许用手去拍,至多可以用嘴轻轻一吹,让蚊子扬长而去。因为老师是位虔诚的佛教徒,与和尚只差一口气,"杀生"是大忌特忌的。他终日茹素以外,每月里还有六天斋期,过午不食,十二时以前赶着吃了三大碗饭,午后就不进任何点心食物了。到晚上他不免饿火中烧,肝阳上升。我这唯一的学生,就做了他唯一的出气筒了。所以老师怕度斋期,我更怕度老师的斋期。

"德行，颜渊、闵子骞、冉伯牛、仲弓；言语，宰吾……宰吾……""啪",茶杯垫子已经飞过来，刚巧打在我的鼻梁上，打得我涕泪交流，却不敢哭出声来。鼻梁上起一块青肿，晚上向母亲哭诉，母亲以商量的口吻问老师可否以打手心代替扔茶杯垫子，老师一言不答，第二天就向父亲辞馆了。幸父亲再三挽留，总算打消了辞意。从那以后，他不再打我了。背错了书，他就在香炉里燃起一炷香，叫我跪在佛堂里，眼观鼻，鼻观心，慢慢儿"反省"，直至燃完了香，才得起立。最初几次，我跪得耳聋眼花，摇摇欲倒，可是不到时候不得起来，因为老师的教条是"若药不瞑眩，厥疾不瘳"。其后次数多了，也就习以为常，跪在蒲团上，看炉烟袅袅，倒落得想入非非，比背"孟子曰……"总自在得多呢！

老师教我习大字，"磨墨如病夫，执笔如骁将"，"握拳透爪"，"力透纸背"，一大篇理论，可是习字对我就如上镣铐。一个红珠碟子放在手腕上，提笔悬空，脚踏实地，气沉丹田，目不得转瞬，心不得两用。老师在背后乘其不备将笔一抽，如被抽走了就认为握笔不坚，字必无力，要重写。腕上红珠碟子如果翻下来，即是小腕不正，字亦不正，又要重写。就这样每天上一次刑，不知多少眼泪咽下了肚子。

七岁的时候，父亲的朋友夸我字写得好，父亲一高兴，要我写副大对联，先把一个广东月饼放在我面前，写得好有赏。我看在月饼的份上，拿起笔来胡乱地在纸上爬行，还记得对子是："果菜鲈鱼人生贵适意，琼楼玉宇高处不胜寒。"父亲问我懂不懂，"懂，懂！"我说，管他懂不懂呢，眼睛老早盯在又油又甜的月饼上了。父亲又说一个"而"字要我造句，我毫不迟疑地说："盘中有饼，取而食之。"父亲虽夸我已懂得虚字的用法，可是老师因我只知道吃总是大大不高兴。

　　十年昏沉岁月里,我没有假期也没有周末。唯一盼望的就是一年一度的生日与新年。老师究竟富于人情味,生日给假一天,新年自廿四日送灶神以后至正月初五日放假十二天。如今想起那鲜甜温馨的十二天,犹恨不能重返童年。过生日,老师要我跪在佛前念三遍《白衣咒》,一遍《心经》。新年里,更每天大清早套上一串念佛珠,跟着他敲小木鱼念阿弥陀佛团团转上十圈,才得"放生"。初五以后,便是"新春开笔",重度艰难困苦的日子了。

　　老师"仁民爱物",对昆虫亦无不爱护备至。他叫我走路要轻轻举步,不要乱蹦乱跳,以免踏死了蚂蚁。这一点我倒非常听话,对于蚂蚁的合群互助友爱,直到现在我都非常爱惜而不忍加以作践。老师捉到了跳蚤,就用碎纸片包好,插入木板缝中,年长月久,板壁插得风气不过,跳蚤也被判处了无期徒刑。

　　十二岁那年,我家迁到杭州,正住在一个教会学校的斜对面,每天倚楼看短衣黑裙的女学生,生龙活虎似的在草坪上蹦蹦跳跳,心中好不羡慕。我疏通了父亲的一位开明朋友,费尽唇舌说通了父亲,总算答应我考中学了,我费了三个星期补算学,居然"金榜题名",考了第三。进了学校,我开始念"A、B、C、D　X+Y=Z",老师看了,不免喟叹斯文扫地。教会学校要念圣经,与老师的《白衣咒》《心经》自是道不同不相为谋了,于是老师的去志遂决。他告诉父亲"尘缘已了","四大皆空",要去五台山当和尚了。父亲不得不同意。老师就此飘然隐去了。

　　今天我执笔涂鸦,饮水思源,仍不能不归功于老师的启蒙呢。

启蒙师

不倒翁,翁不倒,眠汝汝即起,推汝汝不倒,我见阿翁须眉白,问翁年纪有多少。脚力好,精神好,谁人能说翁已老。

我摇头晃脑,唱流水板似的,把这课国文背得滚瓜烂熟,十分得意。

"唔,还算过得去。"老师抬起眼皮看看我,他在高兴的时候才这样看我一眼。于是他再问我:

"还有常识呢?那课瓦特会背了吗?"

我愣头愣脑的,不敢说会,也不敢说不会。

"背背看吧!"老师还没光火。

我就背了:"煮沸釜中水"这第一句我是会的。

"化气如……如……"全忘了。

"如烟腾。"老师提醒我。"化气如烟腾,烟腾……"我呢呢唔唔地想不起下一句。

"导之入钢管。"老师又提一句。

"导之入钢管,牵引运车轮……轮……唔……谁为发明者,瓦特即其人。"我明明知道当中漏了一大截。

老师的眼皮奄拉下来了,脸色渐渐变青,"啪!"那只瘦骨嶙峋的拳头一下子捶下来,正捶在我的小拇指上,我骇一跳,缩回手,在书桌下偷偷揉着。

"像锯生铁似的,再念十遍,背不出来还要念。"老师命令我。

鼻子尖下面一字儿排开十粒生胡豆,念一遍,挪一粒到右手边,念两遍,挪两粒。像小和尚念《三官经》,若不是小拇指疼得热辣辣的,早就打瞌睡了。

已经九点了,还不放我去睡觉,我背过脸去打了个哈欠,顿时计上心来:

"老师,我心口疼,我想吐。"我捂着肚子喊,妈妈时常是这样子喊着心口疼的。

"胡说八道,这么点孩子什么心口痛,你一定是偷吃了生胡豆,肚子里气胀。喏,我给你吃几粒丸药就好了。"他拉开抽屉,里面乱七八糟的,有断了头的香,点剩的蜡烛,咬过几口的红豆糕,还有翘着两根触须的大蟑螂,老师在蟑螂屎堆里捡出几粒紫色的小丸子,那是八字胡须的日本仁丹,又苦又辣,跟蟑螂屎和在一起,更难闻了,我连忙抿紧了嘴说:"好了好了,这会儿已经好了。"

"偷懒,给我念完十遍,明天一早就来背给我听。"

我很快地念完了,收好书,抓起生胡豆想走。

"啪!"又是一拳头捶在桌面上,"你懂规矩不懂?"

我吓傻了,呆在那儿不敢动。

"拜佛,你忘啦,还有,向老师鞠躬。"

我连忙跪在佛堂前的蒲团上拜了三拜,站起来又对老师鞠了个九十度的躬。说声:"老师,明天见。"

生胡豆捏在手心,眼中噙着泪水,可是我还是边走边把胡豆塞在嘴里嚼,有点儿咸滋滋的酸味。阿荣伯说的,汗酸是补的。

我回到楼上,将小拇指伸给妈看(其实早已不痛了),倒在她怀里撒开的哭。

"妈,我不要这么凶的老师,给我换一个嘛。"

"老师哪能随便换的,他是你爸爸的学生,肚才很通,你爸爸说他会做诗。"

"什么肚才通不通,萝卜丝,细粉丝,我才不要哩!"

"不许胡说,对老师要恭敬,你爸爸特地请他来教你,要把你教成个才女。"

"我不要当才女,不是你说的吗?女子无才便是德。"

"傻丫头,那是我们那个时代的话,如今是文明世界了,女孩子也要把书念通了。像你妈这样,没念多少书,这些年连记账都要劳你小叔的驾,还得看他高兴。"

"记账有什么难的?肉一斤,豆芽菜一斤,我全会。"

"算了吧,真要你记,你就咬着笔杆一个字都写不出来了。你四叔写的,老师还说他有好几个别字呢。"

"四叔背不出来,老师拿茶杯垫子砸他,眉毛骨那儿肿起一个大包,四叔说吃斋念佛的人还这么凶,四叔恨死他了。"

"不要恨老师,小春,老师教你、打你,都是要你好,吃得苦中苦,方为人上人。别像你妈似的,这一辈子活受罪。"妈叹了一口长气。

我知道妈的大堆头牢骚快来了,就连忙蒙上被子睡觉,可是心里倒也立志要好好念书,将来要做大学毕业生。在祠堂里分六对馒头,(族里的规矩,初中毕业分得一对馒头,高中、大学依次递加一对。)好替妈争口气。免得爸爸总说妈没大学问,才又讨个有学问的外路人,连哥哥一起带到北平去了。爸说男孩子更重要,要由她好好管教。我就不懂爸会把儿子派给一个不是生他的亲娘去管教,她会疼他吗?还有,哥哥会服她吗?叫我就不会,她要我望东,我就偏偏翘起鼻子望西,气死她。

妈叫我恭敬老师,我是很恭敬他的,从那一次小拇指被捶了一拳以后,我总是好好的写字念书。作文和日记常常都打甲上,满是红圈圈。下课的时候,我一定记得跪在蒲团上叩三个头,再向老师毕恭毕敬地行鞠躬礼,然后倒退着跨出书房门。没走出两丈以外,连喷嚏都不敢打一个,因此我没有像四叔那样挨过揍。老师对我虽然也一样绷着脸,我却看得出来他心里还是疼我的。因为他每天都把如来佛前面的一杯净水端给我喝,说我下巴太削,恐怕将来福分薄,要我多念经,多喝净水,保佑我长生,聪明。他就没把净水给四叔喝过,这也是四叔恨他的原因,他说吃斋的人不当偏心。其实四叔在乡村小学念书,只晚上跟他温习功课,不是老师正式学生,老师的全副精神都在教导我,我是他独一无二的得意女弟子。

老师的三餐饭都在书房里吃,两菜一汤,都是素的,每次都先在佛前上供,然后才吃。有一次,阿荣伯给他端来一碗红豆汤,他念声阿弥陀佛,抿紧了嘴只喝汤,一粒豆子都不进口。我不明白咽下一粒豆子会出什么乱子,悄悄地问阿荣伯,阿荣伯说老师在十岁时就有一个和尚劝他出家,他爸妈舍不得,只替他在佛前许了心愿,从此吃长斋,一个月里有六天过午不食,只能喝米汤。

我看到老师剃着光头,长长的寿眉,倒是有点罗汉相。我把这话告诉四叔,四叔说:"糟老头子,快当和尚去吧!"其实老师并不老,他才四十光景,只是一年到头穿一件蓝布大褂。再热的天,他都不脱,书房里因此总冒着一股子汗酸气味。

"妨碍公共卫生。"四叔的头摇得像拨浪鼓似的,他指着墙壁缝里插着的一个个小纸包说:"你看他,跳蚤都不攮死,就这么包起来塞在墙缝里。跳蚤不一样要饿死吗?真是自欺欺人。"

老师刚从门外走进来,四叔的话全被听见了。四叔已来不及溜。老师举起门背后的鸡毛掸子,一下子就抽在他手背上,手背上起一条红杠。

"跪下来。"他喝道。

四叔乖乖地跪下来,我吓得直打哆嗦。老师转向我:"你也坐着不许走,罚写大字三张。"

我摊开九宫格,心里气不过,不临九成宫的帖,只在纸上写"大小上下人手足刀尺……"一口气就涂完了三张,像八脚蛇在纸上爬。

老师走过来,一句不说,把三张字哗哗地全撕了。厉声说:"重写,临帖再写五张,要提大小腕。"

他把一个小小银珠盒放在我手腕背上,我的手只能平平地移动,稍一倾斜,银珠盒滑下来了。我还得握紧笔杆,提防老师从后面伸手一抽,笔被抽起来,就是字写得没力气,又须重写。我的眼泪一滴滴落在纸上,把写好的字全印开了,都是四叔害的。

上夜课时,老师把我写的五张字拿出来,原来满纸都打了红圈圈,他以从未有过的温和口气对我说:"你要肯用心临帖,字是写得好的,你看这几个字,写得力透纸背。"

四叔斜眼望望我瘪了一下嘴,显得很不服气的样子。我自己也莫名其妙,我原是一面哭一面写的,居然还写得"力透纸背"。

"老师,您教我写对联好吗?"我得意起来了。

"还早呢!慢慢来。"

"我会背对联:'天半朱霞,云中白鹤。河边青雀,陌上紫骝。'"这是花厅前柱子上的一副对子,四叔教我认,我完全不懂意思。

老师非常高兴,说:"好,我就教你诗与古文。"

刚刚读完小学国文第四册,第五册开始就是古文。老师教我读《师说》。"古之学者必有师",他一个字一个字地讲解给我听,我却要打瞌睡了。我说:"我也要像四叔似的读《黄柑竹篓记》。"(后来才知道是《黄冈竹楼记》)老师说:"慢慢来,古文多得很,教过的都得会背。"

我也学四叔那样,摇头晃脑背得琅琅响,我还背诗,第一首是:"一去二三里,烟村四五家。亭台六七座,八九十枝花。"这太容易。

渐渐地,我背了好多古文与诗。我已经学作文言的作文了,《说蚁》是我的得意杰作:"夫蚁者,营合群生活之昆虫也,性好斗……"

老师一天比一天喜欢我,我也不那么怕他了。下课时不再像以前那样倒退着走,一跨出书房门,我就连蹦带跳起来,可是跳得太高了,老师就会喊:

"小春,女孩子走路不要三脚跳,《女论语》上怎么说的?"

"笑莫露齿,立莫摇裙。"我一个字一个字地背。

"对啦,说话走路都要斯斯文文的,记住哟!"

老师教我的,我都一一记住了。不管是不是太古板。因为爸爸不在家,他就像我爸爸似的管教我。我虽怕他,也爱他。

可是爸爸从北平回来,带我去杭州考取了中学,老师就不再在我家了。

临去那天,他脖子下面挂了串长长的念佛珠,身上仍旧是那件蓝布大褂。他合着双手。把我瘦弱的手放在他的手掌心里,无限慈爱也无限忧伤地对我说:"进了洋学堂,可也别忘了温习古文,习大字,还有,别忘了念佛。"

我哽咽着,说不出话来。考取中学固然使我兴奋,但因此离开了十年来教导我的老师,是我原来所意想不到的。

脚夫替他挑着行李,他步行着走向火车站,我一路牵着他的手,送他上火车。他的蓝布大褂在风中飘呀飘的,闲云野鹤似的,不知飘到哪儿去了。

不见是见　见亦无见

——悼念我的启蒙师

我的启蒙师,在我十四岁时,就辞馆而去,闲云野鹤似的,不知飘到哪儿去了。我懵懵懂懂的,只晓得他要出家当和尚,以后是另外世界里的人,不再认我做学生,心里很难过。我牵着他蓝布长褂的袖角,送他到火车站,依恋地望火车出了月台。回到家,看书房里他燃的檀香还没烧完,芬芳的烟雾迷漫了满屋。琉璃灯里如豆的火光在微微跳动。我忽然觉得寂寞起来,寂寞中还夹杂着一份忏悔。因为我一直畏惧老师的严厉,好多次在心里赌咒,不再背那劳什子的古文,并且希望老师快快走。如今他真走了,而且永不回来了,我却伏在桌上哭起来。

我哭过好几次。在学老师朗诵唐诗的声调时,我会哭,听母亲敲起木鱼念经时,我也会哭。我曾问母亲老师为什么要出家,母亲只含糊地告诉我他已看破红尘。"红尘"是什么,我不懂,但我有一种感觉,老师一定是个不快乐的人。

老师这一去就杳如黄鹤,连他的家人都不知道他云游到何方。我也逐渐长大,想他大概真的已"披发入山,不知所终"了。可是三十多年来,我总不时想起他,提起笔,看着自己潦草不堪的字体,就会想起当年他捏着我的小手,一点一画教我端端正正写字时的严肃神情。慵懒地拿起书,就会想起他拍着桌子喊一声"快背"的那一副凶狠狠的脸。如今我又忝为人师,更深深体会到当老师的这份甘苦。

来台湾以后,也常常想念他,我算算他的年龄,五十、六十、七十,他该超过七十了。但,尽管他已有如许高龄,我总觉得他还活着。尽管大陆情况不知如何,我仍以为他还活着。我甚至梦想有一天,我们师生能再聚。在大陆的名山古刹中,他是一位白发皤然的得道高僧,我是一个阐悟了人生真谛的虔诚弟子,佛堂中炉烟袅袅,烛火熊熊。依佛教徒的说法,这该是一段多么美、多么善的缘呢?

三年前,忽然从日本转来一封笔迹生疏的信,拆开来,竟是老师托他在日本的朋友转给我的信。还有他的近影。恍如在梦中,阔别三十多年的老师,他真的还活着,这是他的亲笔信,这是他的照片,他费尽方法把它们传递到我手中。可是从他细弱倾斜的字迹,可以想见他体力的衰微。他的照片,几使我不能辨认。嶙嶙的双颧,深陷的眼窟,眼帘下垂,似在打坐,他穿的是一袭僧衣,颈下挂一串长念佛珠,看去就像一具已圆寂的老僧遗体。这形相使我似陡然领悟了什么,望穿了一切的世间相。恍恍悠悠的,生与死,时与空,一下子都失去了差别与距离。这张照片,写下了三十年人世的艰难岁月。但三十年也就是这么一瞬间,比起几百年、几千年又算得什么。可是三十年却使一个年轻人变成一把骷髅似的瘦骨,目光不再闪烁,嗓音不再洪亮,笔力不再劲健。很快的,这把瘦骨便将消蚀无遗。我的眼泪涌出来了,我仍免不了为人世的"生老病死"而悲伤。

他的信里写道:"客岁重病,曾气绝多时,闻大殿钟声,忽又苏醒。而此后体气日衰,扶杖始勉强能行,想大去之期不远矣。"此信历时三月才到达,我不知在读信时,老师是否"一息尚存",还是已经西归了。他在照片后面写了两首很长的偈。其中有两句是"不见是见,见亦无见"。他一个人孤独在大陆,如此的高龄弱体。这与幽明异路又有什么两样?这一帧像遗容似的照片,映入我的眼帘,岂不是"不见是见,见亦无见"呢?

我赶紧托在香港的朋友转给他一封信,并寄给他一些药品与少数的现款。此后我们陆续通了几封信。他那支抖擞的笔,对于家乡的状况,都有所描述。他说,我佛慈悲,一定能够拯救人们于苦难中。我逐渐地感觉到他仍然是生存在现实世界中的人,一个有血有肉、有憎恨、有期待的人。尽管他在另一首偈中写着"智境俱泯灭,寂然天地空"。可是生命终究是可贵的,能挣扎着活下去总是一件了不起的事。

我每次去信,都在一种战战兢兢的心情下盼待他的回信。在这不绝如缕的联系中,我寄托着师生重聚的渺茫希望。可是在我寄出第五封信后,就没有再收到他的回信。我的心总在缥缈恍惚中怀疑他的存殁。最近,我辗转打听才知道他已真正脱离苦海。他永不会再以抖擞的笔在粗糙的纸上给我写信了。他那一缕游丝似的呼吸已经停止,他已西归而去,不能再等待了。生与死的距离毕竟太微小,他一下子就跨越过去了。我望着他的照片,仿佛觉得他早就去了另一世界,也好像他是永恒地活着的,因此我并没感到太悲伤。

可是我仍禁不住想,他在"大去"的一刹那,真进入了"智境俱泯灭,寂然天地空"此境界的话,那么他的灵魂亦不会飞越重洋,寄我一梦了。

圣诞夜

十二岁那年,我牵着妈妈的衣角,跨进了××中学的门,当我第一眼看见一位高鼻梁碧眼睛的外国女人,走过来向妈招呼时,就吓得几乎哭出来了。小老鼠似的躲在妈身背后不敢做声。妈却偏拉我出来说:"叫韦先生,她是你的英文老师。"韦先生从眼镜里笑眯眯地望着我说:"你怕外国人吗?不要怕。"她伸出两只手说:"你看,你十个手指头,我也十个手指头,我不是与你一样吗?"我听她说的中国话,就觉胆子大了点,嗫嚅地喊了一声:"韦先生。"她便拉着我的手说:"你好好在此读书,这里的姊姊妹妹都会爱你的,现在让你妈妈回去好吗?"我等不得她说完,又哭起来了。妈托付她说:"这孩子体质弱,胆子小,要请韦先生格外照顾她!"她连声答应"放心放心",就一路送着妈出去了。我木鸡似的站在校长室门口,又不敢跟妈出去,举目四顾,想想此后一直要在这陌生的地方住下去,眼泪就止不住滚落下来。韦先生回来,带我进了办公室,叫我在桌子边坐下,问我许许多多的话,我总是摇摇头。最后她问我有没有英文名字,我也摇摇头,她就给我取名为"碧黛丽丝"(Beatrice),说是希望快乐的意思,于是我就成为韦先生抚爱下的小碧黛丽丝了。

上课了,一班里我是最小的一个,所以胆子特别小。我又比别的同学迟到了两星期,英文已上了五课。韦先生一上课就叫把书关上,用英文问了一遍功课,同学们都对答如流,更把我吓慌了,泪眼汪汪地望着书本一字不识。好容易熬到下课,我以求援的神情望着韦先生,她正微笑向我招手,我赶快跑到她身边,她拍拍我的肩说:"不要着慌,我会慢慢教你的。"于是每晚下夜课后,我都到她房里由她单独教我四十分钟英文。她教我发音,教我读,教我造句。起先她用中文对我解释,慢慢地,她可以用浅近的英语使我了解了。功课完毕,她亲自照着电筒送我回宿舍,直等我脱衣上床,又看看每张床上的同学是否已睡好,拍拍她们的枕头,按按她们的被角,才与我说一声"Good night",轻轻带上房门走了。

在她的谆谆诲导之下,我的英文已渐渐进步,而且感到十二分的兴趣。本来我在班里是英文程度最差的一个,几个月后我已赶上同学们,半年以后,居然名列前茅了。由于韦先生对同学们爱护指导的公平,加以我的文弱胆小,没有一个同学对我怀妒忌的心,却都互爱互助如亲手足一般。

有一次,韦先生念了一个"老"字(old)叫我起来造句,我随口念道:"我的老师很老了。"(My teacher is very old.)她点头微笑一下,却又摇摇头说:"不,我并不老,我仅是六十岁呢!我的母亲八十岁,我的姊姊六十六岁都很健康,我怎么会老呢?我今年六十岁,你们大学毕业我才七十岁,等你们服务社会,事业成功,我还不到九十岁哩!"她挺起胸脯,兴奋得双颊泛起了红晕,银丝样的白发,飘在耳边,晨曦照耀着她,愈显得容光焕发了。

韦先生是一位虔诚的基督徒,她每日晚餐后领我们晚祷。她姊姊(我们都称她大韦先生)弹钢琴,大家一齐唱赞美诗。孩子们心里不懂得什么叫天堂与上帝,可是每一听她悠扬的歌唱与平和的祷告词,我们的心都自然而然地宁静下来,而感到莫名的愉快。

有一次我病了,只是想念着妈妈,请求韦先生许我回家,韦先生安慰我说:"碧黛丽丝,你务须听我的话,安心休息,你发热是不能出去吹风的,你妈妈下午就来了。"可是直到第二天,妈妈还是不来,我急得哭了。她捧着我的脸说:"孩子,你妈妈来信说有事不能来看你,叫你好好休养几天。"她又用更慈祥的口吻问道:"碧黛丽丝,你愿意闭上眼睛跟我祷告吗?你要知道人世间有许多事不能依我们的心愿,比如你想念妈妈,妈妈却不能来。你想上课,而发热又不能起床,你想人是多么渺小无能?我们必须依靠一位全德全能的神,他是无所不在的。只要你爱他,信赖他,他就进入你的心中,与你同在,你再不会忧伤寂寞了。你懂得吗?"我听了总是半信半疑,但因想念妈妈心切,而又怨望她的不来,也就感到只有上帝才会真正照顾我了。于是我闭上眼睛,听韦先生为我祷告,我就平安的睡去了。

韦先生唯一的教条就是"诚实",这里又使我忆起一段动人的故事:在有一次英文月考卷发下来时,韦先生用一种与平时不同的声音向大家说:"这次全班成绩都比上次好,尤其是露西,考得更好。"这时,坐在我旁边的露西,忽然满脸通红,低头不语。我正想向她道贺,她却用膝盖碰碰我,哀求似的说:"别做声啊!碧黛丽丝。"我见她眼眶里充满泪水,觉得十分诧异。当晚下课后,露西走过来紧紧地握着我的手说:

"碧黛丽丝,我心里难过得很,我实在挨不下去了。你能陪我到韦先生房里去一趟吗?"

"什么事呢？露西。"我关心地问。

"啊！我怎么说才好，我想你们从此不会再理睬我了。因为我是这样的卑鄙。"她又哭了。

"究竟什么事呀！你能告诉我吗？"

"碧黛丽丝，你知道我是半工半读的学生，如果这次英文再考不好，我的公费就被取消了。因此我在考英文时，偷看了你一个题目，韦先生竟没有发觉。可是我自缴了卷以后，心里一直是恐惧悔恨，仿佛全班同学的几十双眼睛都在盯住我。当今天韦先生报告我的成绩时，我真恨不得钻进地缝里去呢！碧黛丽丝，你是这样和善，我相信你是不会因此不理我的，你会吗？"

我把她的手握得更紧些，恳切地说："一点也不会，露西，你放心好了。现在让我们到韦先生房里去，你勇敢些向她说啊！"

当露西流着忏悔的泪，伏在韦先生怀里倾诉一切的时候，我看见韦先生脸上充满了慈爱的光辉，她用手整理着露西散乱的头发，用温和的声调说：

"我知道你会来的，露西，我知道你会来的，因为你一向是我的诚实孩子，你一定能克服这一次的试探。"

"怎么，您原来已知道这件事吗？韦先生！"露西在她膝前抬起头来，羞惭感激使她的脸绯红了。

"是的，孩子，你那对忏悔的眼神早就告诉我了。可是我不愿直接问你，因为我相信你那不愿诈欺的心自会提醒你的。不然的话，你会永远被罪恶捆绑不得释放了，是吗？"

"真是这样的，我自从做了这事以后。心里交织着羞惭悔恨，我觉得大家都已舍我而去，尤其是您，韦先生，您好像连眼睛也不望我一下了，我感到多么孤独啊！"

"可怜的孩子,这一次你真受得够了。"韦先生笑嘻嘻地捏着我与露西的手,接着说道:"在人生的道路上,到处布满了绊脚石,一不小心,就要被绊倒。我们要时刻以耶稣的十字架作为我们的扶手,更要时刻想着天父的爱,他是不会放弃他任何一个子女的。可是你如果背叛他,犯了罪恶,那你就不敢企望他的爱,你就感到孤独了。我想你们真是非常幸福的,在家里有父母的疼爱与教养,在学校里有师长们的训导,使你们不至犯了重大的过失而自己不知道。可是父母与师长有时要离开你们,只有天父是永远不离开你们的,现在让我们祷告感谢主恩吧!"

我们一同祷告完毕,就告辞出来,我与露西手挽着手,身子靠得紧紧的,一同穿过静肃的校园。微风细雨吹拂着我们热烘烘的脸,我们都如释重负似的,深深呼吸了一口清凉的夜气,心头感到难以言喻的安慰。

一年又一年,我们沐浴在韦先生的爱里,由初中而高中。在她伟大的人格熏陶之下,我们一天天变得懂事,刻苦,勤劳,可是韦先生的身体却一天不如一天了。她原有骨脊痨的痼疾,但因太热心工作,竟一天也不肯休息,医师多次劝告她说如再不休息,就会有生命的危险。她却坦然地说:"我是为我的天父工作,主给我一天的生命,一天的活力,我就得努力工作一天,主要我哪一天安息,我就自然可以安息了。"

她每日扶病为我们上课,有一天上课铃响后,就听到韦先生携着拐杖,拖着沉重的脚步,从楼梯走上来,我们的心里真难过,都上前去想扶她,可是她把拐杖倚在门边,仍旧是挺着胸脯,走上讲堂。

"早安,孩子们!"她怕我们担心,脸上充满笑容。

"早安,韦先生,您这样走路不是太困难吗?"

"一点也不,是老医生硬要我用拐杖,其实我走得飞快哩!"她那笑容里隐忍的痛苦,岂是粗心大意的孩子们所能知道的呢!

下课时,同学们都争先恐后地迎上去扶她,深感能得韦先生的允许扶下楼梯就是无上光荣。可是我却咽着眼泪,迟迟不能上前。韦先生眯着老花眼睛,在人丛里搜索着我说:"碧黛丽丝呢?你为什么不过来,怎么?你哭了,又是什么事不快乐?"我低头走近她身边,涔涔的泪珠滚落在她苍白的手背上,大家都预感到一种不祥而黯然了。

第二天,上课铃响后,我们都在等着韦先生的拐杖声,可是时钟一分分的过去,韦先生没有来,我们的心都惶惑起来了。不一会儿,大韦先生来说:"同学们,你们好好自修吧!韦先生今天有点发烧,不能来给你们上课了。"

"我们可以去看看她吗?"

"不能的,孩子们,医生说她需要绝对的安静,因为她的头刚才有点昏晕呢!"

大韦先生离去后,我们更觉惊惶起来,"怎么好呢!韦先生终于病倒了,没有危险吧!医生说不能探望,一定是很严重了!天啊!万一有危险怎么好呢?⋯⋯"每个人心中都怀着同样的忧焦与恐惧,但谁也不愿意说出口来,仿佛话一出口就会成为谶语似的。课室里一片沉寂,我默坐在灰暗的一角,心头浮上了韦先生劝导我的话:"人世间多少事不能如我们的心愿,人是多么渺小无能啊!"是的,人是多么渺小无能啊!连韦先生这样具有伟大灵魂的人也摆脱不了病魔的侵扰,我感到上帝的权威,我只能跪下为她祈祷,求主保佑她,早早康健起来。

三四天后,韦先生的热度慢慢退去了,我们得到医师的许可,在早上到她房里探望她。她安详地靠在软绵绵的大枕头里,脸上敷了薄薄的脂粉,她是唯恐孩子们看出她的病容而担忧吧。她身上盖着一条鹅黄夹浅绿的绒毯,金黄色的阳光透过纱帘,投在床前灿烂的瓶花上,益显得春光满室。我们的心都感到分外轻松,一齐围坐在床边的小矮凳上(她房里经常有许多小矮凳,是准备给幼稚园的小朋友们坐的),尽情享受这温暖的片刻光阴。

"谢谢你们,你们看我已很好,再几天就可上课了!"

"不要急,韦先生,我们都知道宝贵时间,会好好自修的。"

她笑了,笑得那样宽慰,六十岁的高龄,而且还在病中,可是她美丽如天使,我们都依依不忍离去。

两天后,她精神更好点了,她一定要我们到床前为我们授课,虽经大韦先生再三地劝阻总是不肯,于是我们真的去上课了,那一次上的是雪莱的诗:

"当严冬来时,春天就近了!"(If winter comes, would spring be far behind!)她抑扬顿挫的朗诵声,震撼着每一个人的心灵。眺望着青青的远山,与碧油油的草坪,我们感到青春的希望正充满人间。

使人忧焦的是韦先生的病竟是时愈时发,从早春直至隆冬,她始终不能起床。我们多次向大韦先生与老医师探问她的病源,总是说积劳成病,除长期休养外,非药石所能治疗。如病菌侵入脑脊髓,就不可挽救了。半年中,她两腿包扎着石膏,不得动弹,其痛苦是可想而知了。每晚我们都到她房里做晚祷,靠近她唱赞美诗,低低地读完一段圣经,才向她道了晚安轻轻退出。我们眼看她两颊一天天消瘦下去,眼睛一天天陷落下去,肉的消损,愈益见得她的灵光透露了。当人们在失去凭依,彷徨无主之时,除了祈求上苍是无法可以解除忧虑的。韦先生平时对我灌输的宗教思想,此时就浸润着我整个的心。我虽忧焦,却能勉自镇静。我常于夜深披衣而起,伏在床前虔诚地为韦先生祈祷。

圣诞节的前夜,礼拜堂的钟声断续地震撼着寒冷的夜空,我跪下来低低地祈求:

"主啊,求你赐与恩典,祝福韦先生,她是应该快快痊愈的。"

一个清脆的声音,在我耳边响起来:"一切要临到的终必临到,这是神的旨意,而且也是最好的。孩子,你安心吧!我已经准备好一切,没有恐惧,没有忧愁,因为我已在人世做了我应做的工作,天国已降临在我心中了……"啊!这正是韦先生的声音,韦先生,您在说什么?难道您真的要离开我,到天父那儿去吗?我浑身颤抖,泪如泉涌。昏沉沉地忽听到铿锵的琴声,和着天使报信的歌唱,自远而近:

"听呀!天使报佳音,报知耶稣将降生,天上荣光归真神,地下平安人蒙恩……"

我擦去眼泪,慢慢站起来,走向韦先生的房间,却见房门洞开,透射出熊熊的烛光,我赶快跑进一看,原来韦先生已经醒来,身上盖着五彩缤纷的绣花被子,小几上放着两大盘糖果,桌上燃着洁白的长烛;大韦先生坐在钢琴边轻轻地弹奏着赞美诗歌。那一种雍和的气氛,那一种安宁的温暖,直使我分不出是人间还是天上。

"祝您圣诞快乐,韦先生!"我狂喜地奔向她。

"圣诞快乐,碧黛丽丝!大家都来了吗?你看我已准备好糖果了。"

"韦先生,您告诉我,一点也不要骗我,您的病怎样了?"

"上帝祝福你,好心的孩子,无论我的病怎样,你们都不要担忧,更不要惊慌,因为蒙主的召唤是光荣的!我们都不能贪恋世界,却也不可躲避苦难,我们要有主耶稣钉死十字架的精神,面对一切,孩子,不要流泪,鼓起勇气来,告诉我你常常祈祷吗?"她海一样深的眼神注视着我。

"我祈祷,可是我得不到启示。"

"记得我的话吗?在大风浪里漂着孤舟,我们的祷告不是祈求浪潮的平息,乃是要有更多的勇气与毅力去克服这大风险。"韦先生的语调有如午夜的琴声,拨动了我的心弦,我领悟了,平静了。我噙着眼泪,在跳跃的烛光中,瞻望着韦先生,她白发挽着高髻,眼虽深凹而灼灼有神,额上的皱纹都含蓄着丝丝的笑意,她简直是一位庄严的女神啊!

"韦先生,您是不会离开我们的。"我梦呓似的喃喃着。

歌声又起,报信的天使披着洁白的礼服,成群歌唱到韦先生房门口。

"圣诞快乐,韦先生。"

"圣诞快乐,孩子们。"

大家齐声欢唱起来,东方已透出一线曙光,大韦先生拉开窗幔,窗外正飘着鹅毛似的雪花,依窗一枝寒梅,含苞待放,玻璃窗上凝结着晶莹的冰珠,多美丽的世界啊!

韦先生倦了,我们都徐徐退出,在走廊里一大群同学正等着给韦先生请安,大韦先生出来说:

"谢谢你们,她现在睡着了。"

"大韦先生,她的病没有危险吧!"我们焦急地问。

"她已无法救治了!"她凄然地说,"病菌已侵入脊髓,开刀也不可能,医生只有劝她安心等待。她的两腿已完全麻痹,坐骨处都已腐烂,她是如何地在忍受着痛苦啊!"

走廊里响起了一片啜泣声。

一整天,每个人都是六神无主,开会时更无心表演节目,因为没有韦先生的领导,就如失去了灵魂。散会后大家都齐集在韦先生的房门口,白衣护士与医师忙碌地进出着,脸上是一片空虚暗淡的表情。一小时后,老医生出来了,他除下老花眼镜。沉着声音一个字一个字地说:

"现在,大家轻轻地进去,不要说一句话,只低声歌唱赞美诗。"

他又走到我身旁拍拍我的肩说:

"碧黛丽丝,坚强一点,擦去眼泪吧?你的韦先生不是一直这样鼓励你的吗?勇敢地担当起痛苦,这最后的片刻,你不要使她不安啊!"

"不会的,老医生,这不会是最后的片刻吧?早上她还是好好的呢!"

"是的,这是上帝的意旨,她已经该安息了。"

我吞咽下心头的剧痛,随同学走进书房去,匍匐在韦先生床前,祷告歌唱。大韦先生颤抖的手弹奏起钢琴,琴键上跳跃出每一个音符,都格外的庄严,沉静,安详。正像韦先生慈爱温和的语调在抚慰着我们,祝福着我们。我恍如接触到她伟大的灵魂,领会到人生的真谛,也就是神明的启示,启示我这正是真生命的开始。仰望天国之门正在开启了,韦先生慈爱的容颜泛上了恬静的笑,她微睁双目,向我们连连颔首,她是暂时与我们告别了。

雪花无声地飘落在大地上，寒梅在风中频频摇曳，玻璃窗上的冰珠渐渐地溶解，一颗颗滚落下来，这不是春回大地的气象吗！

　　当严冬来时，春天就近了！（If winter comes, would spring be far behind!）

怀念两位中学老师

"五四"新文艺运动时,我尚是幼年。一转眼,"五四"已经是七十周年纪念了。我一面惊叹光阴之易逝,一面也欣幸自己能在读了些许古典文学之后,接受新文学的洗礼。数十年来,写作未敢稍懈。于尚堪自慰之下,不由得怀念起初中时代,一旧一新的两位国文老师。

我自幼在闭塞的乡村,跟塾师读点古书,从没听说"五四"这个名词,更莫说什么新文艺运动了。十二岁到杭州,考进女子中学,才在开学典礼中,听训导主任提起"五四"精神,也不太懂是什么意思。问同学,同学说:"'五四'就是白话文运动,大家不要读古文,要读白话文,写白话文。"我听了好开心,我读厌了古文,只想读白话文调剂一下呢。

第一天上古文课,老师是位老先生,非常和气。点到我名字时,从老花眼镜上面望着我说:"你入学考试的算术只有五分,但是你的作文九十五分,文言文写得很好,所以就录取了你。"全班同学都朝我看,我羞得把头低垂到胸前。但为了讨老师喜欢,以后作文就都作文言,老师每回都是密密麻麻地加圈,其实全是些"之乎者也"的现成套语,一点心里的意思都说不出来。

老师姓冯,大家背地里喊他冯老头。我说老头儿的文言字眼是"翁"字,应当喊他"冯翁"表示尊敬,于是大家就"冯翁冯翁"地喊他,他也很高兴。他样样随和,只有固执一件事,就是作文一定要作文言,写白话的只得十分。文言夹白话扣二十分,见一个"的"字扣一分,同学们又气又紧张。有一个新小说看得很多的同学不服气地说:"先生为什么一定要我们作老掉大牙的文言文?现在是'五四'新文艺运动以后了。胡适之先生说的'我手写我口'这才是语文合一呀。"老师说:"'五四'、'五四','五四'把我们自古以来琅琅的文章都破坏了,我问你,古文你会背,白话文你能背吗?旧诗你也能背,新诗能背吗?恐怕连作的人自己都背不出来。白话文就等于说话,有什么难?"另有一位同学说:"难得很呢,《红楼梦》、《水浒传》、《镜花缘》不都是白话文吗?老师您也写不出来呀。"老师反而噗嗤笑了。他说:"那是小说呀,但小说也有文言的,聊斋是文言的,那些鬼故事多有趣?还有你们看得眼泪直流的《玉梨魂》、《断鸿零雁记》不都是文言的吗?怎么非要白话才是好呢?"搞得我们哑口无言。

冯老师又郑重地对我们说:"我不是反对白话,白话就是通俗化,文言就是文雅。用笔写的总要比口里说的文雅,才叫做文章。我要你们趁年纪小,记性好,先把古文古诗词多背一点,打好底子,以后写白话就比较文雅了。你们知道吗?"

那个顽皮同学轻声地说:"我们知道,老师肚子里都是古书,所以变成个古(鼓)肚子。"全班同学都拍手大笑,幸得老师耳朵聋,没听见。又得意地说:"我是同进士出身,《四书五经》连注都会背,差点见到皇帝呢。"顽皮同学这回大声地说:"老师是铜进士,我们将来就是铁进士了。"老师哈哈大笑说:"对,铁进士,我真是拿你们恨铁不成钢。"

我一边笑一边心里很难过,明明知道老师很爱我们,为什么同学们这样开玩笑,我望着他光秃秃的头顶上三两根白发飘呀飘的,眼泪都要掉下来了。回家告诉父亲,父亲连连摇头说:"不成话,不成话,你这位冯老师太好说话,若是我就全体罚站。"我说:"爸,我并没顽皮,只不过跟着拍手。"父亲说:"拍手也不可以,你应该站起来说,对老师要尊敬,大家不可以这样。"我低下头说:"我没这样的勇气,我又不是班长,大家会生我气的。"父亲说:"对的事就要做,不要怕别人生气。"我不再做声了,我知道父亲教我的话都是对的,也知道冯老师是位有学问的好老师。以后我只私下跟几位要好的同学说,我们要听冯老师话,好好背书、好好作文。初一初二两年,我们背熟了不少古文,大家都学会了写浅近的文言文,不能不感激冯老师。

　　初三换了一位吴老师,他是新派人物,无论西装长袍,都是风度翩翩,令我们耳目一新。尤其是一手黑板字,龙飞凤舞,跟冯老师一点一画毕恭毕敬的完全不一样。头一天上课,他发给我们一张课外读物的书单,又讲了读书的方法,他说:"读书一定要作笔记,手到自然就眼到心到了。口倒不一定要到,有时默读反而快。读后抄下自己喜欢的段落或句子,摘录大意,记下作者与书名,写点自己的感想,这本书就成了你的朋友了。"我们觉得好难啊!初三毕业时要全国会考,功课繁重,哪里会花那么多时间看课外书?吴老师说:"我只是告诉你们如何读书,不是逼你们现在都要读。书单上由你们自由选择,看几本都没关系。"他真是自由派。我把书单拿回家给父亲看。他看第一本是《饮冰室文集》,点点头说:"好。"再看下去有郁达夫的《沉沦》,鲁迅的《呐喊》、《彷徨》,马上生气地说:"这是什么书?什么沉沦又呐喊的,乱七八糟。老师怎么叫你们看这种书?"我说:"这都是'五四'新文学的代表作。他说新的旧的都要读,才跟得上时代!"父亲厉声地说:"你不要多讲,我听说过,胡适搞文学革命,要打倒孔家店,提倡白话文。可是你知道吗?他自己古书先读通了,却叫年轻人不要读。这怎么可以?"我说:"爸,您不要生气,胡先生没有叫我们不读古书。老师说他很有创新的脑筋,能引发新观念。生在什么时代,就要有那时代的感觉。不同的感觉与思想,就会写出不同的文章,老师说这是自然的现象。比如六朝人写骈文、唐宋人写散文、唐朝是诗、宋朝是词、元朝是曲,现在就要写白话,这是进步……"父亲听着听着,忽然笑起来说:"你们这位着西装的老师会作诗吗?"我说:"我想一定会的,因为他也背好多诗词,还有对子。有一次他在黑板上写了副对子:'松下围棋,松子每随棋子落;柳边垂钓,柳丝常随钓丝悬。'爸,您觉得好吗?"父亲说:"对仗很工整,但不算好对子。"父亲总是很苛求,吴老师说这两句对子,短短二十二个字,写出古时候读书人悠闲的情趣,是很难得的。但他不主张我们老是背旧诗词,要多读新文艺作品,培养新观念。他说"五四"精神不只是文学上的革新,同时也是思想上的开放自由。他解释胡适之先生的提倡白话文,不但不会破坏古文的价值,反而会因白话文的广泛运用,使中国传统文学发扬光大。这些话都是以前冯老师没讲过的,听得我们好高兴。吴老师鼓励我们看新文艺小说,他说:"小说反映时代,是社会现象的写照。写得好的,其文学价值和《诗经》、《楚辞》是一样的。"我如果把这些话转述给父亲听,他又会大叹气。

春假中,吴老师带我们去苏堤踏青,周六的作文题是《桃花开了的时候》。全班同学都灵感充沛,振笔疾书。我居然学着卢隐的笔调,写了一篇小说,老师当然赞不绝口。我不敢给父亲看,只告诉他题目。父亲沉吟了半晌,说:"一个题目里就有一个'了'字,一个'的'字,还多了个'候'字,其实只要'桃花开时'不就好了吗?"我说:"不一样啊!'桃花开时'四个字一点也不活泼。原来的'桃花开了'是一种快乐的惊叹,加了'的时候'就可以包含一段有趣的故事,或一点感想,不是很好吗?爸,您不是作过两句诗吗?'我与桃花曾有约,明年此日再相逢。'也就是'桃花开了的时候'呀!"父亲不禁拊掌大笑起来。

我心里好快乐,因为我知道父亲不再固执,他钦佩我以前的冯老师,也欣赏现在的吴老师。我不再矛盾,不用担心新与旧的不能融合了。

由于早年这两位老师热心的启迪,几十年来,我总是抱持一分"不薄今人爱古人"的虔诚心意,从事创作。

八十八分

在中学时，我本来是很不喜欢地理这门课的。可是因为教地理的房先生实在太慈爱，教授法又好，她并且是我们班的级任导师，我也就自自然然地喜欢听她的课了。

房先生年纪轻轻的，却打扮得好老气。一年四季的旗袍，不是安安蓝就是咖啡或墨绿。微黄的头发，在后颈卷一个香蕉髻。一副玳瑁边眼镜，遮去了半张脸。不大不小的嘴，笑起来很美。本色皮肤，一点脂粉不施。不像教我钢琴的曹先生，一张曹操型的四方大白脸，擦的粉浮在脸上，连说话都会随时飘下来。一对倒挂眉毛，怎么看都不叫人喜欢。我班上一位天才画家，把每位老师都画张速写，三笔两笔勾画得惟妙惟肖。她说房先生的相貌，尽管第一眼望去不怎么好看，却是愈看愈漂亮。这样的人，一来心肠必定好，二来必定后福无穷。由她当我们导师，我们也会被带领得后福无穷。就为这一点，我还能不好好用功吗？房先生是安徽人，头几天上课，一口的安徽话真难懂。老是听她说"自理，自理"的，不知是什么意思，她拿起地理课本点着封面上的字，才恍然大悟："自理"就是"地理"。我们很快都听懂她的话了，而且还顽皮地卷起舌头学她的口音。她就拍拍我们的头说："莫吵，莫吵，值肉（日）生，快快扫自（地）。"

刚开始上课时,她面对我们,伸出左手,手心向着我们说:"中国就像这只手掌,西北高,东南低,所有的河流,都从西北流向东南。"这个比喻真好,我们一个个伸出手来,对着地图愈看愈像。然后她转过身去,用粉笔在黑板上只一笔就画出一个中国地图。再在里面一省一省的划分开来,填上名称,真是熟极而流,一下子我们就对她佩服起来了。

她要我们把每省的地图都默得很熟,东南西北的邻省也要记得清清楚楚。她说这是第一步最重要的概念,自己的国家分多少行省都不知道,怎么行。就如同读历史,第一步就要会背朝代名称,要记得每一朝代的开国元勋和他们成功的原因。如此才能对历史有整体性的概念,否则脑子里一定是一片糊涂账。

中国整个地图默熟之后,再逐一默分省地图,先默轮廓,次默山脉、河流,次默铁路、城市。对地理环境有了概念以后,气候、物产、民情风俗,也就比较容易记住。因为这是有连带关系的。她要每个同学对她自己出生地所属省份,格外要熟悉。"这叫做君子务本,本立而道生。"她说。

每教完一省,她都要做一次测验。要我们画出这一省的详细地图。有一次我默江西省,把"鄱阳湖"误写为"洞庭湖",其他的部分全没错,她一下子扣了我二十分。我很懊丧地说是笔误,她说笔误也不可以。两个湖怎么可以由你自由搬家呢?问得我哑口无言。又有一次,我把浙江省的钱塘江误写为钱唐江,她扣了我十分。我向她央求:"只掉了个'土'字,少扣五分好不好?"她连连摇头说:"莫争,莫争。我扣你十分是要你写字用心,不能马马虎虎的。我虽不是国文老师,错别字也要管。你去地图上找找,中国有没有一条江叫钱唐江的?这是求正确。无论读书做事,都要认真仔细,不能有差错的。"我只好默然了,从那以后,每回看见自己的作文或日记写了错别字,就会暗暗对自己说:"又得扣十分了。"

有一次测验,默的是江苏、浙江两省。我因准备充分,默得又快又详细,连老师没有要我们注明的浙东次要城市都注上去了,因为那是我家乡的邻县呀,正得意呢,房先生走来站在边上,却发现我桌上一本地图没有收进抽屉里。她默默伸手拿起来翻翻,偏又发现浙江省那页还夹着一张画有地图轮廓的纸。我有点懊恼自己粗心大意没把书收好,却觉问心无愧,抬起头来说:"我并没有看。"房先生没做声,却把我画好的地图收去了,在讲台上拿了张纸来,严肃地说:"你再画一张。"她竟然怀疑我偷看地图,我心里万分冤枉,连声说:"房先生,请相信我,我并没有偷看呀。"她点点头,但仍坚持要我再画,左右前后的同学都转过头来朝我看,我眼泪扑簌簌地掉,一颗颗都落在纸上。我咬着嘴唇,很快把一张地图默得完完整整的,房先生收去后,摸摸我的头说:"不要哭,潘希珍,我向你道歉。但你不应当把地图本子放在桌上。"我抽抽噎噎地哭得更伤心了。那晚下夜课以后,房先生特地陪我回宿舍。校园中一片寂静,凉风轻拂,草木清芬。房先生用手臂围绕着我的肩间:"你不怪我吧。"我心情复杂,只想再放声大哭,但我忍住了。我知道她心里也很难过,究竟是我太疏忽所致。由于这一场误会,引我想起在家中,母亲和我多次所受的委屈,常使我恼恨困惑,究竟错在何人。我一直沉默着,只觉千言万语,无法对房先生说个明白。房先生把我的手捏得更紧些,我恳切地说:"没有什么,我只是好想念妈妈,她回故乡了,我就宁愿住校。我但愿老师能相信我是个诚实的女孩子,妈妈一直是这样教导我的。"说着,我的眼泪又止不住流下来,因为我真是好想念远在故乡、孤单寂寞的母亲。房先生没有再说什么,挽着我手臂,回到宿舍,一直等我换好睡衣躺到床上,附身在我耳边低声说:"你信佛,我信基督,我们都是神佛的诚实子女。大家都应当彼此信赖,你好好睡吧。"她跟我邻床的同学也摆摆手,踮着脚尖走出了寝室。

那张地图发回来时,房先生批的是八十八分。我悄悄地问她既然都没错,为什么不给九十八分。她笑笑说,八十八分是她最喜欢的数字,她初中毕业时,总平均就是八十八分。

"八十八分是个完美的数字,"她说,"只差两分就是九十。从九十到一百,还有十分需要努力,这不是更好吗?"

我仔细想想也对。好在八十八分在我们学校严格的标准下,已经是甲等的高分了。

我们这班运气差,轮到初中毕业时,刚好举行第一届会考,由省教育厅举办。全省分若干个考区集中考试,如同今日的联考。我们心情之紧张,可想而知。因为如考不及格,即使本校毕业考通过了,仍然领不到教育厅颁发的毕业证书。这不但有关每个学生升学前途,也有关学校名誉。于是校长集中火力,给我们加油。她对我们宣布:"如果会考全体甲等,就可全体免试升本校高中,但如有一人是乙等,就不行。"她这种承诺究竟是对我们的鼓励还是惩罚呢?至少对我来说,是惩罚。因为我数理很差,如数理考不及格,即使国文、英文、史地分数高,也会被数理的低分拉下去。我考不到甲等,就成了班上的害群之马,害她们也不能免试升高中,我自觉罪孽深重,内心压力更大。偏偏我有个毛病,愈是心情沉重,愈想睡觉。数学或化学还没做完一道题,眼皮就耷拉下来,把同学们气得跳脚。几位数理好的同学,就轮番为我填鸭恶补。临会考前的几天,我真是首如飞蓬,面目全非。母亲特地从故乡出来照顾我、陪伴我,给我烧好菜进补,生怕我病倒。考试的前一天,我真的发起高烧来。每回考理化等课,我就会发烧。我心想不如病死了,也免得苦度难关。有一个同学来看我,她劝我不如请病假,以后再申请补考,免得在考场昏倒,反而不好。我一骨碌从床上坐起,大声地对她吼道:"你为什么要劝我请假,你是怕我考不到甲等害了大家是不是?我要去考,而且一定考个甲等。"同学被我吓得赶紧跑了。

七月的大热天,我烧没退,母亲硬要我穿上夹袄去考试,闷得浑身大汗,烧反而退下去了。考国文、英文,一点都不觉难。一到考数学,我就抱着必死之心,闭目凝神,虔诚地念了一遍《心经》。因为母亲告诉我念《心经》可以增加智慧,就如同信基督的同学,考前祷告一般。念完经,打开卷子,忽觉浑身一阵清凉。回头一看,原来在我身旁放了一大块冰。监考人员因为天气热到九十华氏度,考场又不能开风扇会吹走考卷,又怕考生热得发痧,因此在走道里每隔一段距离就放一个大冰块。我顿觉头脑清醒过来,同学们为我填鸭背的方程式等等,全想起来了。居然一道道题目迎刃而解,那一份得意兴奋真不用说了。钟声响起,我恰好答完,把卷子折好,平平地放在桌上,起身退出考场,我有一种要飞的感觉。回到家中,告诉母亲我居然把数学考得很好。母亲很有信心地说:"哦,一定考得好,你一出大门,我就在菩萨前面烧香,念《心经》,保佑你考得好。"我说:"妈妈,这才真叫临时抱佛脚呢。"母亲正色道:"也不算临时抱佛脚。为你的身体和学业,我没有一天不烧香念经的。不过什么事仍要自己努力,自己不努力,西天活佛把你捧着也没有用呀。"

成绩揭晓了,果然我们全班都是甲等。这种快乐,非同小可。不用说我的数学一定考得不错,总平均才会列入甲等。这下我扬眉吐气了,昂首阔步地走到学校去看个人成绩,我的总平均竟然是八十八分。"八十八分",我不由地跳起来,连忙奔到房先生屋子里,大喊道:"房先生,您记得吗?您那次给我临时测验默地图的分数就是八十八分,您说您最喜欢八十八分,因为您初中毕业总平均也是八十八分。"房先生笑逐颜开,点点头说:"真巧,八十八分是个吉利的好分数。而且前面还有十二分给你努力。希望你高中毕业时,能考到九十八分。"

"那多不容易呀?房先生,您高中毕业时,总平均也是九十八分吗?"我问她。

"也差不多,总之是进步多了。"她笑笑又接着说:"在学业上,知识上,总要力求进步。在对人方面,却不必样样争先,强出风头,倒是八十八分恰恰好。"

我望着房先生,深深懂得她对我教诲的意思。心里很感激,却顽皮地说:"房先生,您初中毕业平均分数八十八。我现在也是八十八,我们师生是同等学力呢。"

她拍手大笑。对于那值得纪念的八十八分,我真是十二分满意呢。

直到现在,八十八分这个完美的数字,一直盘旋在我脑海中。评阅学生试卷或读书报告时,凡是优秀卷子,就不由地批上一个八十八分。它看上去漂亮,写起来顺手。成双作对地,成了我心目中最吉利的数字。因为八十八分,使我一直怀念爱护我们、鼓励我们的房先生。

可是时至今日，分数标准愈提愈高。当年的八十八分是甲等，今天的明星小学，小朋友们得了九十八分，还要挨老师两记手心，罚你没有考一百分。你说，时代进步有多快啊？

一生一代一双人

为了想布置一下六个榻榻米的陋室,我捡出从杭州带来的几幅书画,打开第一幅正是夏老师送我的对联,写的是:"欲修到神仙眷属,须做得柴米夫妻。"我反复默诵着这充满人情味的短短十四个字,心头洋溢着难以言喻的滋味。是酸辛,是惆怅,更有对老师与师母说不尽的怀念。

老师写这副对子送我时,我还没有结婚。因为我几次向他讨墨宝,他就笑嘻嘻地写了这副对子说:"我预先送你这对联,等你结婚以后,就更能体会得此中滋味了。"

我把对联挂好,坐下来和唐谈起老师与师母这一对神仙眷属的故事,我们又不禁悠然神往了。

老师与师母结缡已二十年,而夫妻间的情爱,二十年如一日,令人觉得遗憾的是他们还没有孩子。老师常以解嘲的口吻与朋友们说:"我们是一生一代一双人,在这马乱兵荒的年头,实在再简单利落不过了。"师母却不然,有时她因看到邻家胖胖白白的孩子,不免露出羡慕的样子。老师说:"像你这样有洁癖的人是不宜有孩子的,我已经被你约束得够可怜了,如果再有个翻江龙似的孩子,岂不是要被你驱逐出境呢!"师母也深深懂得老师这一片慰藉的苦心。

他们常因家用支绌而喝稀饭,老师一面捻着萝卜干放在口里慢慢地咀嚼,一面以最温柔的语调说:"今天喝稀饭,明天吃起饭来不是更香吗!"师母也向他含笑点首,我却被感动得泫然欲涕了。老师说:"人生的意味,正是要从菜根薄粥中领会出来的。"他的修养之深,由此可见。

老师五十寿辰,同学们设筵为他两位祝嘏。酒过三巡,老师慢条斯理地在袋里摸出一只手表,亲自给师母戴上,说:"你每天早上都为我赶上课起得太早,有了这个表就可以安心多睡一会了。"师母也掏出一支黑色钢笔,插在老师的衣襟上说:"这是我从一个旧货店里买来的一支老式钢笔,我知道你是多么需要它,你以后可以为大家更多写点文章了。"他们如此交换着礼物,宛如一对新婚夫妇。在我们如雷的掌声中,师母还口占了一首打趣老师的十七字诗:"先生有三宝,太太钢笔表,莫再想儿子,老了。"博得哄堂鼓掌大笑。

他们有时也不免拌嘴,但并不严重,且充溢着诗情酒意。事实上老师一味云淡风轻的神态也叫师母无法认真,不上几分钟,她就破涕为笑了。

有一次,老师陪师母看病回来,医生说她是严重的贫血症。绝对不可生育。老师拍拍她的肩说:"你才是一位绝代佳人呢!"这句话可真伤了她的心了。她默默地躺在床上,只是淌眼泪,中午也不起来烧饭。老师只得叫我陪他出去吃面。我们走进附近一家面馆坐下,老师叹了口气说:"今天她真的生气了。她身体不好,我实在不该说这话。而且你可知道她的贫血头晕症,大半还是我害出来的呢!"我茫然不懂他的意思。他似乎想起了多少往事,感慨地说:"我在中学肄业时,曾与一位女同学互订白首之盟,可是因女方父母嫌我贫穷，不肯许婚，那位女同学竟至抑郁而死。我也由父母之命，与你师母订了婚。可是我于悲愤之余，毕业后远去西北，三年不归。你师母虽为我的迟迟不归忧心如捣，却又不便表露出来，因而郁闷过度而得了这贫血头晕之症。一直等我大学毕业回乡，才勉强与她结婚，婚后才知道她是如此一位悠闲贞静的好女子，我固然是结褵恨晚，而她的健康却因我的固执受了损伤，我的良心上怎么过得去呢？"说到这里，老师忽又转为严肃的口吻说："夫妻之间的爱情，是需要双方以温情细心培养，才能发育滋长的。除了爱，我们更当有一种道义感，责任感。试问患难相依，疾病相扶持，除了夫妻，谁还能更亲切关怀呢？"老师的眼里闪着泪光了。吃完面，他又买了四个肉包子，小心翼翼地用手帕包好，双手捧着走回家来，远远地已看见师母笑脸迎人地倚门等待了。等老师走到身边，她低低问道："你出去后我才看到你的绒线背心没有穿上，外面风大，小心受凉呢！"老师把四个包子塞到师母手心里，轻声轻气地说："不会的，好妻子，你摸摸看，连包子都是暖烘烘的呢！"师母报之以嫣然一笑。我赶紧缩回到自己房里去了。

现在，我又恍如回到杭州，在西子湖头，重新沐浴着老师和师母春阳般温暖的爱。

春风化雨
——怀恩师夏承焘先生

恩师夏承焘先生字瞿禅,他是浙东大词人,也是先父当年最钦佩的年轻学人。(先父与他年龄相差近二十岁。)我童年时在故乡,记得他常来家中,和父亲在书房里论文吟诗,琅琅之声,萦绕庭院。他走后,父亲总显得心神格外怡悦,对我的家庭教师说:"我女儿得你启蒙教导,稍有基础以后,希望将来能再追随这位夏先生学诗词。"我在旁听了就背起那一百零一首唐诗来,表示自己"颇有资格"。及至我卒业高中,升入杭州之江大学,才有幸真正受业于瞿禅老师。所以他赠我诗中有"我年十九客瞿溪,正是希真学语时。人世几番华屋感,秋山满眼谢家诗"之句。(老师寓所在谢池巷,为纪念永嘉太守谢灵运名句"池塘生春草"而命名。)

我曾请他解释"瞿禅"二字的意义。他说:"没有什么特别意义,只因我很瘦,双目瞿瞿,且对一切事物都怀惊喜之情。至于禅,却是不谈的,一谈就不是禅了。其实禅并非一定是佛法,禅就在圣贤书中,诗词中,也在日常生活中。慧海法师所说的'饥来吃饭困来眠'不是日常生活吗?"于此可见老师的人生观。

他授课时总是笑容可掬,使满室散布温煦的阳光。讲解任何文学篇章,都和人生哲理、生活情趣溶成一片。他教《文心雕龙》,

每每以铿锵有节奏的乡音高声朗诵那优美的骈文,使我们对深奥的文学理论好像已领会了一大半。诗词经他一吟诵,也就很快会背了。他教《左传》、《史记》,都予以独特的评价。他说左丘明与司马迁表面上是传史实,骨子里是写小说。但因中国在仕途得意的文人都不重视小说,小说只是落魄的失意文学家拿来作为消愁解闷工具的。因此传记即使有小说的味道,有小说的娱乐性,文士们也不敢强调,连作者自己也不得不以"究天人之际,通古今之变"作幌子。他卓绝的见解,许多都与今日的新文艺理论不谋而合。他说读书要乐读而非苦读,故极力培养我们"乐"的心境。另一位教论孟、文字学的任老师却非常严肃,总怪他对学生太宽容不够严厉。他笑嘻嘻地说:"你是教做人为学的道理,我是讲娱乐人生的道理,心情本来就不一样的。逼着他们背和作,就不是娱乐了。"任老师始终不赞成他的说法,一再与他争辩,他又笑笑说:"如卿言亦复佳。"

他虽然以轻松洒脱的态度教学,而自己治学,却非常认真严谨的。他研究杜甫诗,姜白石词。当时我看他着手作白石词笺校、白石道人行实考,搜集资料,编年次第,所下工夫极深。我因对考据没有兴趣,对白石词的过分研辞练句也并不太喜欢,所以除了背他的几首名作以外,并不曾多作钻研。于此可见我不是个作学问的人,辜负恩师期望,惭憾无已。

瞿禅师除了对宋词的研究以外,于佛学及西洋哲学,也极有兴趣。他一面读佛经,一面读西塞罗、康德、歌德的著作,每有特别会心或喜爱之处,必手抄数则,分赠诸同学作为座右铭。

他抄给我一段云:"歌德谓:'生活无论如何终是美的。'又云:'各种生活皆可以过,唯求不失却自己。'又云:'我有敢入世之胆量,下界苦乐,我愿一概担当。'此即佛家'我不入地狱谁入地狱'的救世心,也正是孔孟一个'仁'字的中心思想。"卒业后,同学们各分东西。我僻处山城中,书信逾月始达。老师来函,仍时常引先贤西哲之言,或记录自己读书心得相告,并指点我如何读书、作词,诲勉谆谆。感念师恩,此心实不敢稍有懈怠。

老师虽不谈禅,而于论文学作品时,多寓禅理。他说:"杜甫热爱人生,入而不能出,故有'风定花犹落'之句,俞曲园则甚豁达,故曰'花落春犹在'。我却更乐观,要说'未有花时已是春'。"我非常喜欢这一句,请求他完成一首诗。他想了一下,在我书页上写下:"莫学深颦与浅颦,风光一日一回新。禅机拈出凭君会,未有花时已是春。"这是老师第一次以"禅机"二字入诗。问他是何禅机,他颔首说:"只在低徊一笑中。"

抗战胜利回到杭州,我因久咳不愈,几疑得了肺病,精神十分萎靡。瞿禅师来探望我,看我忧焦神情,他只是笑而不语。次日,即寄来以黄道周体写的《维摩诘经》"问疾"一章,命我慢慢体会。我读本文时一知半解,但看老师解释道:"我空则病空,不以病为苦。""在痛苦中体味人生,不起厌离念,怨恨恼怒念,以一身所受,推悯大众之苦。"使我略略懂得化烦恼为菩提的妙理。老师嘱我每天五时起身,以工楷抄经一遍,不但字会进步,病也就痊愈了。我照着他的诲示做了,果然咳嗽渐止,心境开朗。

那是民国三十六年的事,整整过去三十年了,不知恩师近况如何。能依然无恙否?能潜心著述否?

鹧鸪天

日前整理书箧,捡出多年前手抄瞿禅恩师的几阕词,吟哦再三,不由得百感丛生。

想起瞿禅师当年对我们的教诲,是非常活泼、非常生活化的。无论在课室里,或带领大家同游胜景,他都随时高声朗吟一首诗,或一两句词,是前人名作,或朋友的警句,或他自己的得意之作。词意都极为贴切当时情景。我们都静静地谛听,默默地记诵,不需要他讲解,人人都能领悟他所欲启迪我们的深意。他因时适地,寓教诲于诗词,真是充分发挥了"温柔敦厚,诗教也"的古典精神。

卒业后迭经丧乱,每于烦忧难遣之时,不由得朗吟起瞿禅师口授的诗词。他抑扬顿挫中微带悲怆的乡音,立刻萦绕耳际,反觉眼前峰回路转,心情亦渐趋平静。

印象最深的,是在杭州之江大学授业时,随瞿师同游九溪十八涧,他吟了一阕新作《鹧鸪天》:"短策暂辞奔竞场,同来此地乞清凉。若能杯水如名淡,应信村茶比酒香。无一语,答秋光。愁边征雁忽成行。中年只有看山感,西北阑干半夕阳。"

那时中日战争尚未爆发,他却已有"愁边征雁"的凄惶之感,词人心灵之锐敏可知。至于"若能杯水如名淡,应信村茶比酒香"

二句,那一派淡泊清新的境界,真有如古刹中木鱼清磬之音,使人名利之心顿息,因此这句词也是我心香一脉,终生默诵的格言。

有一次,我们一同站在高冈上,山风习习,吹拂襟袖,瞿师随口吟了两句诗:"短发无多休落帽,长风不断任吹衣。"回头问我们:"懂这意思吗?"我们说:"懂是懂,却何能达到如此洒脱境界?"他莞尔而笑说:"能体会得这份与世无争的淡泊便好了。"

恩师的谆谆诲勉,都于日常平实生活中见之。他启迪我们培养温厚而锐敏的灵心,应随时随地放开胸怀,与大自然山川草木通情愫,与虫鱼花鸟共哀乐,才能与人情物态起共鸣。落笔时灵感必源源而至,毋须强求。记得我们追随他穿过浓密的林荫,就听他吟道:"松间数语风吹去,明日寻来尽是诗。"指点我们作诗作文,必须于如此自然中得来,不为文造情,不危言耸听,才是好文章。

他看见窗前小鸟疾飞而过,就感慨地念道:"仰视一鸟过,愧负百年身。"警觉年光之易逝,自谓数十年幸未为小人之归,常兢兢以此自勉。可见他修身律己之严。他作的诗词往往语意双关。在沪上时,起初住在湫隘的平房里,后来住楼房,乃有诗云:"下流诚难处,望远亦多悲。谢池三间屋,令我梦庭闱。"(谢池是永嘉故居。因永嘉太守谢灵运的名句"池塘生春草"而得名。)游子情怀,尽在不言中。

前曾与友人同游尼亚加拉瀑布,友人也是瞿师私淑弟子,她面对浩瀚奔腾的飞瀑,也想起瞿师的一首《鹧鸪天》词:"抛却西湖有雁山,扶家况复住灵岩。不愁尽折平生福,但愿虔修来世闲。无一事,落人间。野僧诗债亦慵还。但防初写禅经了,别有蛇神夜叩关。"此词当作于抗战中期,杭州早已沦陷,瞿师曾一度避寇卜居雁荡灵岩山，雁荡的龙湫瀑布是举世闻名的，所以有"抛却西湖有雁山"的豪语。那时我们师生音书阻绝，故我未见此词。瞿师曾谓："不游雁荡是虚生。"那一段时日，想来是他最优游的岁月。最感人的当然是"不愁尽折平生福，但愿虔修来世闲"二句。想他僻处深山，已经享尽人间清福，还要"虔修来世闲"，比起今日栖栖遑遑的人们，连今生的福都无暇享受，遑论虔修来世呢？

吟到最后二句："但防初写禅经了，别有蛇神夜叩关。"不禁非常惊异于瞿师对未来情况，似早有预感。他在静谧的深夜，读经写经，却仍不免有牛鬼蛇神来惊扰的恐惧……则瞿师此词，岂非谶语呢？

想起在沪上时，诸同学随瞿师在南京路先施公司楼上品茶，时大雨如注，归途积水没胫。次日他作了一首诗，最后四句是："秋人意绪宜风雨，归梦湖天胜画图。一笑横流容并涉，安知明日我非鱼。"当时上海是租界，不久，太平洋战争爆发，英美法驻军撤离租界，我们因海岸线封锁，不能回乡，沉重的心情，真有陆沉的哀痛与惶恐。一年后于万般艰苦中回到故乡，回味瞿师"安知明日我非鱼"之句，岂不又是谶语呢？

在记忆中，瞿师的词，《鹧鸪天》一调填得很多，不但词意感人，境界尤高。此于本文所引二阕可见。因即以"鹧鸪天"三字名篇，并寄怀海天那一边八十五高龄的恩师。

编后记

李瑞腾

二〇〇六年十月,我在南京参加活动,南大中文系刘俊教授引介江苏文艺出版社编辑蔡晓妮小姐来会。蔡小姐正在参与编一个书系,把台湾女性作家亦纳编,她希望我协助联系琦君家属,并编一本琦君的散文选。

那时距琦君之辞世已四月有余,我正着手准备要编琦君的书信集,同时动念编琦君文学读本。蔡小姐约的是精选集,比我构想中的"读本"简单,我想到可以为琦君做点事,答应试试看。

在获得李唐基先生的惠允之后,我再度翻读琦君散文集,初步决定以"情"字作为编选的核心理念,确定每篇作品的情感属性,也就是亲情、师情、友情、乡情、文情、物情等。然而,就此编选出的量非常庞大,因此不得不重新调整编法,我保留琦君作品中最重要的亲情(外公、父亲、母亲、妹妹、丈夫、儿子)、师情(从儿时启蒙师到大学老师)和忆述文友之作;同时为了让大陆读者对琦君散文有比较全面的认识,我把琦君作为书名的二十余篇散文作品依出版时序罗列出来,分成两辑,并冠以"三更有梦"、"万水千山"辑名,且在顺序上置于本集之首。而为了帮助读者对琦君的整体文学表现及其文学思维有所了解。

换言之，我其实是以两个理念来编这本散文集的，其一是把书名篇当代表作，这也不是没道理的，我在琦君和出版社友人的来往书信中，强烈感受到她每次出书，在书名的斟酌上皆极用心，总以能扣住主旨为考量，我因此确信它们可以视为代表作；其二是选出琦君散文中重要类别之精品，众所周知，构成琦君生命特质的是亲、师、友，她所特有的纯厚和细腻，在这三类作中表现得最淋漓尽致。

在这个情况下，我无可避免地遗漏了空间属性作品，亦即前述的乡情之作。对于琦君来说，浙江永嘉、台湾、美东纽约和纽泽西分占了她生命的三个时期，广义来说都是"乡"，而琦君也毫无保留地写下了故乡民情、台湾风情、旅美心情。这方面尔后合当另有一本选集。

《三更有梦书当枕》中有一篇《爱与孤独》，从参加一对夫妻的结婚三十周年纪念酒会谈到老夫老妻的相待之道，其中有"能体会孤独的人才能爱"、"孤独使心灵纯化"、"以爱来驱除孤独"等句子，无不指向永恒的爱如一粒晶莹的珍珠之可贵。我在琦君的晚年有幸结识她和唐基先生，特能体会他们以爱驱除孤独的晚境；唐基先生支持我在琦君任教过的大学成立"琦君研究中心"，在琦君往生以后，独守他们最后寓居的淡水高楼，整理琦君遗物，这正是琦君所说的"难解难分的恩情"啊，思之令人动容！

于是，我决定以"爱与孤独"为书名，并且以《爱与孤独》为本书的"代序"。